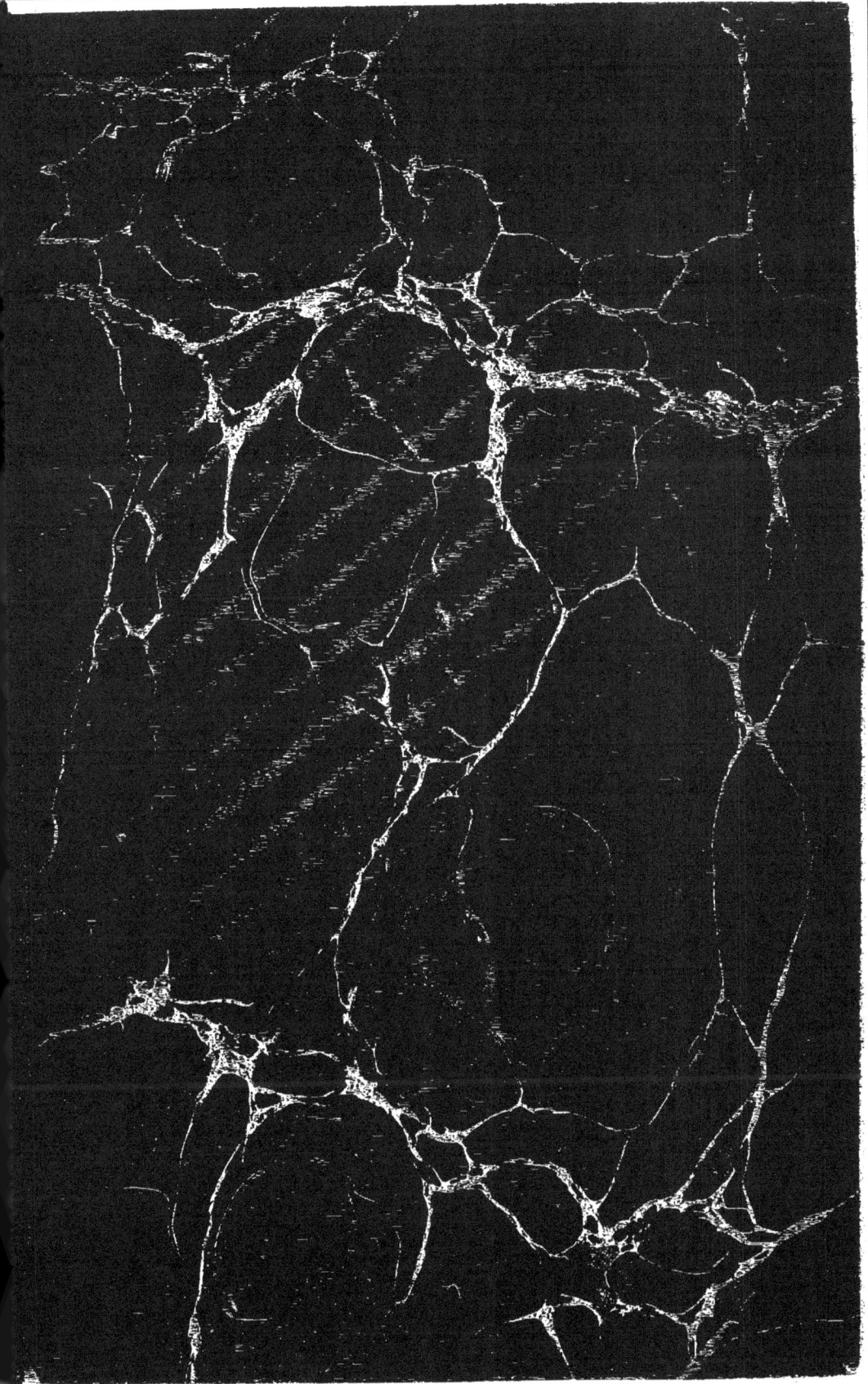

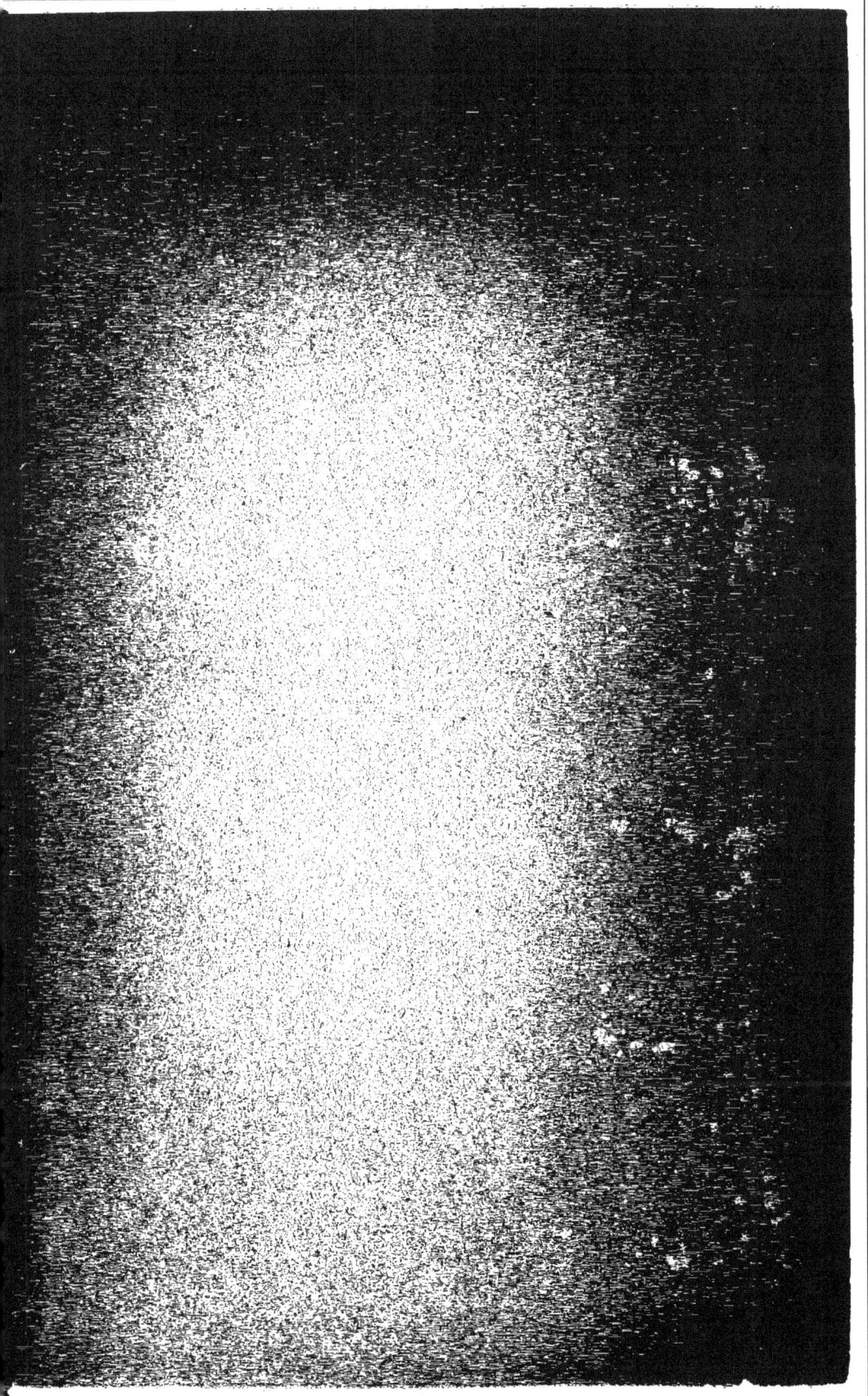

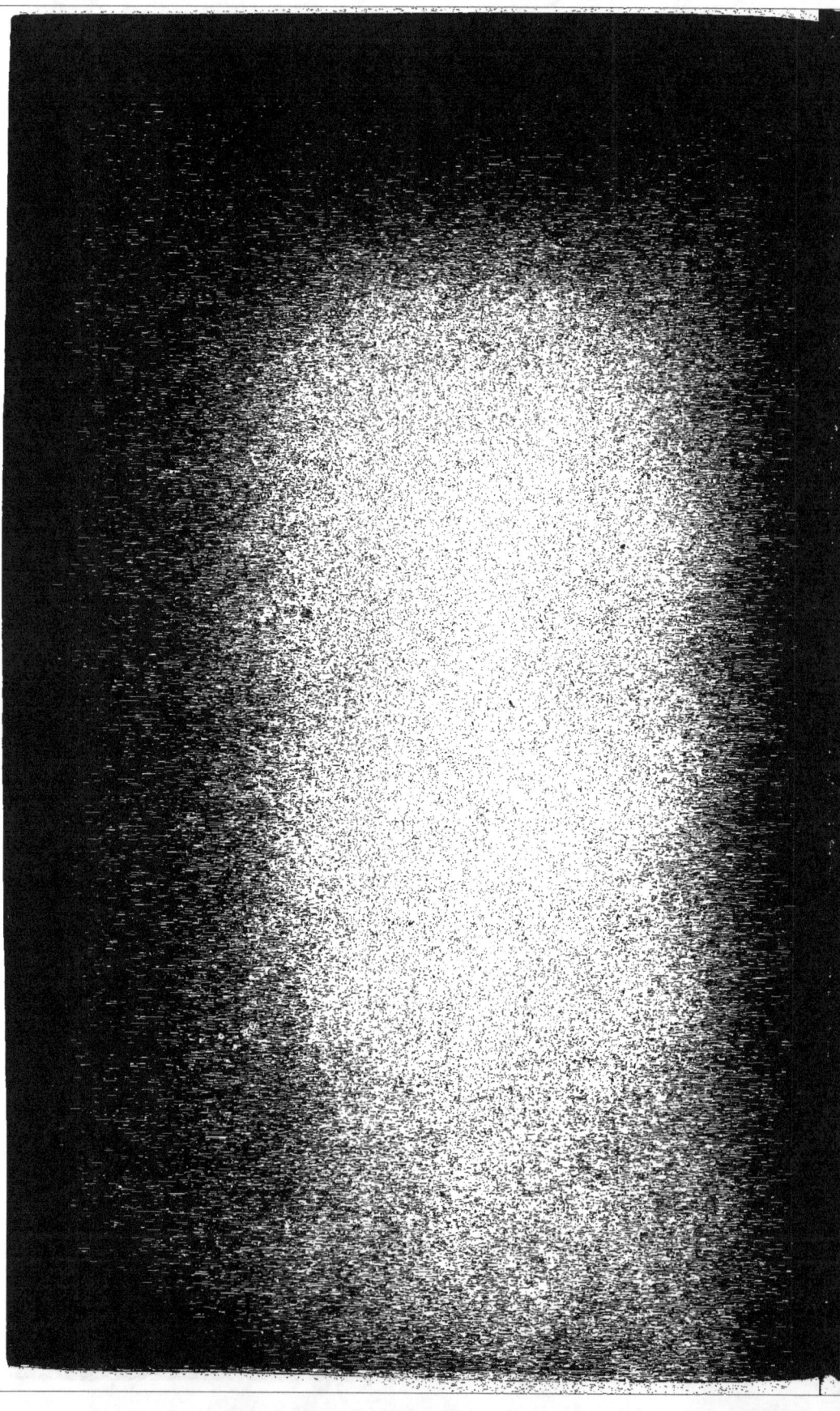

HÉSIODE

HYMNES ORPHIQUES

THÉOCRITE

BION — MOSKHOS — TYRTÉE

ODES ANACRÉONTIQUES

Traduction nouvelle

PAR

LECONTE DE LISLE

PARIS

ALPHONSE LEMERRE, ÉDITEUR

PASSAGE CHOISEUL, 47

—

M.D.CCCLXIX

A mon ami Mearras

Leconte de Lisle

HÉSIODE

HYMNES ORPHIQUES

THÉOCRITE

BION — MOSKHOS — TYRTÉE

ODES ANACRÉONTIQUES

Il a été tiré de cet ouvrage :

100 exemplaires sur papier de Hollande.
 10   »   »   de Chine.
 20   »   »   Whatman.
  5   »   »   parchemin.

Tous ces exemplaires sont numérotés et paraphés par l'éditeur.

HÉSIODE

HYMNES ORPHIQUES

THÉOCRITE

BION — MOSKHOS — TYRTÉE

ODES ANACRÉONTIQUES

Traduction nouvelle

PAR

LECONTE DE LISLE

PARIS

ALPHONSE LEMERRE, ÉDITEUR

PASSAGE CHOISEUL, 47

—

M.D.CCCLXIX

HÉSIODE.

LA THÉOGONIE. — LE BOUCLIER DE HÈRAKLÈS.
LES TRAVAUX ET LES JOURS.

THÉOGONIE D'HÉSIODE.

VANT tout chantons les Muses Hélikoniades
qui, du Hélikôn, habitent la grande et sainte
montagne, et, de leurs pieds légers, autour
de la Fontaine violette et de l'autel du très-
puissant Kroniôn, bondissent; et qui, dans le Permessos
ayant lavé leur corps délicat, ou dans la Hippoukrènè,
ou dans l'Olmios sacré, au faîte du Hélikôn mènent les
danses belles et désirables, et agitent les pieds avec force.

De là, se précipitant, enveloppées d'un air épais, elles
vont dans la nuit, élevant leur belle voix et louant Zeus
tempêtueux et la vénérable Hèrè, l'Argienne, qui marche
avec des sandales dorées, et la fille de Zeus tempêtueux,
Athènè aux yeux clairs, et Phoibos Apollôn, et Artémis
joyeuse de ses flèches, et Poseidaôn qui contient la terre
et qui la secoue, et Thémis la vénérable, et Aphroditè
aux paupières arrondies, et Hèbè ornée d'une couronne

d'or, et la belle Diônè, et Eôs, et le grand Hèlios, et la luisantè Sélènè, et Lètô, et Iapétos, et le subtil Kronos, et Gaia, et le grand Okéanos, et la noire Nyx, et la race sacrée des autres Immortels qui vivent toujours.

Autrefois, à Hésiodos elles enseignèrent un beau chant, tandis que, sous le Hélikôn sacré, il paissait ses agneaux. Et d'abord, elles me parlèrent ainsi, ces Déesses, les Muses Olympiades, filles de Zeus tempêtueux :

— Pasteurs, qui dormez en plein air, race vile, qui n'êtes que des ventres, nous savons dire des mensonges nombreux semblables aux choses vraies, mais nous savons aussi, quand il nous plaît, dire la vérité.

Ainsi parlèrent les Filles véridiques du grand Zeus, et elles me donnèrent un sceptre, un rameau de vert laurier admirable à cueillir ; et elles m'inspirèrent une voix divine, afin que je pusse dire les choses passées et futures ; et elles m'ordonnèrent de chanter la race des heureux Immortels, mais, elles-mêmes, de toujours les chanter au commencement et à la fin. Mais pourquoi rester autour du chêne et du rocher ?

Commençons par les Muses qui, du Père Zeus, en chantant, réjouissent la grande âme dans l'Olympos, et rappellent les choses passées, présentes et futures.

Elles chantent ensemble, et leur voix infatigable coule, suave, de leur bouche. Et elles rient, les demeures du Père Zeus tonnant, à la voix de lys et sonore des Déesses. Et il résonne, le faîte du neigeux Olympos, demeure des Immortels.

Élevant leur voix sacrée, elles célèbrent d'abord la race des Dieux vénérables que, dès l'origine, Gaia et le large Ouranos engendrèrent ; car de ceux-ci sont nés les Dieux, source des biens.

Puis, de nouveau, par Zeus, père des Dieux et des

hommes, les Déesses commencent et finissent leur chant, disant qu'il est le plus fort des Dieux et le plus puissant. Enfin, la race des hommes et des Géants robustes, elles la chantent, et elles réjouissent l'âme de Zeus dans l'Olympos, les Muses Olympiades, filles de Zeus tempêtueux.

Elle les enfanta dans la Piériè, s'étant unie au Père Kronide, Mnèmosynè, qui commandait aux collines d'Eleuthèr, pour être l'oubli des maux et la fin des peines. Pendant neuf nuits, uni à Mnèmosynè, le sage Zeus, loin des Immortels, monta sur le lit sacré; mais, après une année, et le déroulement du cours des mois, et le passage de jours nombreux, elle enfanta neuf filles unanimes à qui la musique plaisait, et qui, dans leur sein, avaient un cœur tranquille.

Et ce fut près du faîte du neigeux Olympos où se forment leurs Chœurs splendides et où sont leurs belles demeures. Auprès d'elles, dans les festins, se tiennent les Kharites et Iméros. Exhalant de leur bouche une voix aimable, elles chantent. Et les lois universelles et les coutumes vénérables des Immortels, elles les célèbrent d'une voix aimable.

Et elles montèrent dans l'Olympos, fières de leur belle voix et de leur chant ambroisien. Et de toutes parts retentissait la terre noire aux sons de leurs hymnes. Et, sous leurs pieds, un bruit charmant s'élevait, tandis qu'elles allaient vers leur Père qui règne dans l'Ouranos et qui porte le tonnerre et la foudre ardente, et qui, ayant dompté son père Kronos, ordonne avec équité de tous les Immortels et leur dispense les honneurs.

Voilà ce que chantaient les Muses qui ont des demeures Olympiennes, les neuf filles engendrées par le grand Zeus: Kléiô, et Euterpè, et Thaléia, et Melpomènè, et Terpsikhorè, et Eratô, et Polymnia, et Ouraniè, et Kalliopè qui excelle entre toutes les autres, car elle accompagne les Rois vénérables.

Quand les filles du grand Zeus veulent honorer un d'entre eux, dès qu'elles voient un de ces Rois nourris par Zeus venir au jour, elles mettent sur sa langue une douce harmonie, et les paroles coulent suaves de sa bouche, et les peuples le regardent tous, quand il dispense la justice par d'équitables jugements, et que, parlant avec adresse, il apaise tout à coup une grande dissension.

Et, en effet, les Rois prudents, à leurs peuples, dans l'Agora, font rendre tous les biens qu'on leur a enlevés; et ils le font aisément, à l'aide de persuasives paroles. Et si l'un d'eux marche par la ville, comme un Dieu, il apaise par sa douce majesté, et il brille au milieu de la foule. Tel est le don sacré des Muses aux hommes.

C'est aux Muses, c'est à l'Archer Apollôn que sont dus, sur la terre, les Aoides et les Kitharistes; mais les Rois viennent de Zeus. Et il est heureux celui que les Muses aiment! Une douce voix coule de sa bouche. Si quelqu'un, l'âme blessée d'une récente douleur, s'attriste, gémissant dans son cœur; qu'un Aoide, nourri par les Muses, célèbre la gloire des anciens hommes et loue les Dieux heureux qui habitent l'Olympos, aussitôt il oublie ses maux, et de ses douleurs il ne se souvient plus, car les dons des Déesses l'ont guéri.

Salut, filles de Zeus! Donnez-moi votre chant qui ravit! Célébrez la race sacrée des Immortels qui vivent toujours, et qui sont nés de Gaia et d'Ouranos étoilé, et de la ténébreuse Nyx et de l'amer Pontos:

Dites comment sont nés les Dieux et Gaia, et les Fleuves, et l'immense Pontos qui bout furieux, et les Astres resplendissants, et, au-dessus, le large Ouranos, et les Dieux, source des biens qui naquirent d'eux; et

comment, s'étant partagé les honneurs et les richesses
dès l'origine, ils s'emparèrent de l'Olympos aux nombreux sommets.

Dites-moi ces choses, Muses aux demeures Olympiennes, et quelles furent, au commencement, les premières d'entre elles.

Avant toutes choses fut Khaos, et puis Gaia au large
sein, siége toujours solide de tous les Immortels qui
habitent les sommets du neigeux Olympos et le Tartaros
sombre dans les profondeurs de la terre spacieuse, et puis
Erôs, le plus beau d'entre les Dieux Immortels, qui rompt
les forces, et qui de tous les Dieux et de tous les
hommes dompte l'intelligence et la sagesse dans leur
poitrine.

Et de Khaos naquirent Erébos et la noire Nyx. Et, de
Nyx, Aithèr et Hèmérè naquirent, car elle les conçut,
s'étant unie d'amour à Erébos.

Et, d'abord, Gaia enfanta son égal en grandeur, l'Ouranos étoilé, afin qu'il la couvrît tout entière et qu'il fût
une demeure sûre pour les Dieux heureux.

Et puis, elle enfanta les hautes montagnes, fraîches
retraites des divines Nymphes qui habitent les montagnes
coupées de gorges, et puis la mer stérile qui bout furieuse, Pontos; mais, pour cela, ne s'étant point unie
d'amour. Et puis, unie à Ouranos, elle enfanta Okéanos
aux tourbillons profonds, et Koios, et Kréios, et Hypériôn, et Iapétos, et Théia, et Rhéia, et Thémis, et Mnèmosynè, et Phoibè couronnée d'or, et l'aimable Téthys.
Et le dernier qu'elle enfanta fut le subtil Kronos, le plus
terrible de ses enfants, qui prit en haine son père vigoureux.

Et elle enfanta aussi les Kyklôpes au cœur violent,
Brontès, Stéropès et le courageux Argès, qui remirent

à Zeus le tonnerre et forgèrent la foudre. Et en tout ils étaient semblables aux autres Dieux, mais ils avaient un œil unique au milieu du front. Et ils étaient nommés Kyklôpes, parce que, sur leur front, s'ouvrait un œil unique et circulaire. Et la vigueur, la force et la puissance éclataient dans leurs travaux.

Et puis, de Gaia et d'Ouranos naquirent trois autres fils, grands, très-forts, horribles à nommer, Kottos, Briaréôs et Gygès, race superbe. Et cent bras se roidissaient de leurs épaules, et chacun d'eux avait cinquante têtes qui s'élevaient du dos, au-dessus de leurs membres robustes. Et leur force était immense, invincible, dans leur grande taille. De tous les enfants nés de Gaia et d'Ouranos ils étaient les plus puissants. Et ils étaient odieux à leur père, dès l'origine. Et comme ils naissaient l'un après l'autre, il les ensevelissait, les privant de la lumière, dans les profondeurs de la terre. Et il se réjouissait de cette action mauvaise, et la grande Gaia gémissait en elle-même, pleine de douleur. Puis, elle conçut un dessein mauvais et artificieux.

Dès qu'elle eut créé la race du blanc acier, elle en fit une grande faux, et, avertissant ses chers enfants, elle les excita et leur dit, le cœur plein de tristesse :

— Mes chers enfants, fils d'un père coupable, si vous voulez obéir, nous tirerons vengeance de l'action injurieuse de votre père, car, le premier, il a médité un dessein cruel.

Elle parla ainsi, et la crainte les envahit tous, et aucun d'eux ne parla. Enfin, ayant repris courage, le grand et subtil Kronos répondit ainsi à sa mère vénérable :

— Mère, certes, je le promets, j'accomplirai cette vengeance. En effet, je n'ai plus de respect pour notre père, car, le premier, il a médité un dessein cruel.

Il parla ainsi, et la grande Gaia se réjouit dans son cœur. Et elle le cacha dans une embuscade, et elle lui mit en main la faux aux dents tranchantes, et elle lui confia tout son dessein. Et le grand Ouranos vint, amenant la nuit, et, sur Gaia, plein d'un désir d'amour, il s'étendit tout entier et de toutes parts. Et, hors de l'embuscade, son fils le saisit de la main gauche, et, de la droite, il saisit la faux horrible, immense, aux dents tranchantes. Et les parties génitales de son père, il les coupa rapidement, et il les rejeta derrière lui. Et elles ne s'échappèrent point en vain de sa main.

Toutes les gouttes qui en coulèrent, sanglantes, Gaia les recueillit; et, les années étant révolues, elle enfanta les robustes Erinnyes et les grands Géants aux armes éclatantes, tenant en main de longues lances, et les Nymphes que sur la terre immense on nomme Mélies. Et les parties qu'il avait coupées, Kronos les mutila avec l'acier, et il les jeta, de la terre ferme, dans la mer aux flots agités. Elles flottèrent longtemps sur la mer, et une blanche écume jaillit du débris immortel, et une jeune fille en sortit. Et, d'abord, vers la divine Kythérè celle-ci fut portée; et, de là, dans Kypros entourée des flots.

Elle aborda, la belle et vénérable Déesse, et l'herbe croissait sous ses pieds charmants. Et elle fut nommée Aphroditè, la Déesse aux belles bandelettes, née de l'écume, et Kythéréia, par les Dieux et par les hommes. Aphroditè, parce que de l'écume elle avait été nourrie, et Kythéréia, parce qu'elle aborda Kythérè; et Kyprigénéia, parce qu'elle arriva dans Kypros entourée des flots, et Philommèdéa, parce qu'elle était sortie des parties génitales.

Erôs l'accompagnait, et le bel Iméros la suivait, à peine née, tandis qu'elle se rendait à l'Assemblée des

Dieux. Et, dès l'origine, elle eut cet honneur de présider, par le choix de la Moire, parmi les hommes et les Dieux immortels, aux entretiens des Vierges, aux sourires, aux séductions, au doux charme, à la tendresse et aux caresses.

Et il les surnomma les Titans, lui, le Père, le grand Ouranos, maudissant les fils qu'il avait engendrés, disant qu'ils avaient étendu la main pour commettre un grand crime dont il serait tiré vengeance dans l'avenir.

Et Nyx enfanta l'odieux Môros et la Kèr noire et Thanatos. Elle enfanta aussi Hypnos et la foule des Songes. Et la divine et sombre Nyx ne s'était unie pour cela à aucun Dieu. Et puis, elle enfanta Mômos et Oizys plein de douleurs, et les Hespérides, à qui, par delà l'illustre Okéanos, les Pommes d'or sont confiées, et les arbres qui les portent. Et elle enfanta les Moires et les Kères inhumaines, Klothô, Lakhésis et Atropos, qui aux hommes mortels naissants dispensent les biens et les maux, et des hommes et des Dieux poursuivent les crimes, et ne renoncent jamais à leur colère inexorable qu'après avoir tiré du coupable une vengeance terrible.

Et puis elle enfanta Némésis, ce fléau des hommes mortels, la funeste Nyx; puis, Apatè et Philotès, et l'accablante Gèras et l'opiniâtre Eris. Et puis, l'odieuse Eris enfanta le dur Ponos, et Lèthè, et Loimos, et Algos par qui l'on pleure, et Ysminè, et Phonos, et les Batailles, et le Carnage des guerriers, et les Parjures, et les Paroles mensongères, et les Contestations, et le Mépris des Lois, et Atè, qui sont inséparables; et Horkos, terrible aux hommes terrestres, et qui les frappe si l'un d'eux tente de se parjurer.

Et Pontos engendra Néreus, véridique et ennemi du mensonge, le plus âgé de ses fils. On le nomme le Vieil-

lard, parce qu'il est doux et véridique, et qu'il n'oublie
point la justice, et que ses décisions sont équitables et
sages. Et puis, Pontos engendra le grand Thaumas et le
robuste Phorkys, et Kètô aux belles joues, après s'être
uni à Gaia, et Eurybia, qui, dans sa poitrine, avait un
cœur d'acier.

Et de Néreus naquit la race charmante des Déesses,
dans la mer stérile, et de Dôris à la belle chevelure, fille
du fleuve sans fin Okéanos : Prôtô, et Eukratè, et Saô,
et Amphitritè, et Eudorè, et Thétis, et Galènè, et
Glaukè, et Kymothoè, et la rapide Spéô, et la riante
Thaliè, et la gracieuse Mélitè, et Euliménè, et Agavè, et
Pasithéè, et Eratô, et Euneikè aux bras roses, et Dôtô,
et Prôtô, et Phérousa, et Dynaménè, et Nèsaiè, et Ak-
taiè, et Protomédéia, et Dôris, et Panopè, et la belle Galatéia, et la charmante Hippothoè, et Hipponoè aux bras
roses, et Kymodokè qui apaise aisément les flots de la
noire mer et le souffle des vents sacrés, avec Kymato-
lègè et avec Amphitritè ornée de beaux pieds ; et Kymô,
et Eionè, et Halimèdè richement couronnée, et la joyeuse
Glaukonomè, et Pontoporéia, et Leiagorè, et Evagorè, et
Laomédéia, et Poulynomè, et Autonoè, et Lysianassa, et
Evarnè douée d'un aimable naturel et d'une forme parfaite, et Psamathè au beau corps, et la divine Ménippè,
et Nésô, et Eupompè, et Thémistô, et Pronoè, et Né-
mertès qui avait l'âme de son père immortel.

Ainsi, de l'irréprochable Néreus naquirent cinquante
filles habiles aux irréprochables travaux.

Et Thaumas épousa la fille du très-profond Okéanos,
Eléktrè, qui enfanta la rapide Iris et les Harpyes aux
beaux cheveux, Aellô et Okypétè, qui égalaient la rapidité des vents et des oiseaux à l'aide de leurs promptes
ailes, volant au travers de l'air.

Et Kètô donna à Phorkys les Graies aux belles joues,
blanches dès leur naissance. Et c'est pour cela qu'elles
sont nommées Graies par les Dieux immortels et par les
hommes qui marchent sur la terre : Péphrèdô au beau
péplos et Enyô au péplos couleur de safran; et les Gorgones qui habitent au delà de l'illustre Okéanos, aux
dernières extrémités, vers la nuit, où sont les Hespérides aux voix sonores; les Gorgones Sthéinô et Euryalè,
et Médousa accablée de maux. Et celle-ci était mortelle,
mais les autres étaient immortelles et exemptes de vieillesse toutes deux. Et Poseidaôn aux cheveux noirs s'unit
à Médousa dans une molle prairie, sur des fleurs printanières. Et lorsque Perseus lui eut coupé la tête, le grand
Khrysaôr naquit d'elle, et le cheval Pégasos aussi. Et
celui-ci fut ainsi nommé parce que ce fut près des sources
Okéaniennes qu'il naquit, et celui-là parce qu'il tenait
une épée d'or dans ses mains.

Et Perseus, s'envolant loin de la terre féconde en
troupeaux, parvint jusqu'aux Dieux. Et il habite dans les
demeures de Zeus, et il porte le tonnerre et la foudre du
sage Zeus.

Et Khrysaôr engendra Géryôn aux trois têtes, s'é-
tant uni à Kallirhoè, fille de l'illustre Okéanos. Mais
la Force Hèrakléenne dépouilla Géryôn de ses armes
et lui enleva ses bœufs aux pieds flexibles, dans Ery-
théiè entourée des flots, le jour même où il conduisit ces bœufs aux larges fronts dans la divine Tirynthos, ayant traversé la mer et tué Orthos et le bouvier Eurytiôn dans un noir enclos, au delà de l'illustre
Okéanos.

Et Kallirhoè donna le jour à un enfant monstrueux,
invincible, nullement semblable aux hommes mortels et
aux Dieux immortels. Elle enfanta, dans un antre creux,

la divine Ekhidna au cœur ferme, moitié nymphe aux
yeux noirs, aux belles joues, moitié serpent monstrueux,
horrible, immense, aux couleurs variées, nourri de chairs
crues dans les antres de la terre divine. Et sa demeure
est au fond d'une caverne, sous une roche creuse, loin
des Dieux immortels et des hommes mortels; car les
Dieux lui ont donné ces demeures illustres. Et elle était
enfermée dans Arimos, sous la terre, la morne Ekhidna,
la Nymphe immortelle, préservée de la vieillesse et de
toute atteinte. Et l'on dit que Typhaôn s'unit d'amour
avec elle, ce Vent impétueux et violent, avec cette belle
Nymphe aux yeux noirs.

Et elle devint enceinte, et elle enfanta le monstrueux
et ineffable Kerbéros, chien d'Aidès, mangeur de chair
crue, à la voix d'airain, aux cinquante têtes, impudent et
vigoureux. Et puis elle enfanta l'odieuse Hydre de Ler-
naia, qui fut nourrie par la divine Hèrè aux bras blancs,
pour servir sa haine insatiable contre la Force Hèrakléenne. Mais il la tua avec l'airain mortel, le fils de
Zeus, l'Amphitryôniade, aidé du brave Iolaos, et d'après
les conseils de la dévastatrice Athènaiè.

Et puis Ekhidna enfanta Khimaira au souffle terrible,
affreuse, énorme, cruelle et robuste. Elle avait trois
têtes : la première d'un lion farouche, l'autre d'une
chèvre, et la troisième d'un dragon vigoureux. Lion par
le front, dragon par derrière, chèvre par le milieu, elle
soufflait horriblement l'impétuosité d'une flamme ardente. Pégasos et le brave Bellérophontès la tuèrent.

Et puis Ekhidna enfanta la Sphinx, ce fléau des fils
de Kadmos, après s'être unie à Orthos; et puis le Lion
Néméen que nourrit Hèrè, l'épouse vénérable de Zeus,
et qu'elle plaça dans la fertile Néméiè, pour la ruine des
hommes. Et là il ravageait les tribus des hommes, ré-

gnant sur le Trètos, Néméiè et l'Apésas. Mais la puissance de la Force Hèrakléenne le dompta.

Enfin, Kètô, unie d'amour à Phorkys, enfanta un serpent terrible qui, dans les flancs de la terre noire, aux extrémités du monde, garde les Pommes d'or.

Telle est la race de Kètô et de Phorkys.

Et Téthys conçut d'Okéanos et enfanta les Fleuves tourbillonnants : Le Néilos, et l'Alphéios, et l'Eridanos aux tourbillons profonds, et le Strymôn, et le Méandros, et l'Istros au beau cours, et le Phasis, et le Rhèsos, et le Haliakmôn, et le Heptaporos, et le Grènikos, et l'Aisèpos, et le divin Simoïs, et le Pènéios, et le Hermos, et le Kaikos au cours charmant, et le grand Saggarios, et le Ladôn, et le Parthénios, et l'Evénos, et l'Ardèskos et le divin Skamandros.

Et Téthys enfanta aussi la race sacrée des Nymphes qui, sur la terre, élèvent les jeunes hommes à l'aide du Roi Apollôn et des Fleuves, car elles ont reçu cette tâche de Zeus : Peithô, et Admètè, et Ianthè, et Eléktrè, et Dôris, et Prymnô, et Ouraniè semblable aux Déesses, et Hippô, et Klyménè, et Rhodia, et Kallirhoè, et Zeuxô, et Klytiè, et Idya, et Pasithoè, et Plexaurè, et Galaxaurè, et l'aimable Diônè, et Mélobosis, et Thoè, et la belle Polydorè, et Kerkéis d'un heureux naturel, et Ploutô aux yeux de bœuf, et Perséis, et Ianeira, et Akastè, et Xanthè, et la gracieuse Pétraiè, et Ménesthô, et Europè, et Métis, et Eurynomè, et Télestô au péplos couleur de safran, et Krisiè, et Asiè, et l'aimable Kalypsô, et Eudorè, et Tykhè, et Amphirô, et Okyroè, et Styx qui l'emporte sur toutes les autres.

Et elles sont nées de Téthys et d'Okéanos, ces Nymphes, les aînées de toutes, car il en est une multitude d'autres. Et, en effet, il y a trois mille filles rapides

d'Okéanos dispersées sur la terre et dans les lacs profonds, et qui habitent de toutes parts, illustre race
de Déesses. Et il y a autant de fleuves au cours retentissant, fils d'Okéanos, enfantés par la vénérable Téthys. Et il serait difficile à un homme de dire tous leurs
noms; mais ceux qui habitent leurs bords les connaissent tous.

Et Théia enfanta le grand Hèlios et la luisante Sélènè,
et Eôs qui apporte la lumière à tous les hommes terrestres et aux Dieux immortels qui habitent le large
Ouranos. Et elle les enfanta, s'étant unie d'amour à
Hypériôn.

Et Eurybiè, s'étant unie d'amour à Kréios, enfanta le
grand Astraios et Pallas, car c'était une Déesse puissante,
et Persès qui excellait dans tous les travaux. Eôs, unie à
Astraios, enfanta les Vents impétueux : l'agile Zéphyros
et le rapide Boréas, et Notos. Et elle les enfanta, s'étant
unie à un Dieu. Puis, elle enfanta l'Etoile porte-lumière,
née au matin, et les Astres resplendissants dont Ouranos
est couronné.

Et Styx, fille d'Okéanos, unie à Pallas, enfanta, dans
ses demeures, Zèlos et Nikè aux beaux pieds, et Kratos
et Biè, ces enfants très-illustres. Et leur demeure et leur
séjour ne les éloignent point de Zeus, et ils n'ont point
d'autre chemin que celui où le Dieu les précède; mais
ils restent toujours auprès de Zeus qui tonne puissamment. Ainsi l'obtint Styx, l'incorruptible Okéanide, le
jour même où le foudroyant Olympien appela tous les
Dieux immortels dans le large Ouranos, leur disant
qu'aucun des Dieux qui combattrait avec lui contre les
Titans ne serait privé de récompenses, mais qu'il garde-
rait les honneurs qu'il possédait déjà parmi les Dieux
immortels. Et il dit que ceux qui de Kronos n'avaient

eu ni honneurs ni récompenses recevraient ces honneurs et ces récompenses selon la justice.

Et, la première, Styx vint dans l'Olympos avec ses enfants, selon les conseils de son père bien-aimé; et Zeus
l'honora, et il lui fit des dons précieux, et il voulut qu'elle
fût le grand Serment des Dieux et que ses enfants de-
meurassent toujours avec lui. Et, de même, les pro-
messes faites aux autres Dieux, il les tint, car il est très-
puissant, et il règne.

Et Phoibè monta sur le lit désiré de Koios, et la
Déesse fut enceinte par l'amour d'un Dieu, et elle enfanta Lètô au péplos bleu, toujours charmante, douce aux
hommes et aux Dieux immortels, aimable dès sa naissance, et qui fit entrer la joie dans l'Olympos. Et Phoibè
enfanta aussi l'illustre Astériè, que Persès, autrefois, conduisit dans sa vaste demeure, afin qu'elle fût nommée
son épouse.

Et Astériè, devenue enceinte, enfanta Hékatè, qu'entre
toutes Zeus Kronide honora. Et il lui donna, pour sa
part illustre, de commander sur la terre et sur la mer
stérile. Déjà cette part lui avait été faite par Ouranos
étoilé, et elle était très-honorée par les Dieux immortels.

Et, en effet, aujourd'hui, quand un des hommes terrestres fait, selon la coutume, des sacrifices expiatoires,
il invoque Hékatè, et une grande faveur lui est accordée
promptement, et la Déesse bienveillante exauce sa prière
et le comble de richesses, car cela lui est facile.

Tous les honneurs que les enfants de Gaia et d'Ouranos ont reçus de la Moire, Hékatè les possède, car le
Kronide ne lui a enlevé ni la puissance, ni aucun des
honneurs qu'elle possédait sous les anciens Dieux Titans;
mais elle possède tout ce qui lui avait été accordé au
commencement. Et parce qu'elle est fille unique, la

Déesse est non moins honorée sur la terre et dans l'Ouranos que sur la mer; et elle est encore plus puissante,
parce que Zeus l'honore. Celui qu'elle veut aider magni-
fiquement, elle l'aide, et il brille dans les assemblées des
hommes, si elle le veut. Quand les guerriers s'arment
pour le combat terrible, alors la Déesse favorise qui elle
veut, et à ceux-ci elle accorde une prompte victoire et
elle donne la gloire.

Elle s'assied auprès des Rois vénérables, quand ils jugent. Quand les guerriers, réunis, se livrent aux luttes, la
Déesse leur est propice et les aide. A celui qui l'emporte
par son courage et sa force un beau prix est promptement
accordé, et, joyeux, il donne la gloire à ses parents. Elle
favorise les cavaliers, quand elle le veut; et ceux qui fen-
dent la glauque mer agitée, quand ils supplient Hékatè
et le retentissant Poseidaôn, la Déesse illustre leur accorde aisément une proie abondante, ou, la leur montrant, elle la leur ravit aisément, si elle veut. Avec Hermès, elle multiplie, dans les étables, les troupeaux de
bœufs, et les troupeaux de chèvres, et les troupeaux de
brebis laineuses; et, à son gré, elle en accroît le nombre
ou le diminue. Enfin, comme elle est la fille unique de sa
mère, elle est revêtue de tous les honneurs parmi les Dieux,
et le Kronide en a fait la nourrice de tous les hommes
qui, après elle, de leurs yeux verront la lumière de l'étin-
celante Eôs. Ainsi, dès le commencement, elle nourrit
les jeunes hommes, et tels sont ses honneurs.

Et Rhéia, domptée par Kronos, enfanta une illustre
race : Istiè, Dèmètèr, Hèrè aux sandales dorées, et le
puissant Aidès qui habite sous terre et dont le cœur est
inexorable, et le retentissant Poseidaôn, et le sage Zeus,
père des Dieux et des hommes, dont le tonnerre ébranle
la terre large.

Mais le grand Kronos les engloutissait, à mesure que
du sein sacré de leur mère ils tombaient sur ses genoux.
Et il faisait ainsi, afin que nul, parmi les illustres Ouranides, ne possédât jamais le pouvoir suprême entre les
Immortels. Il avait appris, en effet, de Gaia et d'Ouranos étoilé qu'il était destiné à être dompté par son
propre fils, par les desseins du grand Zeus, malgré sa
force. Et c'est pourquoi, non sans habileté, il méditait
ses ruses et dévorait ses enfants. Et Rhéia était accablée
d'une grande douleur.

Mais, quand Zeus, père des Dieux et des hommes,
allait être enfanté par elle, elle supplia ses chers parents,
Gaia et Ouranos étoilé, de lui enseigner par quels
moyens elle cacherait l'enfantement de son cher fils, et
elle pourrait punir les fureurs paternelles contre ses
autres enfants que le grand et subtil Kronos avait dé-
vorés. Et Gaia et Ouranos exaucèrent leur fille bien-
aimée, et ils lui révélèrent quelles seraient les destinées
et du Roi Kronos et de son fils magnanime.

Et ils l'envoyèrent à Lyktos, riche cité de la Krètè, au
moment où elle allait enfanter le dernier de ses fils, le grand
Zeus. Et la grande Gaia le reçut dans la vaste Krètè, pour
le nourrir et l'élever. Et, d'abord, elle le porta à travers
la noire nuit à Lyktos ; puis, le saisissant de ses mains,
elle le cacha sous un antre élevé, dans les flancs de la
terre divine, sur le mont Argaios couvert d'épaisses
forêts. Puis, ayant enveloppé de langes· une pierre
énorme, Rhéia la donna au grand Prince Ouranide, à
l'antique Roi des Dieux. Et celui-ci la saisit et l'engloutit
dans son ventre.

Insensé! Il ne prévoyait pas dans son esprit que, grâce
à cette pierre, son fils, invincible et en sûreté, survivrait,
et, le domptant bientôt par la force de ses mains, lui ra-

virait sa puissance et commanderait lui-même aux Immortels. Et la vigueur et les membres robustes du jeune
Roi croissaient rapidement. Et, le temps étant révolu,
circonvenu par le conseil rusé de Gaia, le subtil Kronos
rendit toute sa race, vaincu par les artifices et par la force
de son fils.

Et, d'abord, il vomit la pierre qu'il avait avalée la dernière. Et Zeus attacha fortement celle-ci sur la terre
spacieuse, sur la divine Pythô, au fond des gorges du
Parnèsios, pour être un monument futur et une merveille pour les hommes mortels.

Et Zeus délivra de leurs chaînes accablantes ses oncles,
les Ouranides, qu'avait enchaînés leur père en démence.
Et ils lui rendirent grâce de ce bienfait, et ils lui donnèrent le tonnerre, et la blanche foudre, et l'éclair, que,
jusque-là, la grande Gaia avait cachés dans son sein. Et,
depuis, confiant dans ces armes, Zeus commande aux
hommes et aux Dieux.

Et Iapétos épousa l'Okéanide aux beaux pieds, Klyménè,
et partagea le même lit qu'elle. Et elle enfanta le magnanime Atlas, et Ménoitios fier de sa gloire, et Prométheus
subtil et rusé, et l'insensé Epimètheus qui fut, dès l'origine, funeste aux hommes industrieux ; car, le premier,
il épousa une Vierge imaginée par Zeus. Pour l'injurieux
Ménoitios, le prévoyant Zeus l'engloutit dans l'Erébos,
le frappant de la blanche foudre, à cause de sa méchanceté et de son insolence orgueilleuse. Par une dure nécessité, Atlas soutient le large Ouranos, aux extrémités de
la terre, en face des sonores Hespérides, se tenant debout. Et il le soutient de sa tête et de ses mains infatigables, car le prudent Zeus lui a fait cette destinée.

Et Zeus attacha par des chaînes solides le subtil Promètheus, et il l'attacha avec de durs liens autour d'une

colonne. Et il lui envoya un aigle aux ailes déployées qui
mangeait son foie immortel. Et il en renaissait autant,
durant la nuit, qu'en avait mangé tout le jour l'oiseau
aux ailes déployées. Mais le fils vigoureux d'Alkmènè
aux beaux pieds, Hèraklès, tua l'aigle, et chassa ce mal
horrible loin du Iapétionide, et le délivra de ce supplice.
Et ce ne fut pas contre la volonté de Zeus Olympien qui
règne dans les hauteurs, mais afin que la gloire de Hèraklès, né dans Thèbè, fût encore plus grande sur la terre
nourricière. Ainsi, voulant honorer son très-illustre fils,
il renonça à la colère qu'il avait conçue autrefois contre
Promètheus qui avait lutté de ruses avec le puissant
Kroniôn.

Et, en effet, quand les Dieux et les hommes mortels
se disputaient dans Mèkônè, Promètheus montra un
grand bœuf qu'à dessein il avait partagé, voulant tromper l'esprit de Zeus.

D'une part, les chairs et les entrailles grasses, il les mit
dans la peau, en les recouvrant du ventre de l'animal;
et, de l'autre côté, avec une ruse adroite, les os blancs
du bœuf, il les disposa habilement et les recouvrit d'une
belle graisse. Et alors, le Père des Dieux et des hommes
lui dit :

— Iapétionide! Le plus illustre des princes, ô cher,
que tu as fait des parts inégales !

Ainsi parla Zeus toujours plein de prudence. Et le
subtil Promètheus lui répondit, souriant en lui-même,
car il n'avait point oublié sa ruse :

— Très-glorieux Zeus, le plus grand des Dieux éternels, choisis, de ces parts, celle que ton cœur te persua-
dera de choisir.

Il parla ainsi, plein de ruse ; mais Zeus, dans sa sagesse
éternelle, ne se méprit point et reconnut cette fraude, et,

dans son esprit, prépara des calamités aux hommes mortels; et ces malheurs devaient s'accomplir. De l'une et
l'autre main, il enleva la blanche graisse, et il s'irrita dans
son esprit, et la colère envahit son cœur, dès qu'il eut vu
les os blancs du bœuf et cette ruse adroite. Et c'est depuis
ce temps que la race des hommes, pour les Dieux, brûle
les os blancs sur les autels parfumés. Et alors, très-irrité,
Zeus qui amasse les nuées lui dit :

— Iapétionide ! Très-habile entre tous, ô cher, tu n'as
point oublié tes ruses adroites.

Et il parla ainsi, plein de colère, Zeus dont la sagesse
est éternelle. Et depuis ce temps, se souvenant toujours
de cette fraude, il refusa la force du feu inextinguible
aux misérables hommes mortels qui habitent sur la terre.

Mais le fils excellent d'Iapétos le trompa encore, lui
ayant dérobé une portion splendide du feu inextinguible
qu'il cacha dans une férule creuse. Et il fut mordu au
fond de son cœur, Zeus qui tonne dans les hauteurs ; et
la colère ébranla tout son cœur, dès qu'il eut vu, parmi
les hommes, resplendir l'éclat du feu. Et, à cause de ce
feu, il les frappa d'une prompte calamité.

Et l'illustre Boiteux fit avec de la terre, par ordre du
Kronide, une forme semblable à une chaste Vierge. Et
Athènè aux yeux clairs l'orna et la recouvrit d'une
blanche tunique; et, sur sa tête, elle posa un voile ingé-
nieusement fait et admirable à voir. Puis, une guirlande
fleurie de fleurs nouvelles fut mise sur sa tête par Pallas
Athènè. Et autour de son front une couronne d'or fut
posée, qu'avait faite lui-même l'illustre Boiteux, qui l'avait
travaillée de ses mains pour complaire au Père Zeus. Et,
dans cette couronne, de nombreuses images étaient
sculptées, admirables à voir, de tous les animaux que
nourrissent la terre ferme et la mer. Et de ces images

jaillissait une grâce resplendissante, admirable, et elles semblaient vivantes.

Et quand il eut formé cette belle calamité, en retour d'une bonne œuvre, il conduisit, là où étaient réunis les Dieux et les hommes, cette Vierge ornée par la Déesse aux yeux clairs, née d'un père puissant. Et l'admiration saisit les Dieux immortels et les hommes mortels, dès qu'ils eurent vu cette calamité fatale aux hommes. Car c'est d'elle que sort la race des femmes femelles, la plus pernicieuse race de femmes, le plus cruel fléau qui soit parmi les hommes mortels, car elles s'attachent, non à la pauvreté, mais à la richesse.

Et de même que les abeilles, dans leurs ruches couvertes de toits, nourrissent les frelons qui ne font que le mal, et que, pendant le jour, jusqu'au déclin de Hèlios, matinales, elles travaillent et font leurs cellules blanches, tandis que les frelons, pénétrant dans les ruches couvertes de toits, s'emplissent le ventre du fruit d'un travail étranger; ainsi il donna ces femmes funestes aux hommes mortels, Zeus qui tonne dans les hauteurs, ces femmes qui ne font que le mal.

Et il leur envoya aussi une autre calamité, en retour d'une bonne œuvre. Celui qui, fuyant le mariage et le souci pénible des femmes, ne prend point d'épouse, s'il atteint la vieillesse lourde, sera privé des soins donnés au vieillard; et, s'il n'a point vécu pauvre, du moins, à sa mort, ses biens seront partagés entre ses parents éloignés. Pour celui que la Moire a soumis au mariage, s'il a une femme chaste et ornée de sagesse, sa vie n'en sera pas moins mêlée de bien et de mal; mais pour celui qui aura épousé une femme d'un mauvais naturel, il aura dans sa poitrine une douleur sans fin, et son âme et son cœur seront la proie d'un mal irrémédiable; car il n'est point permis de tromper Zeus, et on ne lui échappe point.

Ainsi Prométheus Iapétionide, qui n'était digne d'aucun châtiment, excita la lourde colère de Zeus, et, sous le coup de la nécessité, malgré toute sa science, il subit une chaîne pesante.

Dès que le Père Ouranos se fut irrité dans son cœur contre Briaréôs, Kottos et Gygès, il les lia d'une forte chaîne, et, admirant leur courage formidable, et leur beauté, et leur haute taille, il les renferma sous la terre large. Et là, sous la terre, pénétrés de douleurs, ils demeuraient aux extrémités de la vaste terre, gémissants, et le cœur plein d'une grande tristesse. Mais le Kronide et les autres Dieux immortels que Rhéia aux beaux cheveux avait conçus de Kronos les rendirent à la lumière, d'après les conseils de Gaia. Gaia, en effet, leur fit entendre longuement qu'à l'aide des Géants ils remporteraient la victoire et une gloire éclatante.

Et ils combattirent longtemps, accablés de rudes travaux, les Dieux Titans et tous les Dieux nés de Kronos. Et ils se livraient des batailles terribles. Et, du sommet de l'Othrys, les Titans glorieux, et, du faîte de l'Olympos, les Dieux, source des biens, que Rhéia aux beaux cheveux avait conçus de Kronos, luttant les uns contre les autres avec de cruelles fatigues, combattaient sans relâche depuis plus de dix ans.

Et cette guerre n'avait ni trêve, ni fin, et elle se perpétuait entre eux à chances égales. Mais, quand Zeus offrit aux Géants ces mets excellents, le Nektar et l'Ambroisie, dont les Dieux eux-mêmes se nourrissent, un plus grand courage s'enfla dans leurs poitrines; et quand ils eurent goûté le Nektar et l'Ambroisie, alors le Père des Dieux et des hommes leur parla ainsi :

— Écoutez-moi, illustres enfants de Gaïa et d'Ouranos, afin que je vous dise ce que mon cœur m'inspire dans ma poitrine. Déjà, depuis trop longtemps, les uns contre les autres, pour la victoire et pour l'empire, nous combattons chaque jour, les Dieux Titans et nous qui sommes nés de Kronos. Mais vous, votre force immense et vos mains invincibles, employez-les contre les Titans dans la mêlée terrible. Souvenez-vous de notre douce amitié, et n'oubliez pas qu'après tant de maux, délivrés d'une lourde chaîne, vous avez été rendus à la lumière, par nos soins, du fond des ténèbres noires.

Il parla ainsi, et l'irréprochable Kottos lui répondit :

— Vénérable ! Nous n'ignorons point ce que tu dis, mais nous savons aussi combien tu excelles en sagesse et en intelligence. Loin des Immortels tu as repoussé un mal horrible, et, par ta prudence, du fond des ténèbres noires, nous sommes revenus sur nos pas, délivrés de nos rudes chaînes, ô Roi, fils de Kronos, après avoir souffert désespérément. Et c'est pourquoi, maintenant, d'un cœur ferme et dans une sage volonté, nous t'assurerons l'empire dans cette lutte cruelle, en combattant contre les Titans, au milieu des rudes combats.

Il parla ainsi, et les Dieux, source des biens, applaudirent à ses paroles. Et leur cœur désira la guerre plus que jamais. Et tous engagèrent la violente bataille, en ce jour, tous, tant qu'ils étaient, mâles et femelles, les Dieux Titans et les Dieux nés de Kronos, et ceux que Zeus avait rendus à la lumière du fond de l'Erébos souterrain, violents, robustes, possédant des forces infinies ; car cent bras se roidissaient de leurs épaules, et chacun d'eux avait cinquante têtes qui s'élevaient du dos, au-dessus de leurs membres robustes. Et opposés aux Titans, dans cette guerre désastreuse, ils portaient dans leurs mains solides d'énormes rochers. Et les Titans, de l'autre côté, affermissaient leurs phalanges avec ardeur, et la vigueur des bras et le courage éclataient des deux parts.

Et la mer immense résonna horriblement, et la terre mugissait avec force, et le large Ouranos gémissait, tout ébranlé, et le grand Olympos tremblait sur sa base au choc des Dieux ; et un vaste retentissement pénétra dans le Tartaros noir, bruit sonore des pieds, tumulte de la mêlée, et violence des coups.

Et, les uns contre les autres, ils lançaient les traits lamentables, et leur clameur confondue montait jusqu'à l'Ouranos étoilé, tandis qu'ils s'exhortaient et qu'ils se heurtaient avec de grands cris.

Et, alors, Zeus cessa de contenir ses forces, et son âme s'emplit aussitôt de colère, et il déploya toute sa vigueur, tandis que de l'Ouranos et de l'Olympos il se précipitait flamboyant. Et les foudres, avec le tonnerre et l'éclair, volaient rapidement de sa main robuste, roulant au loin la flamme sacrée. Et, de toutes parts, la terre féconde mugissait, flamboyante, et les grandes forêts crépitaient dans le feu, et toute la terre brûlait, et les flots d'Okéanos et l'immense Pontos s'embrasaient, et une chaude vapeur enveloppait les Titans terrestres. Et la flamme dans l'air divin montait largement, et les yeux des plus braves étaient éblouis par la splendeur irradiante de la foudre et de l'éclair.

Et l'immense incendie envahit le Khaos, et il semblait qu'on vît de ses yeux et qu'on entendît de ses oreilles le bouleversement de ces temps où, jadis, la terre et le large Ouranos élevé se heurtaient, lorsque, dans un retentissement sans bornes, l'une allait être fracassée par l'autre qui se ruait d'en haut, tant était horrible le bruit du combat des Dieux !

Et tous les Vents soulevaient avec rage des tourbillons de poussière, au bruit du tonnerre, des éclairs et de l'ardente foudre, ces traits du grand Zeus. Et ils jetaient leurs bruits et leurs clameurs à travers les deux partis. Et un immense fracas enveloppait l'effrayant combat, et la vigueur des bras se déployait des deux côtés.

. Mais la victoire pencha. Jusque-là, se ruant les uns sur les autres, tous avaient bravement combattu dans le terrible combat; mais alors, au premier rang, engageant une lutte violente, Kottos, Briaréôs et Gygès insatiable de combats, lancèrent trois cents rochers, de leurs mains robustes, coup sur coup, et ils ombragèrent de leurs traits les Dieux Titans, et, dans la profondeur de la terre large, ils les précipitèrent chargés de durs liens, ayant dompté de leurs mains ces adversaires au grand cœur. Et ils les enfoncèrent sous la terre, aussi loin que la terre est loin de l'Ouranos; car l'espace est le même de la terre au noir Tartaros.

Roulant neuf nuits et neuf jours, une enclume d'airain, tombée de l'Ouranos, arriverait le dixième jour sur la terre; et, roulant neuf nuits et neuf jours, une enclume d'airain, tombée de la terre, arriverait le dixième jour au Tartaros.

Un enclos d'airain l'environne, et la nuit répand trois murs d'ombre autour de l'ouverture, et, au-dessus, sont les racines de la terre et de la mer stérile. Et là, les Dieux Titans, sous le noir brouillard, sont cachés, par l'ordre de Zeus qui amasse les nuées, dans ce lieu infect, aux extrémités de la terre immense.

Et ce lieu n'a point d'issue. Poseidaôn en a fait les portes d'airain, et un mur l'entoure de toutes parts; et là, Gygès, Kottos et Briaréôs au grand cœur habitent, sûrs gardiens de Zeus tempêtueux. Et là, de la terre sombre et du Tartaros noir, de la mer stérile et de l'Ouranos étoilé, sont rangées les sources et les limites, affreuses, infectes et détestées des Dieux eux-mêmes.

C'est un gouffre énorme, et, de toute une année, il n'en atteindrait pas le fond celui qui en passerait les portes; mais il serait emporté çà et là par une impétueuse tempête, affreuse. Et il est horrible aux Dieux immortels eux-mêmes, ce gouffre monstrueux. Et là, de la nuit noire, la demeure horrible se dresse, toute couverte de sombres nuées.

A l'entrée, le fils d'Iapétos soutient le large Ouranos, debout, de sa tête et de ses mains infatigables, et plein de vigueur. Et Nyx et Hèméra vont tout autour, s'appelant l'une l'autre et passant tour à tour le large seuil d'airain. Et, en effet, l'une entre et l'autre sort, et jamais ce lieu ne les renferme toutes deux; mais, toujours, l'une, existant hors de ce lieu, se meut sur la terre, et l'autre rentre, en attendant que l'heure du départ arrive. Et Hèméra apporte la lumière perçante aux hommes terrestres; et, portant dans ses mains Hypnòs, frère de Thanatos, vient à son tour la dangereuse Nyx enveloppée d'une nuée noire. Car c'est là qu'habitent les enfants de l'obscure Nyx, Hypnos et Thanatos, Dieux terribles. Et jamais le brillant Hèlios ne les éclaire de ses rayons, soit qu'il gravisse l'Ouranos, soit qu'il en descende. L'un, sur la terre et sur le large dos de la mer, tranquille, se promène, doux aux hommes; mais le cœur de l'autre est d'airain, et son âme est d'airain dans sa poitrine, et il ne lâche point le premier qu'il a saisi parmi les hommes; et il est odieux aux Immortels eux-mêmes.

Et, tout au fond, sont les demeures sonores du Dieu souterrain, du puissant Aidès et de la terrible Perséphonéiè.

Et un chien féroce, effroyable, en garde les portes, et, dans sa mauvaise ruse, ceux qui entrent, il les flatte de la queue et des deux oreilles; mais il ne les laisse plus sortir, et, plein de vigilance, il dévore tous ceux qui veulent repasser le seuil du puissant Aidès et de la terrible Perséphonéiè.

Et là habite aussi la Déesse effroyable aux Immortels, l'horrible Styx, fille aînée d'Okéanos au prompt reflux. Loin des Dieux, elle habite des demeures illustres, couvertes de rochers énormes, et dont l'enceinte est soutenue jusqu'à l'Ouranos par des colonnes d'argent.

Parfois, la fille de Thaumas, Iris aux pieds légers, vole en messagère sur le vaste dos de la mer, quand une querelle ou une dissension s'élève parmi les Dieux. Si quelque habitant des demeures Olympiennes a menti, Zeus, alors, envoie Iris, pour le grand serment des Dieux, chercher au loin, dans une aiguière d'or, l'Eau fameuse, glacée, qui tombe d'une roche escarpée et haute.

Dans le sein de la terre spacieuse, l'Eau du Fleuve sacré devient, en coulant dans la nuit noire, un bras de l'Okéanos, et la dixième partie en est réservée. Les neuf autres, autour de la terre et du large dos de la mer, en tourbillons d'argent retombent dans la mer; mais ce qui flue du rocher est le grand châtiment des Dieux.

Si, en faisant des libations, un Dieu s'est parjuré parmi les Immortels qui habitent le faîte du neigeux Olympos, il gît sans haleine pendant toute une année, et il ne goûte plus ni l'Ambroisie, ni le Nektar; mais, il gît sans haleine, et muet, sur son lit, et un affreux engourdissement l'enveloppe. Et quand son mal a cessé après une longue année, un autre tourment très-cruel le saisit.

Pendant neuf ans, il est relégué loin des Dieux éternels, et jamais il ne se mêle ni à leurs conseils, ni à leurs repas. Et, la dixième année seulement, il prend part à l'assemblée des Dieux qui habitent les demeures Olympiennes.

Et ainsi les Dieux consacrèrent au Serment l'Eau incorruptible de Styx, cette Eau antique qui traverse ce lieu aride où, de la terre sombre et du Tartaros noir, et de la mer stérile, et de l'Ouranos étoilé, sont rangées les sources et les limites, affreuses, infectes, et détestées des Dieux eux-mêmes.

Et là sont les splendides portes et le seuil d'airain, immuable, construit sur de profondes bases et surgi de lui-même. Et devant ce seuil, loin de tous les Dieux, les Titans habitent, par delà le Khaos couvert de brouillards; mais les illustres alliés de Zeus qui tonne fortement ont leurs demeures aux sources de l'Okéanos, — Gygès et Kottos. Pour le vigoureux Briaréôs, Poseidaôn qui frémit profondément en a fait son gendre, et il lui a donné Kymopoléia, sa fille, afin qu'il l'épousât.

Et dès que Zeus eut chassé les Titans de l'Ouranos, la grande Gaia enfanta son dernier-né Typhôeus, ayant été unie d'amour au Tartaros par Aphroditè d'or.

Et elles étaient actives au travail les mains, et ils étaient infatigables les pieds du Dieu robuste. Et de ses épaules sortaient cinquante têtes d'un horrible Dragon, dardant des langues noires. Et des yeux de ces têtes monstrueuses, à travers les sourcils, flambait du feu, et de toutes ces têtes qui regardaient, jaillissait ce feu. Et des voix sortaient de toutes ces têtes affreuses, rendant des sons de toutes sortes, ineffables, semblables aux voix mêmes des Dieux, ou à la voix énorme d'un taureau mugissant et féroce, ou à celle d'un lion à l'âme farouche, ou, chose prodigieuse, à l'aboiement des petits chiens, ou au bruit strident des hautes montagnes.

Et peut-être qu'en ce jour une œuvre fatale eût été accomplie, et que Typhôeus eût commandé aux mortels et
aux Immortels, si le Père des hommes et des Dieux ne
l'eût compris aussitôt. Et il tonna avec puissance et avec
force, et, de toutes parts, la terre reçut un ébranlement
horrible, et, au-dessus d'elle, le large Ouranos, et Pontos,
et Okéanos, et la profondeur de la terre.

Et sous les pieds immortels le grand Olympos chan-
cela, quand le Roi se leva, et la terre gémit. Et, de tous
côtés, se répandirent sur la noire mer, et la flamme, et
le tonnerre, et l'éclair, et les tourbillons de feu du
Monstre, des vents et de la foudre ardente.

Et toute la terre, et tout l'Ouranos, et toute la mer
brûlaient, et les flots bouillonnaient au loin et le long
des rivages, sous le choc des Dieux, et l'ébranlement
était irrésistible.

Et il s'épouvanta, Aidès qui commande aux Morts; et
les Titans frémirent, enfermés dans le Tartaros, autour
de Kronos, en entendant cette clameur inextinguible et
ce terrible combat.

Et Zeus, ayant réuni toutes ses forces, saisit ses
armes, le tonnerre, l'éclair et la foudre brûlante, et,
sautant de l'Olympos, frappa Typhôeus. Et il incendia
toutes les énormes têtes du Monstre farouche, et il le
dompta lui-même sous les coups. Et Typhôeus tomba
mutilé, et la grande Gaia en gémit.

Et la flamme de la foudre jaillissait du corps de ce Roi
tombé dans les gorges boisées d'une âpre montagne. Et
toute la terre immense brûlait dans une vapeur ardente,
et coulait comme l'étain chauffé par les forgerons dans
une fournaise à large gueule, ou comme le fer, le plus
solide des métaux, dans les gorges d'une montagne,

dompté par l'ardeur du feu, coule sur la terre divine, entre les mains de Héphaistos. Ainsi, la terre coulait sous l'éclair du feu ardent, et Zeus, irrité, plongea Typhôeus dans le large Tartaros.

Et de Typhôeus sort la force des vents au souffle humide, excepté Notos, Boréas et le rapide Zéphyros, qui sont issus des Dieux, et toujours très-utiles aux hommes. Mais les autres vents, sans utilité, soulèvent la mer, et, se précipitant sur le noir Pontos, terrible fléau des hommes, ils forment des tourbillons violents. Et ils soufflent çà et là, et dispersent les nefs et perdent les matelots ; car il n'y a point de remède à la ruine de ceux qui les rencontrent sur la mer. Et sur la face de la terre immense et fleurie, les beaux travaux des hommes nés d'elle, ils les détruisent, les remplissant de poussière et d'un bruit odieux.

Cependant, après que les Dieux heureux eurent accompli leur œuvre, en luttant contre les Titans pour les honneurs et la puissance, ils engagèrent, par le conseil de Gaia, le prévoyant Zeus à régner et à commander aux Immortels. Et le Kronide leur partagea les honneurs avec équité.

Et, d'abord, le Roi des Dieux, Zeus, prit pour femme Mètis, la plus sage d'entre les Immortels et les hommes mortels. Mais, comme elle allait enfanter la déesse Athènè aux yeux clairs, alors, abusant son esprit par la ruse et par de flatteuses paroles, Zeus la renferma dans son ventre, par les conseils de Gaia et d'Ouranos étoilé.

Et ils le lui avaient conseillé, pour que la puissance royale ne fût possédée par aucun des autres Dieux éternels que Zeus ; car il était dans la destinée que, de Mètis, naîtraient de sages enfants, et, d'abord, la Vierge

Tritogénéia aux yeux clairs, aussi puissante que son père et aussi sage. Puis, un fils, roi des Dieux et des hommes, devait être enfanté par Mètis et posséder un grand courage. Mais, auparavant, Zeus la renferma dans son ventre, afin que la Déesse lui donnât la science du bien et du mal.

Et puis, il épousa la splendide Thémis, qui enfanta les Heures, Eunomiè, Dikè et la florissante Eirènè, qui mûrissent les travaux des hommes mortels; et les Moires, à qui Zeus, très-sage, accorda les plus grands honneurs, Klôthô, Lakhésis et Atropos, qui donnent aux hommes mortels de posséder les biens ou de subir les maux.

Et Eurynomè enfanta les trois Kharites aux belles joues, elle, l'Okéanide, qui avait une beauté parfaite : Aglaiè, Euphrosynè et l'aimable Thaliè. Et le désir, émanant de leurs paupières, énerve les forces; et leurs regards sont doux sous leurs sourcils.

Puis, Zeus entra dans la couche de Dèmètèr qui nourrit toutes choses, et celle-ci enfanta Perséphonéiè aux beaux bras, que Aidôneus enleva à sa mère et que lui accorda le sage Zeus.

Puis, Zeus aima Mnèmosynè aux beaux cheveux, de qui sont nées les Muses ceintes de mitres d'or, les neuf Muses à qui plaisaient les festins et la douceur du chant.

Et Lètô enfanta Apollôn et Artémis joyeuse de ses flèches, les plus beaux parmi tous les Ouraniens, et elle les enfanta, s'étant unie à Zeus tempêtueux.

Enfin, Zeus épousa la dernière, la splendide Hèrè qui enfanta Hèbè, Avès et Eieithyia, après s'être unie au Roi des Dieux et des hommes. Et lui-même fit sortir de sa tête Tritogénéia aux yeux clairs, ardente, excitant le tu-

multe, conduisant les armées, indomptée, vénérable, à
qui plaisent les clameurs, les guerres et les mêlées. Mais
Hèrè, sans s'unir à Zeus, enfanta l'illustre Hèphaistos.
Elle enfanta, usant de ses propres forces et luttant contre
son époux, Hèphaistos, habile dans les arts entre tous
les Ouraniens.

Et d'Amphitritè et du retentissant Poseidâon naquit
le grand et puissant Tritôn qui, de la mer, habite la profondeur, auprès de sa mère bien-aimée et de son père
royal, dans les demeures d'or du grand Dieu.

Et d'Arès, briseur de boucliers, Kythéréia conçut
Phobos et Deimos, Dieux violents, qui dispersent les
phalanges des guerriers, dans la guerre horrible, et accompagnent Arès destructeur des cités. Et elle enfanta
aussi Harmoniè, que le magnanime Kadmos épousa.

Et, de Zeus, la fille d'Atlas, Maiè, conçut le glorieux
Hermès, héraut des Dieux, après être montée sur le lit
sacré.

Et la fille de Kadmos, Sémèlè, enfanta un fils illustre,
s'étant unie à Zeus, le joyeux Dionysos. Mortelle, elle
enfanta un Immortel, et, maintenant, tous deux sont
Dieux.

Et Alkmènè enfanta la Force Hèrakléenne, s'étant
unie à Zeus qui amasse les nuées.

Et l'illustre Hèphaistos, qui boite des deux pieds,
épousa l'éclatante Aglaiè, la plus jeune des Kharites.

Et Dionysos aux cheveux d'or épousa la blonde
Ariadnè, fille de Minôs, et il l'épousa dans la fleur de la
jeunesse, et le Kroniôn la mit à l'abri de la vieillesse et
la fit Immortelle.

Et le robuste fils d'Alkmènè aux beaux pieds, lui, la
Force Hèrakléenne, épousa Hèbè, après ses terribles
travaux. Il épousa cette fille du grand Zeus et de Hèrè

aux sandales dorées, Hèbè, la chaste Déesse, dans le neigeux Olympos. Heureux, après avoir accompli d'illustres actions, parmi les Dieux il habite, immortel, et à l'abri de la vieillesse.

Et, de l'infatigable Hèlios, l'illustre Okéanide Perséis, conçut Kirkè et le prince Aiètès. Et Aiètès, fils de Hèlios qui donne la lumière aux hommes, épousa la fille du fleuve sans fin Okéanos, d'après le conseil des Dieux, l'illustre Idyia aux belles joues, qui enfanta Mèdéia aux beaux pieds, s'étant unie à Aiètès, et domptée par Aphroditè d'or.

Et, maintenant, salut, vous qui avez des demeures Olympiennes, et vous, Iles, Continents, gouffres salés de Pontos!

Et, maintenant, chantez harmonieusement, Muses Olympiades, filles de Zeus tempêtueux, la foule de ces Déesses qui, ayant partagé le lit d'hommes mortels, bien qu'immortelles, enfantèrent une race semblable aux Dieux.

Dèmètèr, la plus illustre des Déesses, enfanta Ploutos, s'étant unie d'amour au héros Iasios, en un champ trois fois labouré, dans la fertile Krètè, le bon Ploutos qui va par toute la terre et sur le large dos de la mer. Et tout homme qu'il rencontre ou qui vient à lui, il le fait riche et il lui donne une grande félicité.

Et, de Kadmos, Harmoniè, fille d'Aphroditè d'or, conçut Inô, Sémélè, Agavè aux belles joues, et Autonoè, qu'Aristaios aux cheveux épais épousa. Et elle enfanta aussi Polydôros, dans Thèbè ceinte de belles murailles.

Et la fille d'Okéanos, au magnanime Khrysaôr unie d'amour par Aphroditè d'or, Kallirhoè, enfanta le plus illustre des mortels, Gèryôn, que tua la Force Hèra-

kléenne, à cause des bœufs aux pieds flexibles, dans
Erythéia entourée des flots.

Et Eôs donna à Tithôn Memnôn au casque d'airain,
prince des Aithiopĩens, et le roi Hèmathiôn. Et, de Ké-
phalos, elle conçut un fils illustre, le brave Phaéthôn,
homme semblable aux Dieux, qui, orné de la fleur de sa
brillante jeunesse, ne songeait qu'aux jeux enfantins.
Mais Aphroditè, qui aime les sourires, en fit, l'ayant enlevé, le gardien nocturne de ses temples, tel qu'un génie
divin.

Et par la volonté des Dieux éternels, l'Aisonide enleva
la fille du prince Aiètès nourri par Zeus, après avoir subi
de pénibles et nombreux travaux que lui avait imposés
le grand prince orgueilleux Péliès, injurieux, impie et
coupable de grands crimes. Et l'Aisonide revint dans
Iolkos, après avoir beaucoup souffert, emportant dans sa
nef rapide la belle jeune fille aux yeux noirs qu'il
épousa dans sa florissante beauté, et qui, domptée par
Iasôn, pasteur des peuples, enfanta Mèdéios que le
Phillyride Kheirôn éleva sur les montagnes. Et ainsi
s'accomplissait la volonté du grand Zeus.

Et la fille de Nèreus, le Vieillard de la mer, Psamathè,
la plus illustre des Déesses, enfanta Phôkos, unie à
Aiakos par Aphroditè d'or.

Et la Déesse Thétis aux pieds d'argent, domptée par
Pèleus, enfanta Akhilleus au cœur de lion, le plus indomptable des hommes.

Et Kythéréia à la belle couronne enfanta Ainéias,
après s'être unie d'amour au héros Ankhisès, sur le
faîte de l'Ida aux nombreuses gorges et couvert de
forêts.

Et Kirkè, fille de Hèlios Hypérionide, conçut du pa-
tient Odysseus Agrios et l'irréprochable et robuste La-

tinos, qui, tous deux, dans la retraite des Iles sacrées, commandent à tous les illustres Tyrrhéniens.

Et Kalypsô, la plus illustre des Déesses, conçut d'Odysseus Nausithoos et Nausinoos, après s'être unie d'amour.

Et, ainsi, ayant partagé le lit d'hommes mortels, ces Immortelles conçurent des enfants semblables aux Dieux.

Et, maintenant, chantez harmonieusement la foule des autres femmes, ô Muses Olympiades, filles de Zeus tempêtueux !

FIN DE LA THÉOGONIE

HÉSIODE

LE BOUCLIER DE HÈRAKLÈS

LE BOUCLIER DE HÈRAKLÈS.

ELLE, Alkmènè, fille du prince des peuples Elektryôn, quittant ses demeures et la terre de la patrie, vint dans Thèba avec le brave Amphitryôn. Et, certes, elle surpassait toute la race des femmes femelles; et, pour la beauté et la haute stature, nulle des mortelles qui avaient enfanté après avoir couché avec des hommes ne pouvait lutter contre elle. De sa tête et de ses paupières bleues émanait un charme pareil à celui d'Aphroditè d'or; et, dans son cœur, elle honorait son mari plus qu'aucune autre femme n'avait encore honoré le sien.

Cependant, Amphitryôn, irrité pour des bœufs, avait tué, en le domptant par la force, l'illustre père d'Alkmènè; et, quittant alors la terre de la patrie, il était venu, comme un suppliant, dans Thèba, vers les Kadméiones porteurs de boucliers; et c'est là qu'il demeurait avec sa noble femme, mais privé de son amour, car il ne lui était point permis de monter sur le lit de la fille aux belles chevilles

d'Elektryôn, avant qu'il eût vengé le meurtre des frères
magnanimes de sa femme et qu'il eût brûlé les villes des
héros Taphiens et Tèléboens. Et ceci lui avait été imposé,
les Dieux en étant témoins ; et c'est pourquoi, redoutant
leur colère, il se hâtait d'accomplir promptement sa
grande entreprise, ainsi que Zeus le lui avait ordonné.
Et avec lui marchaient, pleins du désir de la guerre, les
Boiôtiens dompteurs de chevaux, respirant au-dessus de
leurs boucliers, et les Lokriens qui combattaient avec des
armes courtes, et les magnanimes Phôkèens. Et le noble
fils d'Alkaios était leur chef, se glorifiant de ces peuples.

Et le Père des hommes et des Dieux ourdit un autre
dessein dans son esprit, afin d'engendrer pour les Dieux
et les hommes industrieux un héros qui écarterait le danger loin d'eux. Aussitôt, ourdissant des ruses, il descendit de l'Olympos, étant plein de désirs nocturnes pour
une femme à la belle ceinture. Et il vint sur le Typhao-
nios. Puis, le sage Zeus monta sur le plus haut sommet
du Phikios, où il s'assit, méditant dans son esprit ses desseins merveilleux. Et, dans cette même nuit, il s'unit
d'amour à la fille aux belles chevilles d'Elektryôn et accomplit son désir ; et, dans cette même nuit, le prince
des peuples, l'illustre héros Amphitryôn, revint dans sa
demeure après avoir achevé sa grande entreprise. Et il ne
voulut point aller vers ses serviteurs et ses bergers avant
de monter sur le lit de sa femme, si violent était le désir
qui possédait le prince des peuples. De même qu'un
homme échappe avec joie au malheur, à la maladie ou à
de rudes chaînes, ainsi Amphitryôn, libre de son entreprise, revint plein de joie dans sa demeure et coucha cette
nuit avec sa femme vénérable, jouissant des dons d'Aphroditè d'or. Et Alkmènè, ainsi domptée par un Dieu et par
le plus brave des hommes, enfanta, dans Thèba aux sept

portes, deux fils jumeaux, mais dissemblables d'esprit,
quoique frères ; l'un très-inférieur, et l'autre le plus irréprochable et le plus brave des hommes, la terrible et
puissante Force Hèrakléenne ; et elle conçut celui-ci de
Zeus Kroniôn qui amasse les noires nuées, et Iphiklès du
prince des peuples Amphitryôn. Ils étaient dissemblables,
car elle avait conçu l'un d'un mortel et l'autre de Zeus
Kroniôn qui commande à tous les Dieux.

. . . .

Hèraklès tua Kyknos, fils magnanime d'Arès. Il le
rencontra dans un bois sacré de l'Archer Apollôn, lui et
son père Arès insatiable de combats, tous deux resplendissant sous leurs armes de la splendeur du feu ardent,
debout dans leur char. Et leurs chevaux rapides battaient
la terre de leurs sabots trépignants, et la poussière tour-
billonnait autour des roues et des pieds des chevaux im-
patients de courir. Et l'irréprochable Kyknos se réjouissait,
espérant tuer avec l'airain le brave fils de Zeus et son
compagnon, et enlever leurs armes illustres ; mais Phoibos
Apollôn n'exauça pas son désir et il excita contre lui la
Force Hèrakléenne. Et tout le bois sacré et le temple
d'Apollôn Pagaséen resplendissaient des armes d'Arès et
de ce Dieu lui-même, et le feu sortait étincelant de ses
yeux. Quel mortel vivant eût osé soutenir son choc, excepté Hèraklès et le brave Iolaos ? En effet, leur force
était grande, et leurs bras indomptables s'allongeaient de
leurs épaules sur leurs membres robustes. Et, alors, Hèraklès dit au brave Iolaos :

— Héros Iolaos, le plus cher de tous les mortels, certes,
Amphitryôn a mal agi envers les Dieux heureux qui habitent l'Ouranos, quand il est venu dans Thèba aux belles
murailles, ayant quitté Tirynthos bien bâtie, après avoir
tué Elektryôn à cause des bœufs au large front. Il vint

vers Kréôn et Hènokhiè au long péplos, qui le reçurent
avec amitié, lui offrirent toutes les choses nécessaires et
l'honorèrent comme il convient d'honorer les suppliants,
et plus encore. Et il vivait ainsi, joyeux, avec sa femme,
l'Elektryonide aux belles chevilles. Et, après le cours des
années, nous naquîmes promptement, ton père et moi,
dissemblables d'esprit et de corps. Et Zeus troubla l'intelligence de ton père, qui, abandonnant sa demeure et
ses parents, alla servir l'injuste Eurystheus. Le malheureux en gémit plus tard lamentablement, regrettant sa
faute qui était irrévocable. Mais moi, un Daimôn contraire m'infligea de rudes travaux. O cher, saisis promptement les rênes pourprées des chevaux aux pieds rapides,
et pousse tout droit, et audacieusement, le char léger et
la force des chevaux aux pieds rapides, sans t'effrayer de
la fureur du tueur d'hommes Arès qui emplit maintenant
de ses clameurs le bois sacré de l'Archer Apollôn, et qui
sera bientôt rassasié du combat, quoiqu'il soit plein de
force. .

Et l'irréprochable Iolaos lui répondit :

— O bien-aimé, certes, le Père des hommes et des
Dieux et le Tauréen qui ébranle la terre et qui garde et
défend la citadelle de Thèba honorent extrêmement ta
tête, puisqu'ils poussent dans tes mains cet homme grand
et robuste, afin que tu remportes une gloire éclatante !
Allons! revêts tes armes belliqueuses, afin que, rappro-
chant avec promptitude le char d'Arès et le nôtre, nous
combattions. Il n'épouvantera ni le brave fils de Zeus, ni
le fils d'Iphiklès, mais je pense qu'il fuira plutôt les deux
fils de l'irréprochable Alkéide, qui, tous deux, courent à
lui, désireux du combat et du carnage par lesquels ils
sont plus illustres que par les festins.

Il parla ainsi, et la Force Hèrakléenne sourit, se réjouissant dans son cœur, car Iolaos avait bien parlé. Et il lui dit ces paroles ailées :

— O divin héros Iolaos, la rude bataille n'est pas éloignée. Si tu as toujours été brave, maintenant dirige bien le grand cheval Ariôn aux crins noirs, et seconde-moi autant que tu le pourras.

Ayant ainsi parlé, il lia autour de ses jambes des knèmides d'oreikhalkos blanc, illustre don de Hèphaistos; puis il enveloppa sa poitrine d'une belle cuirasse d'or, aux ornements variés, que Pallas Athènaiè, fille de Zeus, lui avait donnée quand il se rua pour la première fois aux combats terribles. Il pendit ensuite autour de ses épaules le fer qui repousse le danger; puis l'homme effrayant jeta sur son dos le creux carquois empli de flèches vibrantes, dispensatrices de la mort silencieuse, portant à leurs pointes la mort et le deuil, longues et polies par le milieu et revêtues de plumes d'aigle noir. Puis il saisit sa lance terrible, aiguë, armée d'airain; puis il posa sur sa tête un casque d'acier, beau et bien forgé, qui s'adaptait à ses tempes et protégeait la tête du divin Hèraklès. Enfin il saisit de ses mains le bouclier aux ornements variés que rien ne pouvait percer, ni rompre, admirable à voir, environné de gypse et d'ivoire blanc, éclatant d'ambre et d'or, et enlacé de cercles bleus.

Au milieu était la terreur inénarrable d'un Dragon qui regardait en arrière avec des yeux flamboyants et dont la gueule était pleine de dents blanches, féroces et implacables. Au-devant de lui volait la détestable Eris, horrible et troublant l'esprit des guerriers qui osaient offrir le combat au fils de Zeus; et les âmes de ces guerriers descendaient sous terre, dans le Hadès, et, sur la terre noire et sous l'ardent Seirios, leurs ossements pourrissaient dépouillés de chair. Là étaient figurés la Poursuite

et le Retour, le Tumulte et la Terreur, et le Carnage
furieux; ici s'agitaient Eris et le Désordre; et la Kèr terrible saisissait, ou un vivant récemment blessé, ou un
autre encore sain et sauf, ou un cadavre qu'elle traînait
à travers la mêlée, par les pieds. Sa robe tachée de sang
humain flottait autour de ses épaules; elle regardait avec
des yeux effrayants et poussait des clameurs. Là se dres-
saient les douze têtes affreuses de serpents inénarrables
qui terrifiaient sur la terre les races de guerriers qui
osaient offrir le combat au fils de Zeus; et leurs dents
grinçaient tandis que l'Amphitryôniade combattait. Et
toutes ces figures merveilleuses resplendissaient, et il y
avait des taches sur le dos bleu de ces dragons horribles,
et leurs mâchoires étaient noires.

Et là étaient des sangliers mâles et des lions qui se
regardaient entre eux, pleins de fureur et désirant mordre,
et se jetant en foule les uns sur les autres ; et ni les uns,
ni les autres ne tremblaient, et ils hérissaient leurs cous.
Et déjà un grand lion gisait mort, et deux sangliers
étaient privés de vie, et, de leurs corps, un sang noir
ruisselait sur la terre, et ils gisaient morts, la tête ren-
versée sous les lions féroces; mais, des deux côtés, les
sangliers mâles et les lions farouches étaient encore
pleins de rage et du désir de combattre.

Et là était le combat des guerriers Lapithes, autour du
roi Kaineus, de Dryas, d'Exadios, de Peirithoos, de Ho-
pleus, de Phalèros, de Prolokhos, du Titarésien Mopsos
Ampykide, fleur d'Arès, et de Thèseus Aigéide, semblable
aux Dieux immortels. Ils étaient d'argent et revêtus d'armes d'or. De l'autre côté, les Kentaures étaient assemblés
autour du grand Pétraios, du divinateur Asbolos, d'Ark-
tos, de Hourios, de Mimas aux crins noirs, et des deux
Peukéides, Périmèdeus et Dryalos. Ils étaient d'argent et

ils avaient aux mains des massues d'or. Et tous semblaient vivants et ils se ruaient combattant de près avec des lances et des massues.

Et là étaient les chevaux aux pieds rapides du terrible Arès, et ils étaient d'or. Et le féroce Arès, enleveur de dépouilles, était là, la lance en main, commandant aux piétons, rouge de sang, dépouillant les guerriers encore vivants, et debout sur son char. Et auprès de lui se tenaient les spectres Deimos et Phobos, pleins du désir d'entrer dans la mêlée des hommes.

Et la dévastatrice Tritogénéia, fille de Zeus, était là, semblant vouloir s'armer pour le combat, la lance en main, le casque d'or en tête et l'Aigide autour des épaules, et elle se jetait dans la rude bataille.

Et là était le chœur sacré des Dieux immortels, et au milieu d'eux, le fils de Lètô et de Zeus faisait résonner la kithare d'or. Et, devant le Pavé des Dieux, s'élevait le clair Olympos en cercles infinis autour de l'Agora bien-heureuse ; et, dans cette lutte des Dieux, les Déesses Piérides, les Muses, conduisaient le chant, et semblaient chanter harmonieusement.

Et là s'ouvrait un port de la mer indomptée, tout en étain, de forme circulaire, et semblant plein de flots. Au milieu de ce port, de nombreux Dauphins semblaient nager çà et là, poursuivant les poissons ; et deux dauphins d'argent, soufflant l'eau par les narines, saisissaient les poissons muets, et ceux-ci, qui étaient d'airain, se débattaient entre leurs dents. Et un pêcheur était assis sur le rivage, les regardant et tenant un filet qu'il allait jeter.

Et là était le cavalier Perseus, fils de Danaè à la belle chevelure, ne touchant pas son bouclier des pieds, mais n'en étant pas loin ; et, par un prodige difficile à com-

prendre, il n'y était attaché par aucun point. Et l'illustre
Boiteux des deux pieds l'avait fait en or. Il avait aux
pieds des sandales ailées ; et l'épée d'airain, pendant du
baudrier, autour de ses épaules, était enfermée dans la
gaîne noire ; et il volait comme la pensée. La tête du
terrible monstre Gorgô couvrait son dos, et autour, chose
admirable, flottait une besace d'argent d'où pendaient
des franges étincelantes d'or. Et autour des tempes du
Roi terrible était le casque d'Aidès, enveloppé de la nuit
noire. Et lui-même, Perseus, fils de Danaè, semblait se
hâter en s'allongeant, et derrière lui, les Gorgones, insai-
sissables et innommables, couraient, désirant le saisir ; et
devant leur poursuite le bouclier d'acier clair résonnait à
grand bruit. A leurs ceintures pendaient deux dragons
aux sifflements aigus, qui, levant la tête et dardant leurs
langues, grinçaient des dents et jetaient des regards féroces. Et sur les têtes horribles des Gorgones planait une
immense terreur.

Et là des hommes combattaient, couverts d'armes
guerrières. Les uns repoussaient la ruine loin de leur
ville et de leurs parents ; les autres accouraient promptement ; et beaucoup étaient tombés déjà, et beaucoup
d'autres combattaient. Les femmes, sur les tours bien
construites, poussaient des clameurs aiguës en déchirant
leurs joues de leurs ongles, et elles semblaient vivantes,
étant l'ouvrage illustre de Hèphaistos. Les hommes accablés de vieillesse étaient assemblés hors des portes et
levaient les mains vers les Bienheureux, en tremblant
pour leurs enfants. Et ceux-ci combattaient, et autour
d'eux les Kères noires, grinçant de leurs dents blanches,
aux voix farouches, au visage terrible, fatales et insa-
tiables, se disputaient ceux qui tombaient, et toutes dési-
raient boire le sang noir et saisir le premier qui tombe-

rait blessé. Et elles étendaient leurs grands ongles sur lui, afin d'emporter l'âme dans le Hadès et vers le Tartaros glacé. Puis, afin de se rassasier de sang humain, elles rejetaient le cadavre derrière elles, et elles se ruaient de nouveau dans la mêlée.

Et là étaient aussi Klôthô et Lakhésis, et Atropos qui n'était pas une grande déesse, mais qui, certes, était la plus antique et la plus puissante des trois. Et elles se disputaient affreusement un même homme, se regardant avec fureur et entrelaçant avec audace leurs mains et leurs ongles. Et près d'elles était debout Akhlys, lamentable, horrible, blême, desséchée par la faim et avec des genoux épais. Les ongles de ses mains étaient très-longs ; une odeur affreuse s'exhalait de ses narines ; et, de ses mâchoires, le sang coulait sur la terre. Elle était debout, grinçant des dents, et un tourbillon de poussière épaisse enveloppait ses épaules, et cette poussière était humide de larmes.

Auprès, était une ville aux belles tours et aux sept portes d'or bien ajustées sur leurs portants. Les hommes s'y réjouissaient par les festins et les danses. Ils conduisaient, sur un char bien construit, une jeune femme à son mari ; et de tous côtés on chantait Hyménaios ; et dans les mains des servantes la splendeur des torches les précédait et des chœurs dansants les suivaient. Les uns, de leurs lèvres délicates faisaient résonner leur voix harmonieuse, en même temps que les flûtes, et le son s'en répandait au loin ; les autres accompagnaient le chœur sur des kithares, et d'autres jeunes hommes se charmaient de la flûte, et d'autres se plaisaient à la danse et au chant, et d'autres souriaient de les entendre et de les voir. Et les festins et les danses emplissaient toute la ville, et des cavaliers couraient autour sur le dos des chevaux.

Et là des laboureurs ouvraient la terre divine, après avoir noué leurs tuniques. Et il y avait aussi une épaisse moisson ; et des moissonneurs coupaient les tiges hérissées de barbes aiguës et lourdes des épis de Dèmètèr, et d'autres les liaient en gerbes et remplissaient l'aire. D'autres vendangeaient, ayant des serpes aux mains ; et d'autres emportaient dans les corbeilles les raisins blancs ou noirs pris aux grands ceps chargés de feuilles et aux rameaux d'argent. Auprès était une plantation en or, ouvrage de l'habile Hèphaistos, couverte de feuilles, aux échalas d'argent, et chargée de grappes qui devenaient noires. Et les uns foulaient le raisin et les autres puisaient dans les cuves, et d'autres combattaient au pugilat ou à la lutte. Des chasseurs poursuivaient les lièvres aux pieds rapides, et deux chiens aux longues dents voulaient les saisir, mais les lièvres s'enfuyaient. Auprès, des cavaliers luttaient de vitesse. Debout sur leurs chars bien construits, et lâchant les rênes, ils poussaient les chevaux rapides, et ceux-ci volaient bondissants, et les chars solides et les moyeux résonnaient avec bruit ; et les cavaliers continuaient leur course, et la victoire ne se décidait pas, et le combat restait douteux. Au milieu de l'arène était un grand trépied d'or, ouvrage illustre de l'habile Hèphaistos.

Et l'Okéanos semblait rouler ses flots autour du bouclier aux ornements variés. Des cygnes, volant dans l'air, poussaient de hautes clameurs, et beaucoup d'autres nageaient sur la face de l'eau, et, auprès, jouaient les poissons, chose merveilleuse, même pour Zeus retentissant qui avait ordonné que Hèphaistos fît ce bouclier grand et solide que le vigoureux fils de Zeus saisit et agita dans ses mains, en sautant dans son char, semblable à la foudre du père Zeus tempêtueux. Et le robuste Iolaos, assis sur le siége, dirigeait le char recourbé.

Et la Déesse Athènè aux yeux clairs, s'approchant d'eux, leur dit ces paroles ailées :

— Salut, race de l'illustre Lyggeus ! Que Zeus qui commande aux Bienheureux vous donne maintenant la force de tuer Kyknos et d'enlever ses armes illustres ! Mais écoute les paroles que je vais te dire, ô le plus brave des hommes ! Quand tu auras privé Kyknos de la douce lumière, laisse-le, lui et ses armes, et surveille Arès fléau des hommes. Quand, de tes yeux, tu verras celui-ci non abrité de son beau bouclier, alors, à cet endroit découvert, frappe-le de l'airain aigu. Puis, recule aussitôt, car il ne t'est point permis par la destinée de saisir ses chevaux, ni d'enlever ses armes illustres.

Ayant ainsi parlé, la noble Déesse monta rapidement sur le char, portant dans ses mains immortelles la victoire et la gloire. Et, aussitôt, le divin Iolaos excita les chevaux par un cri terrible, et ceux-ci, épouvantés de ce cri, emportèrent le char rapide, en soulevant la poussière de la plaine, car Athènè aux yeux clairs, brandissant l'Aigide, avait redoublé leurs forces, et la terre retentit tout autour.

Et tous deux s'avançaient ensemble, pareils au feu et à la tempête, Kyknos dompteur de chevaux et Arès aux clameurs effrayantes. Et les chevaux, s'étant rencontrés, poussèrent des hennissements aigus, et le son en retentissait tout autour. Et, tout d'abord, la Force Hèrakléenne leur parla ainsi :

— Lâche Kyknos, pourquoi pousser tes chevaux rapides contre nous qui sommes des hommes éprouvés par les travaux et les souffrances ? Fais reculer ton beau char et cède moi le chemin, car je vais à Trèkhina, auprès du roi Kèyx qui, puissant et respecté, commande dans Trèkhina ; et tu le sais assez toi-même, puisque tu as pour

4

femme sa fille Thémistonoiè aux yeux bleus. Lâche !
Arès n'écartera point la mort loin de toi, si nous nous
heurtons dans le combat. Déjà, en effet, je pense qu'il a
éprouvé ma lance, quand, furieux et insatiable, il me
combattit dans la sablonneuse Pylos. Trois fois atteint
par ma lance, il tomba contre terre, le bouclier rompu ; et,
la quatrième fois, je lui perçai la cuisse en l'accablant de
toute ma vigueur, et il tomba la face dans la poussière
sous le choc impétueux de ma lance. Et, ainsi déshonoré
parmi les Immortels et dompté par mes mains, il me
laissa ses dépouilles sanglantes.

Il parla ainsi, mais Kyknos habile au combat ne voulut
pas céder à sa demande, et détourner les chevaux qui traî-
naient son char. Et, alors, du haut de leurs chars bien
construits sautèrent promptement à terre le fils du grand
Zeus et le fils du roi Arès ; et les deux conducteurs des
chars poussèrent les uns contre les autres les chevaux
aux belles crinières, et, sous leurs pieds trépignants, la
vaste terre trembla.

De même que, du haut sommet d'une grande montagne, des rochers roulent et bondissent en tombant, et
que leur chute irrésistible rompt les chênes aux feuillages
élevés, et les pins nombreux, et les peupliers aux racines
profondes qui roulent jusque dans la plaine, ainsi, avec
de hautes clameurs, les deux guerriers se rencontrèrent.
Et toute la ville des Myrmidones, l'illustre Iaôlkos, et
Arnè, et Hélikè, et l'herbeuse Anthéia, retentirent des
clameurs des deux guerriers tandis qu'ils se heurtaient.
Et le sage Zeus tonna fortement et fit pleuvoir des gouttes
de sang de l'Ouranos pour donner à son brave fils le signal
du combat. De même que, dans les gorges d'une montagne, un sanglier farouche aux dents recourbées, plein
du désir furieux de combattre des chasseurs, aiguise ses

blanches défenses en baissant la tête, et que l'écume ruis-
selle de ses mâchoires prêtes à déchirer, que ses yeux sont
pareils au feu ardent, et que les soies de son dos et de son
cou se hérissent, de même le fils de Zeus sauta de son
char.

C'était quand la cigale sonore, aux ailes noires, assise
sur un rameau verdoyant, commence à chanter l'été pour
les hommes, elle qui n'a que la rosée pour boisson et
pour nourriture, et qui, pendant tout le jour, depuis le
matin, chante au milieu de l'ardente chaleur, tandis que
Seirios dessèche les corps; c'était quand se dressent les
épis du millet qui se sème en été; quand rougissent les
raisins que Dionysos a donnés aux hommes pour leur joie
et pour leur malheur; c'était dans cette saison qu'ils combattaient en poussant de hautes clameurs.

Ainsi deux lions, autour d'une biche morte, furieux,
se jettent l'un sur l'autre. Leur rugissement est terrible
et leurs dents grincent. Ainsi deux vautours aux ongles
et au bec recourbés, au faîte d'une roche élevée, com-
battent en criant pour une chèvre qui paissait sur les
montagnes, ou pour une grasse biche des bois qu'un
archer robuste a blessée d'une flèche. Tandis que le chasseur erre au hasard, les vautours qui s'en aperçoivent se
jettent l'un sur l'autre. Ainsi, en poussant des clameurs,
se ruèrent les deux guerriers.

Kyknos, méditant de tuer le fils du très-puissant Zeus,
frappa de sa lance d'airain le bouclier de Hèraklès, mais
il ne put le rompre, car le don d'un Dieu préservait le
guerrier. Alors, l'Amphitryôniade, la Force Hèrakléenne,
le frappa rapidement de sa longue lance entre le casque
et le bouclier, là où le cou était nu; et le frêne tueur
d'hommes s'enfonça au-dessous de la barbe et trancha les
deux muscles, car une grande vigueur avait accablé Kyk-

nos. Et celui-ci tomba comme un chêne ou comme un haut rocher frappé par l'ardente foudre de Zeus. Il tomba ainsi et ses armes d'airain retentirent autour de lui. Et le fils de Zeus, au cœur inébranlable le laissa, voyant Arès, le fléau des hommes, qui s'avançait en le regardant avec des yeux terribles. De même qu'un lion qui, ayant trouvé une proie vivante, lui déchire les chairs avec des ongles acharnés et lui arrache aussitôt sa chère âme, et dont le cœur est plein d'une noire fureur, et qui regarde avec des yeux flamboyants et terribles, fouettant de sa queue ses flancs et ses épaules et creusant la terre de ses griffes, de sorte que nul n'oserait le braver, ni le combattre; de même l'Amphitryôniade, insatiable de clameurs guerrières, redoublant d'audace, courut au-devant d'Arès qui s'approchait, le cœur plein de douleur. Et tous deux, avec des cris, se ruèrent l'un contre l'autre.

De même qu'un rocher, tombé d'un haut sommet, roule au loin en bondissant avec un bruit immense, jusqu'à ce qu'un rocher plus élevé l'arrête en s'opposant à lui; de même le terrible Arès qui fait gémir les chars se rua en criant; mais l'Amphitryôniade l'arrêta inébranlablement. Et Athènaiè, fille de Zeus tempêtueux, vint au-devant d'Arès avec la noire Aigide; et, le regardant d'un œil sombre, elle lui dit ces paroles ailées :

— O Arès! retiens ta force impétueuse et tes mains inévitables, car il ne t'est point permis de tuer Hèraklès, le fils audacieux de Zeus, ni d'enlever ses armes illustres. Va! retire-toi du combat et ne me résiste pas.

Elle parla ainsi, mais elle ne persuada point le cœur magnanime d'Arès, et celui-ci, avec de hautes clameurs, et brandissant ses armes semblables à la flamme, se rua promptement contre la Force Hèrakléenne, désirant le tuer. Et, irrité de la mort de son fils, il lança sa rapide

pique d'airain dans le grand bouclier. Mais Athènè aux
yeux clairs, se penchant hors du char, détourna l'impétuosité de la pique. Et une violente douleur saisit Arès,
et, tirant son épé aiguë, il se jeta sur le brave Hèraklès.
Mais, comme il accourait, l'Amphitryôniade, insatiable de
clameurs guerrières, frappa sa cuisse nue sous le bouclier
bien travaillé. La lance rompit le bouclier et traversa la
cuisse, et le Dieu tomba sur la terre. Et aussitôt Phobos
et Deimos firent avancer les chevaux et le char aux belles
roues, et, l'enlevant de la terre aux larges chemins, ils le
placèrent dans le char bien construit; et, aussitôt, fouettant les chevaux, ils parvinrent à l'immense Olympos.

Puis, le fils d'Alkmènè et l'illustre Iolaos, ayant dépouillé Kyknos de ses belles armes, partirent aussitôt,
et, traînés par leurs chevaux rapides, arrivèrent dans
Trèkhina. Et Athènè aux yeux clairs remonta dans le
grand Olympos et dans les demeures de son père.

Et Kèyx ensevelit Kỳknos. Et le peuple innombrable
qui habitait les villes du roi illustre, Anthéia, Hélikè, et
la ville des Myrmidones, la riche Iaôlkos, et Arnè, tout
ce peuple se réunit pour honorer Kèyx cher aux Dieux
heureux. Mais le torrent Anauros, grossi par les pluies
hivernales, fit disparaître le tombeau et le monument.
Ainsi, en effet, l'avait ordonné le Lètoide Apollôn,
parce que Kyknos, se mettant en embuscade, dépouillait
violemment tous ceux qui amenaient d'illustres héca-
tombes à Pythô.

FIN DU BOUCLIER DE HÈRAKLÈS.

HÉSIODE

LES TRAVAUX ET LES JOURS

LES TRAVAUX ET LES JOURS.

LIVRE I.

USES, qui illustrez par vos chants, venez de la Piériè, et dites, en louant votre Père Zeus, comment les hommes mortels sont inconnus ou célèbres, irréprochables ou couverts d'opprobre, par la volonté du grand Zeus. En effet, il élève et renverse aisément; il abaisse aisément l'homme puissant et il fortifie le faible; il châtie le mauvais et il humilie le superbe, Zeus qui tonne dans les hauteurs et qui habite les demeures supérieures.

Écoute, ô Zeus qui entends et vois tout, et conforme nos jugements à ta justice! Pour moi, j'enseignerai à Persès des choses vraies.

Il n'y a pas une cause unique de dissension, mais il y en a deux sur la terre : l'une digne des louanges du sage, l'autre blâmable. Elles agissent dans un esprit différent. L'une est funeste; elle excite la guerre lamentable et la

discorde, et nul mortel ne l'aime, mais tous lui sont nécessairement soumis par la volonté des Immortels. Pour
l'autre, l'obscure Nyx l'enfanta la première, et le haut
Kronide qui habite dans l'Aithèr la plaça sous les racines
de la terre pour qu'elle fût meilleure aux hommes, car
elle excite le paresseux au travail. En effet, si un homme
oisif regarde un riche, il se hâte de labourer, de planter,
de bien gouverner sa maison. Le voisin excite l'émula-
tion du voisin qui se hâte de s'enrichir, et cette envie
est bonne aux hommes. Le potier envie le potier, l'ouvrier envie l'ouvrier, le mendiant envie le mendiant et
l'Aoide envie l'Aoide.

O Persès, garde ceci en ton esprit : que l'envie qui se
réjouit des maux ne détourne pas ton esprit du travail
en te faisant suivre les procès et écouter les plaideurs
dans l'agora. Il faut n'accorder que peu d'attention aux
procès et à l'agora quand on n'a point amassé dans sa
maison, pendant la saison, la nourriture, présent de Dèmètèr. Une fois rassasié, tu feras, si tu le veux, des procès et des querelles aux richesses des autres; mais, alors,
il ne te sera plus permis d'agir ainsi. Terminons donc
le procès par des jugements droits qui sont les dons excellents de Zeus; car, récemment, nous avons partagé
notre patrimoine, et tu m'en as ravi la plus grande part,
afin de te rendre favorables les Rois, ces dévorateurs de
présents, qui veulent juger les procès. Les insensés! Ils
ne savent pas combien la moitié vaut quelquefois mieux
que le tout, et combien la mauve et l'asphodèle sont un
grand bien. En effet, les Dieux ont caché aux hommes
l'aliment de la vie; car, autrement, tu travaillerais pendant un seul jour suffisamment pour toute l'année, vivant sans rien faire. Tu déposerais aussitôt le manche
de la charrue au-dessus de la fumée, et tu arrêterais le

travail des bœufs et des mulets patients. Mais Zeus a
caché ce secret, irrité dans son cœur parce que le subtil
Promètheus l'avait trompé. C'est pourquoi il prépara
aux hommes des maux lamentables, et il cacha le feu
que l'excellent fils de Iapétos déroba dans une férule
creuse pour le donner aux hommes, trompant ainsi Zeus
qui se réjouit de la foudre. Alors, Zeus qui amasse les
nuées, dit, indigné :

— Iapétionide! le plus subtil de tous, tu te réjouis
d'avoir dérobé le feu et trompé mon esprit; mais ceci
te sera un grand malheur ainsi qu'aux hommes futurs.
Je leur enverrai, à cause de ce feu, un mal dont ils seront charmés, et ils embrasseront leur propre fléau.

Il parla ainsi et il rit, le Père des hommes et des
Dieux, et il ordonna à l'illustre Hèphaistos de mêler
promptement la terre à l'eau et d'en former une belle
Vierge semblable aux Déesses immortelles, et à qui il
donnerait la voix humaine et la force. Et il ordonna à
Athènè de lui enseigner les travaux des femmes et à
tisser la toile. Et il ordonna à Aphroditè d'or de répandre la grâce sur sa tête et de lui donner l'âpre désir
et les inquiétudes qui énervent les membres. Et il ordonna au messager Herméias tueur d'Argos de lui in-
spirer l'impudence de la chienne et les mœurs furieuses.
Il ordonna ainsi, et ils obéirent au Roi Zeus Kroniôn.
Aussitôt l'illustre Boiteux des deux pieds, par les ordres
de Zeus, modela avec de la terre une image semblable
à une Vierge vénérable; la Déesse Athènè aux yeux
clairs la ceignit et l'orna; les Déesses Kharites et la vénérable Peithô attachèrent à son cou des colliers d'or;
les Heures aux beaux cheveux la couronnèrent de fleurs
printanières; Pallas Athènè orna tout son corps; et le
Messager tueur d'Argos, par l'ordre de Zeus retentis-

sant, lui inspira les mensonges, les flatteries et les per-
fidies. Et le Messager des Dieux lui donna un nom, et
il nomma cette femme : Pandôrè, parce que tous les habitants des demeures Olympiennes lui avaient fait chacun un don, pour la rendre le fléau des hommes luxu-
rieux.

Ayant achevé cette œuvre pernicieuse et inévitable, le
Père Zeus envoya vers Épimètheus l'illustre Tueur
d'Argos, prompt messager des Dieux, avec ce présent;
et Epimètheus ne songea point que Promètheus lui avait
recommandé de ne rien accepter de Zeus Olympien et
de renvoyer ses présents, de peur qu'il en arrivât malheur aux mortels. Mais il accepta celui-ci, et il ne sentit
le mal qu'après l'avoir reçu.

Avant ce jour les générations des hommes vivaient
sur la terre exemptes de maux, et du rude travail, et des
maladies cruelles que la vieillesse apporte aux hommes.
En effet, par l'affliction, les mortels vieillissent vite.

Et cette femme, levant le couvercle d'un grand vase
qu'elle tenait dans ses mains, répandit les misères affreuses sur les hommes. Seule, l'Espérance resta dans le
vase, arrêtée sur les bords, et elle ne s'envola point, car
Pandôrè avait refermé le couvercle, par l'ordre de Zeus
tempêtueux qui amasse les nuées.

Et voici que d'innombrables maux sont répandus
maintenant parmi les hommes, car la terre est pleine de
maux, et la mer en est pleine; nuit et jour les maladies
accablent les hommes, leur apportant en silence toutes
les douleurs, car le sage Zeus leur a refusé la voix. Et
ainsi nul ne peut éviter la volonté de Zeus.

Mais, si tu le veux, je te dirai d'autres paroles bonnes
et sages; garde-les dans ton esprit.

Quand les Dieux et les hommes mortels furent nés en

même temps, d'abord les Immortels qui ont des demeures Olympiennes firent l'Age d'or des hommes qui
parlent. Sous l'empire de Kronos qui commandait dans
l'Ouranos, ils vivaient comme des Dieux, doués d'un esprit tranquille. Ils ne connaissaient ni le travail, ni la
douleur, ni la cruelle vieillesse; ils gardaient toujours
la vigueur de leurs pieds et de leurs mains, et ils se charmaient par les festins, loin de tous les maux, et ils mou-
raient comme on s'endort. Ils possédaient tous les biens;
la terre fertile produisait d'elle-même et en abondance;
et, dans une tranquillité profonde, ils partageaient ces
richesses avec la foule des autres hommes irréprochables. Mais, après que la terre eut caché cette génération,
ils devinrent Dieux, par la volonté de Zeus, ces hommes
excellents et gardiens des mortels. Vêtus d'air, ils vont
par la terre, observant les actions bonnes et mauvaises,
et accordant les richesses, car telle est leur royale récompense.

Puis, les habitants des demeures Olympiennes susci-
tèrent une seconde génération très inférieure, l'Age d'argent, qui n'était semblable à l'Age d'or ni par le corps,
ni par l'intelligence. Pendant cent ans l'enfant était
nourri par sa mère et croissait dans sa demeure, mais
sans nulle intelligence; et, quand il avait atteint l'ado-
lescence et le terme de la puberté, il vivait très-peu de
temps, accablé de douleurs à cause de sa stupidité. En
effet, les hommes ne pouvaient s'abstenir entre eux de
l'injurieuse iniquité, et ils ne voulaient point honorer
les Dieux, ni sacrifier sur les autels sacrés des Bienheureux, comme il est prescrit aux hommes selon l'u-
sage. Et Zeus Kronide, irrité, les engloutit, parce
qu'ils n'honoraient pas les Dieux heureux qui habitent
l'Olympos.

Après que la terre eut caché cette génération, ces mortels furent nommés les Heureux souterrains. Ils sont au deuxième rang, mais, cependant, leur mémoire est respectée.

Et le Père Zeus suscita une troisième race d'hommes parlants, l'Age d'airain, très-dissemblable à l'Age d'argent. Tels que des frênes, violents et robustes, ces hommes ne se souciaient que des injures et des travaux lamentables d'Arès. Ils ne mangeaient point de blé, mais ils étaient féroces et ils avaient le cœur dur comme l'acier. Leur force était grande, et leurs mains inévitables s'allongeaient de leurs épaules sur leurs membres robustes. Et leurs armes étaient d'airain et leurs demeures d'airain, et ils travaillaient l'airain, car le fer noir n'était pas encore. S'étant domptés entre eux de leurs propres mains, ils descendirent dans la demeure large et glacée d'Aidès, sans honneurs. La noire Thanatos les saisit malgré leurs forces merveilleuses, et ils laissèrent la splendide lumière de Hèliós.

Après que la terre eut caché cette génération, Zeus Kronide suscita une autre divine race de héros, plus justes et meilleurs, qui sont nommés Demi-Dieux sur toute la terre par la génération présente. Mais la guerre lamentable et la mêlée terrible les détruisit tous, les uns dans la terre Kadmèide, devant Thèba aux sept portes, tandis qu'ils combattaient pour les troupeaux d'Oidipous ; et les autres, quand, sur leurs nefs, à travers les grands flots de la mer, étant allés à Troiè, à cause d'Hélénè aux beaux cheveux, l'ombre de la mort les y enveloppa. Et le Père Zeus Kronide leur donna une nourriture et une demeure inconnue aux hommes, aux extrémités de la terre. Et ces héros habitent paisiblement les Iles des Bienheureux, par delà le profond

Okéanos. Et là, trois fois par année, la terre féconde leur donne ses fruits mielleux.

Oh! si je ne vivais pas dans cette cinquième génération des hommes! si, plutôt, j'étais mort auparavant, ou né après! En effet, maintenant, c'est l'Age de fer. Les hommes ne cesseront d'être accablés de travaux et de misères pendant le jour, ni d'être corrompus pendant la nuit, et les Dieux leur prodigueront les amères inquiétudes. Cependant les biens se mêleront aux maux. Mais Zeus détruira aussi cette génération d'hommes, après que leurs cheveux seront devenus blancs. Le père ne sera point semblable au fils, ni le fils au père, ni l'hôte à l'hôte, ni l'ami à l'ami, et le frère ne sera point aimé de son frère comme auparavant. Les vieux parents seront méprisés par leurs enfants impies qui leur adresseront des paroles injurieuses, sans redouter l'œil des Dieux. Pleins de violence, ils ne rendront point à leurs vieux parents le prix des soins qu'ils ont reçus d'eux. L'un saccagera la ville de l'autre. Il n'y aura nulle pitié, nulle justice, ni bonnes actions; mais on respectera l'homme violent et inique. Ni équité, ni pudeur. Le mauvais outragera le meilleur par des paroles menteuses, et il se parjurera. Le détestable Zèlos, qui se réjouit des maux, poursuivra tous les misérables hommes. Alors, s'envolant de la terre large vers l'Olympos, et délaissant les hommes, Aidôs et Némésis, vêtues de robes blanches, rejoindront la race des Immortels. Et les douleurs resteront aux mortels, et il n'y aura plus de remède à leurs maux.

Et maintenant, je dirai un apologue aux Rois, quoi qu'ils pensent de leur propre sagesse.

Un épervier parla ainsi à un rossignol sonore qu'il avait saisi de ses serres et qu'il emportait dans les hautes

nuées. Le rossignol, déchiré par les ongles recourbés,
gémissait; mais l'épervier lui dit ces paroles impérieuses:

— Malheureux, pourquoi gémis-tu? Tu es, certes, la
proie d'un plus fort que toi. Tu vas où je te conduis,
bien que tu sois un Aoide. Je te mangerai, s'il me plaît,
ou je te renverrai. Malheur à qui veut lutter contre un
plus puissant que soi! Il est privé de la victoire et accablé de honte et de douleurs.

Ainsi parla l'Epervier rapide aux larges ailes.

O Persès, écoute la justice et ne médite pas l'injure,
car l'injure est funeste au misérable, et l'homme irréprochable lui-même ne la supporte pas facilement; il est
accablé et perdu par elle. Il y a une autre voie meilleure
qui mène à la justice, et celle-ci l'emporte toujours sur
l'injure; mais l'insensé n'est instruit qu'après avoir souffert. Le Dieu témoin des serments est écarté par les jugements iniques. La justice est irritée, en quelque lieu
où la conduisent des hommes, dévorateurs de présents,
qui outragent les lois par des jugements iniques. Vêtue
d'air, elle parcourt en pleurant les villes et les demeures
des peuples, apportant le malheur aux hommes qui l'ont
chassée et n'ont pas jugé équitablement. Mais ceux qui
rendent une droite justice aux étrangers comme à leurs
concitoyens et qui ne sortent pas de ce qui est juste,
ceux-là font que les villes et les peuples prospèrent. La
paix, nourrice des jeunes hommes, est sur leur terre, et
Zeus qui regarde au loin ne leur envoie jamais la guerre
lamentable. Jamais la faim, ou l'injure, n'éprouve les
hommes justes, et ils jouissent de leurs richesses dans
les festins. La terre leur donne une abondante nourriture; sur les montagnes, le chêne porte des glands à sa
cime et des abeilles à la moitié de sa hauteur. Leurs brebis sont chargées de laine et leurs femmes enfantent des

fils semblables à leurs pères. Ils abondent perpétuellement en biens et ils ne naviguent point sur les nefs, car
la terre féconde leur prodigue ses fruits. Mais à ceux qui
se livrent à l'injure, à la recherche du mal et aux mauvaises actions, Zeus qui regarde au loin, le Kronide,
prépare un châtiment ; et, souvent, toute une ville est
châtiée à cause du crime d'un seul homme qui a médité
l'iniquité et qui a mal agi. Le Kroniôn, du haut de l'Ouranos, envoie une grande calamité : la famine et la con-
tagion à la fois, et les peuples périssent. Les femmes
n'enfantent plus, et les familles décroissent, par la volonté de Zeus Olympien ; ou bien encore, le Kroniôn
détruit leur grande armée, ou leurs murailles, ou engloutit leurs nefs dans la mer.

O Rois, considérez vous-mêmes ce châtiment ; car les
Dieux, mêlés parmi les hommes, voient tous ceux qui,
sans nul souci des Dieux, se poursuivent de jugements
iniques. Trente mille Daimones de Zeus, sur la terre
nourricière, sont les gardiens des innombrables hommes
mortels ; et, vêtus d'air, ils courent çà et là sur la terre,
observant les jugements équitables et les mauvaises actions. Et la Justice est une Vierge, fille de Zeus, illustre,
vénérable aux Dieux qui habitent l'Olympos ; et, certes,
si quelqu'un la blesse et l'outrage, aussitôt, assise auprès
du Père Zeus Kroniôn, elle accuse l'esprit inique des
hommes, afin que le peuple soit châtié de la faute des
Rois qui, dans un mauvais dessein, s'écartent de l'équité
droite et refusent de prononcer des jugements irréprochables. Considérez ceci, ô Rois dévorateurs de présents ! corrigez vos sentences et oubliez l'iniquité. Il se
fait du mal à lui-même l'homme qui en fait aux autres ;
un mauvais dessein est pire pour celui qui l'a conçu.
L'œil de Zeus voit et comprend tout ; et, certes, si Zeus

le veut, il regarde ce procès qui se juge dans la ville.
Mais je ne veux plus passer pour juste parmi les hommes,
ni mon fils, puisque c'est un malheur d'être juste, et que
le plus inique a plus de droits que le juste. Cependant
je ne pense pas que Zeus qui se réjouit de la foudre
veuille que les choses finissent ainsi.

O Persès, garde ceci dans ton esprit : accueille l'esprit
de justice et repousse la violence, car le Kroniôn a imposé cette loi aux hommes. Il a permis aux poissons, aux
bêtes féroces, aux oiseaux de proie, de se dévorer entre
eux, parce que la justice leur manque ; mais il a donné
aux hommes la justice, qui est la meilleure des choses.
Si quelqu'un, dans l'agora, veut parler avec équité, Zeus
qui regarde au loin le comble de richesses ; mais s'il
ment, en se parjurant, il est châtié irrémédiablement :
sa postérité s'obscurcit et finit par s'éteindre, tandis que
la postérité de l'homme juste s'illustre dans l'avenir, de
plus en plus.

Je te donnerai d'excellents avis, très-insensé Persès !
Il est facile de se jeter dans la méchanceté, car la voie
qui y mène est courte et près de nous ; mais les Dieux
immortels ont mouillé de sueurs celle qui mène à la
vertu ; car elle est longue, ardue, et, tout d'abord, pleine
de difficultés ; mais, dès qu'on est arrivé au sommet, elle
est aisée désormais, après avoir été difficile.

Il est le plus sage celui qui, expérimentant tout par
lui-même, médite sur les actions qui seront les meilleures une fois accomplies. Il est aussi très-méritoire
celui qui consent à être bien conseillé ; mais celui qui n'é-
coute ni lui-même ni les autres est un homme inutile.

Mais souviens-toi toujours de mon conseil, et travaille,
ô Persès, race des Dieux, afin que la famine te déteste et
que Dèmètèr à la belle couronne, la Vénérable, t'aime et

remplisse ta grange; car la faim est la compagne insé-
parable du paresseux. Les Dieux et les hommes haïssent
également celui qui vit sans rien faire, semblable aux
frelons qui manquent d'aiguillon et qui, sans travailler
eux-mêmes, dévorent le travail des abeilles. Mais qu'il te
soit agréable de travailler utilement, afin que tes granges
s'emplissent pendant la saison. Par le travail les hommes
deviennent opulents et riches en troupeaux, et c'est en
travaillant que tu seras plus cher aux Dieux et aux
hommes, car ils ont en haine les paresseux. Ce n'est
point le travail qui avilit, mais bien l'oisiveté. Si tu tra-
vailles, bientôt le paresseux sera jaloux de voir que tu
t'enrichis, car la vertu et la gloire accompagnent les richesses; et, ainsi, tu seras semblable à un Dieu. C'est
pourquoi mieux vaut travailler, ne pas tourner un esprit
jaloux sur les richesses des autres, et avoir le souci de ta
nourriture, comme je te l'ordonne. La mauvaise honte
possède l'indigent. La honte vient en aide aux hommes
ou les avilit. La honte mène à la pauvreté et l'audace
mène aux richesses. Les richesses non acquises par le
rapt, mais accordées par les Dieux, sont les meilleures.
Si quelqu'un, par la force de ses mains, a enlevé de
grandes richesses, ou si, par sa langue, il en a dépouillé
autrui, — et ces choses sont fréquentes, car le désir du
gain trouble l'esprit et l'impudence chasse la pudeur, —
les Dieux ruinent aisément un tel homme; sa race dé-
croît, et il ne garde ses richesses que peu de temps. Et le
crime est égal de celui qui offenserait par de mauvai
traitements un suppliant ou un hôte, qui monterait sur
le lit fraternel, commettant une action impie par le désir
de la femme de son frère, qui, par la fraude, ruinerait
des enfants orphelins, et qui accablerait d'opprobres et
de paroles injurieuses son père parvenu au misérable

seuil de la vieillesse. Certes, Zeus s'irrite contre cet homme et lui inflige un châtiment terrible, à cause de ses iniquités.

Dans ton esprit insensé, abstiens-toi donc de ces actions. Offre plutôt, chastement et innocemment, des sacrifices aux Dieux immortels, et brûle des cuisses grasses. Apaise-les par des libations et des parfums au moment où tu te couches et quand revient la lumière sacrée, afin qu'ils te soient bienveillants d'esprit et de cœur, et que, sans vendre ton héritage, tu puisses au contraire acheter celui d'autrui. Appelle ton ami à ton festin, et non ton ennemi. Invite bien plus volontiers celui qui habite près de toi ; car, si quelque malheur domestique t'arrivait, tes voisins accourront sans ceintures, tandis que tes parents seront encore occupés à mettre les leurs. C'est un grand fléau qu'un mauvais voisin, autant qu'un bon voisin est un bonheur. Rencontrer un bon voisin est une chance heureuse. Jamais un de tes bœufs ne mourra, à moins que tu n'aies un mauvais voisin. Mesure strictement ce que tu reçois de ton voisin, et rends exactement, et même plus encore, si tu le peux, afin que, dans le besoin, tu trouves un prompt secours plus tard.

Ne fais pas de gains déshonnêtes, ils équivalent à la ruine. Aime celui qui t'aime, aide celui qui t'aide, donne à celui qui te donne, mais ne donne rien à qui ne te donne rien. On donne, en effet, à celui qui donne, mais personne ne donne à qui ne donne rien. La libéralité est bonne, mais la rapine est mauvaise et mortelle. Si quelqu'un donne, même beaucoup, et de son propre mouvement, il se réjouit de donner et il en est charmé dans son cœur ; mais celui qui vole, fort de son impudence, même peu de chose, a le cœur déchiré.

Si tu ajoutes peu de chose à peu de chose, mais fré-
quemment, tu auras bientôt une grande richesse. Celui
qui ajoute à ce qu'il possède évitera la noire famine. Ce
qui est en sûreté dans la maison n'inquiète plus le
maître. Il vaut mieux que tout soit dans la maison, puisque ce qui est dehors est exposé. Il est doux de jouir des
biens présents et cruel d'avoir besoin de ceux qui sont
ailleurs. Je te conseille de méditer ceci.

Rassasie-toi de boire, au commencement et à la fin du
tonneau, mais non au milieu. L'économie est vaine où
il n'y a plus rien. Donne toujours exactement le salaire
convenu à ton ami. Même en jouant avec ton frère, aie
un témoin ; la crédulité et la défiance perdent également
les hommes. Qu'une femme qui orne sa nudité ne sé-
duise pas ton esprit par son doux bavardage en te de-
mandant ta demeure. Qui se fie à la femme se fie au
voleur.

C'est au fils unique à surveiller la maison paternelle, et
c'est ainsi que la richesse s'accroît dans les demeures.
Puisses-tu mourir vieux et laisser un autre fils ! Zeus
accorde de grandes richesses aux familles nombreuses.
Les efforts de beaucoup produisent de plus grands biens.
Donc, si ton esprit désire les richesses, ajoute le travail
au travail.

LIVRE II.

Au lever des Plèiades, filles d'Atlas, commence la
moisson, et le labourage à leur coucher. Elles se cachent
pendant quarante jours et quarante nuits ; et, quand
l'année est révolue, elles apparaissent de nouveau, au
moment où on aiguise le fer. Ceci est la règle des campagnes pour ceux qui cultivent les terres fertiles des profondes vallées, loin de la mer retentissante. Sois nu quand
tu sèmes, nu quand tu laboures, nu quand tu mois-
sonnes, si tu veux accomplir les travaux de Dèmètèr au
moment propice, si tu veux que chaque chose croisse
en sa saison, et si tu ne veux pas, manquant de tout,
aller mendier dans les demeures étrangères, sans rien recevoir. C'est ainsi que, déjà, tu es venu vers moi ; mais
je ne te donnerai pas davantage, ni ne te prêterai.

Travaille, ô insensé Persès, à la tâche que les Dieux
ont destinée aux hommes, de peur que, gémissant dans
ton cœur, avec ta femme et tes enfants, tu ne cherches ta
nourriture chez tes voisins qui te repousseront. En effet,
deux ou trois fois peut-être tu réussiras ; mais, si tu les
importunes encore, tu n'auras plus rien ; tu parleras
beaucoup en vain, et la multitude de tes paroles sera

inutile. Je te conseille donc de songer plutôt au paye-
ment de tes dettes et à éviter la famine.

Aie d'abord une maison, une femme, un bœuf laboureur et une servante non mariée qui suive tes bœufs. Aie
dans ta demeure tous les instruments nécessaires, afin de
n'en point demander à autrui, et de n'en point manquer
si on te refuse ; car, alors, le temps passerait, et le travail ne serait point fait. Ne diffère pas jusqu'au lendemain, car le travail différé n'emplit pas la grange, ni jusqu'au surlendemain. L'activité accroîtra tes richesses,
car l'homme qui diffère toujours lutte avec la ruine.

Lorsque la force de l'ardent Hèlios diminue, et que,
pendant les pluies automnales, par la volonté du grand
Zeus, le corps humain devient plus léger, car alors
l'étoile de Seirios apparaît moins longtemps sur la tête
des hommes soumis à la Kèr, et brille surtout dans la
nuit ; lorsque la forêt, coupée par le fer, devient incorruptible, que les feuilles tombent et que la séve s'arrête
dans les rameaux ; alors, souviens-toi qu'il est temps de
couper tes bois. Taille un mortier à trois pieds, un pilou
de trois coudées et un essieu de sept pieds. Certes, telle
est la meilleure mesure. Puis, tu tailleras un maillet de
huit pieds, puis une jante de trois palmes pour un char
de dix, et, en outre, plusieurs morceaux de bois courbe.
Apporte dans ta demeure, si tu le trouves sur la montagne ou par les champs, un manche de charrue en
yeuse ; c'est le manche le plus solide pour faire travailler
les bœufs. Un élève d'Athènaiè l'adaptera au timon et le
fixera au dental avec des clous. Alors, en travaillant
dans ta demeure, dispose deux charrues, l'une assemblée et l'autre compacte. Cela est pour le mieux. En
effet, si tu romps l'une, tu attacheras l'autre aux bœufs.
Les plus forts timons sont en laurier ou en orme ; le

corps de la charrue est en chêne et le manche en bois d'yeuse.

Achète deux bœufs mâles de neuf ans. Quand ils sont au terme de la jeunesse, leur force est tout entière, et ils sont excellents pour le travail. Ils ne se querelleront point, brisant la charrue dans le sillon et laissant l'ouvrage inachevé. Qu'un homme de quarante ans les suive, ayant mangé en huit bouchées un pain coupé en quatre. Ayant souci de son ouvrage, il tracera un sillon droit, ne regardera pas ses compagnons et sera tout au travail. Un plus jeune ne le vaudrait pas pour répandre la semence et pour éviter de la répandre deux fois, car un plus jeune, dans son cœur, désire rejoindre ses compagnons.

Écoute avec attention la voix de la grue qui, chaque année, crie du haut des nuées. Elle apporte le signal du labourage et annonce l'hiver pluvieux. Alors, le cœur de celui qui n'a point de bœufs est déchiré.

Nourris dans ta demeure des bœufs aux cornes recourbées. Il est facile de dire : Prête-moi des bœufs et une charrue ; mais il est facile de répondre : Mes bœufs travaillent. L'homme dont l'esprit est prompt dit : Je construirai une charrue ! L'insensé ne sait pas qu'il faut cent morceaux de bois pour une charrue. Il faut s'en occuper à l'avance et les réunir dans sa maison.

Lorsque le temps de labourer est venu, va avec tes serviteurs, et laboure, te hâtant dès le matin, la terre humide ou sèche, afin que tes champs soient fertiles. Défriche le sol au printemps, afin qu'il ne te trompe pas, étant labouré de nouveau en été. Ensemence-le quand il est devenu léger. Il sert, de cette façon, à écarter les imprécations et à calmer les cris des enfants.

Supplie le Zeus souterrain et la chaste Dèmètèr, afin qu'ils mûrissent les fruits sacrés de celle-ci.

Lorsque tu commenceras à labourer, tenant en mains l'extrémité du manche de la charrue et piquant de l'aiguillon le dos des bœufs qui traînent le timon à l'aide d'une courroie, qu'un jeune serviteur vienne par derrière et donne du travail aux oiseaux, en cachant la semence à l'aide d'une houe. L'industrie est la meilleure des choses pour les mortels, et la paresse est la pire. Tes riches épis se courberont vers la terre, si Zeus donne une heureuse fin à tes travaux. Tu chasseras les araignées de tes vases, et j'espère que tu te réjouiras de posséder l'abondance dans ta maison. Joyeux, tu arriveras au blanc printemps, et tu ne seras pas envieux des autres, et les autres seront jaloux de toi. Mais si tu laboures la terre fertile, seulement au solstice d'hiver, tu moissonneras assis, ramassant peu d'épis, assis dans la poussière, et peu satisfait. Tu porteras le tout dans une corbeille, et peu t'envieront.

L'esprit de Zeus tempêtueux va ici et là, et il est difficile aux hommes mortels de le comprendre.

Si tu laboures tardivement, cependant, il y a un remède à cela. Quand le coucou chante dans les feuillages du chêne et charme les mortels sur la terre spacieuse, alors, que Zeus pleuve trois jours durant et qu'il ne cesse pas avant que l'eau dépasse le sabot des bœufs. Ainsi, ce labourage tardif vaudra autant que l'autre. Garde ceci dans ton esprit, et surveille le retour du blanc printemps et de la saison pluviale.

Ne t'arrête pas devant la forge et la chaude Leskhè, en hiver, quand le froid violent retient les hommes. Même alors l'homme actif sait accroître son bien. Que la rigueur de l'hiver et de la pauvreté ne t'accable donc pas, tandis que tu presseras de ta main maigre ton pied enflé. Le paresseux qui a faim roule toujours dans son es-

prit une multitude de vaines espérances et de mauvaises pensées. Celui qui n'a pas une nourriture suffisante reste assis dans la Leskhè et n'a pas de bonnes
pensées.

Dis à tes serviteurs, vers le milieu de l'été : L'été ne
durera pas toujours, préparez les greniers. — Mets-toi à
l'abri du mois Lènaiôn, dont tous les jours sont mauvais
pour les bœufs. Évite les glaces dangereuses qui couvrent
la terre au souffle de Boréas, quand celui-ci, dans la
Thrèkè, nourrice de chevaux, agite la mer vaste ; car,
alors, la terre et la forêt mugissent. Il renverse les chênes
aux feuillages élevés et les pins épais, dans les gorges de
la montagne, en tombant contre terre, et toute la grande
forêt en retentit. Les bêtes féroces sont épouvantées, et
même celles dont les poils sont épais ramènent leur
queue sous leur ventre ; mais le froid traverse leurs poils
épais et resserre leur poitrine. Il pénètre le cuir du bœuf
et même la peau de la chèvre velue, mais non la laine des
brebis. Et la force du vent Boréas courbe le vieillard,
mais il n'atteint pas le corps délicat de la vierge qui,
dans sa demeure, reste auprès de sa chère mère, ignorant
les travaux d'Aphroditè d'or, et qui, ayant lavé et parfumé d'huile son beau corps, dort, la nuit, pendant
l'hiver, dans la demeure, quand le polypode se ronge les
pieds dans sa froide maison et ses tristes retraites. En
effet, Hèlios ne lui montre aucune nourriture qu'il puisse
saisir ; car Hèlios se tourne alors vers les peuplades et
les villes des hommes noirs, et brille plus tard pour les
Panhelléniens. Et, alors aussi, les bêtes cornues ou sans
cornes s'enfuient en grinçant des dents par les taillis
épais. Et celles qui habitent des repaires secrets et les
cavernes pierreuses cherchent çà et là des abris, semblables à un homme à trois pieds dont les épaules sont

rompues et qui courbe la tête. Telles, les bêtes se traînent, évitant la blanche neige.

Alors, couvre ton corps, comme je te le conseille, d'un
manteau moelleux et d'une longue tunique. Sur la trame
légère de celle-ci applique une épaisse doublure ; et revêts-
la, afin que tes poils ne se hérissent pas de froid sur ta
chair. Attache autour de tes pieds des sandales faites du
cuir d'un bœuf tué par violence, et adapte-les, les poils
en dedans. Quand la saison du froid sera venue, mets sur
tes épaules, et suspends avec une courroie de cuir, des
peaux de chevreaux premiers-nés, qui te garantiront de
la pluie. Mets sur ta tête un pilos bien fait qui empêche
que tes oreilles soient humides ; car le matin est froid
quand Boréas tombe, et le vent du matin, en descendant
sur la terre, de l'Ouranos étoilé, se répand sur les travaux
des riches. L'air vaporeux, émané des fleuves au cours
sans fin, et soulevé de terre par les tourbillons du vent,
quelquefois retombe en pluie vers le soir, et quelquefois
souffle, tandis que le Thrèkien Boréas bouleverse les
nuées épaisses.

Préviens-le, et, ton travail achevé, rentre dans ta demeure, de peur que la ténébreuse nuée ouranienne n'enveloppe ton corps et ne mouille tes vêtements. Evite
cela. Ce mois est le plus dur de l'hiver, dur aux troupeaux
et dur aux hommes. Alors, donne aux bœufs la moitié de
leur pâture, mais augmente la nourriture des hommes.
En effet, les longues nuits suffisent pour fortifier les bœufs.
Fais attention, pendant toute l'année, de mesurer les aliments à la durée des nuits et des jours, jusqu'à ce que la
terre nourricière te prodigue de nouveau tout ce qu'elle
produit.

Lorsque, soixante jours après la conversion de Hèlios,
Zeus met fin aux jours hivernaux, alors l'étoile Arktyros,

délaissant le cours immense d'Okéanos, la première
apparaît et se lève vers le soir. Puis, la gémissante hirondelle, fille de Pandiôn, apparaît le matin aux hommes, le
printemps étant déjà commencé. Préviens-la, et taille ta
vigne ; ceci est pour le mieux. Mais quand le limaçon
sortira de terre pour monter sur les plantes, et fuira les
Plèiades, alors, ne fouis pas davantage tes vignes, mais
aiguise tes faux et excite tes serviteurs. Fuis les retraites
ombreuses et le lit dès le matin, dans le temps de la
moisson, quand Hèlios dessèche le corps. Hâte-toi, lève-
toi dès l'aube, et rassemble les gerbes dans ta demeure,
afin que la moisson soit suffisante. Le matin fait la troisième partie du travail ; il abrége le chemin et active l'ouvrage. Dès que le matin paraît, il met en mouvement un
grand nombre d'hommes et place sous le joug un grand
nombre de bœufs.

Lorsque le chardon fleurit et que la sonore cigale,
assise sur un arbre, chante sa chanson harmonieuse en
agitant les ailes, dans la chaude saison d'été, alors les
chèvres sont grasses, le vin est excellent, les femmes sont
très-lascives, et les hommes sont accablés de faiblesse,
parce que Seirios dessèche leur tête et leurs genoux, et
parce que tout leur corps est desséché par la chaleur.
Alors, c'est le temps des rochers ombreux, du vin de By-
blos, du fromage, du lait des chèvres qui ne nourrissent
plus, de la chair de la génisse qui n'a pas enfanté et de
la chair des jeunes chevreaux. Bois un vin noir, assis à
l'ombre, et rassasie-toi de manger, le visage exposé au
souffle tiède du vent, au bord d'une source qui coule, incessante et claire. Mêle trois parties d'eau à une partie de
vin. Ordonne à tes serviteurs, quand apparaîtra la force
d'Oriôn, de broyer les dons sacrés de Dèmètèr, en un
lieu découvert et sur une aire très-plate. Mesure promp-

tement le grain et renferme-le dans les vases. Puis,
quand tu auras déposé toute ta récolte dans ta demeure, cherche un serviteur sans maison et une servante sans enfants. Celle qui a des enfants est impor-
tune. Nourris un chien aux dents terribles et n'épargne
pas la nourriture, de peur que le voleur qui dort pendant le jour n'enlève tes richesses. Fais aussi provision
de foin et de paille, afin d'en nourrir toute l'année tes
bœufs et tes mulets. Puis, enfin, que tes serviteurs
reposent leurs chers genoux, et que les bœufs soient
dételés.

Quand Oriôn et Seirios parviendront au milieu de
l'Ouranos, et quand Eôs aux doigts rosés regardera Arktyros, ô Persès, recueille alors tous tes raisins dans ta
demeure, et, pendant dix jours et autant de nuits, expose-
les sous Hèlios. Mets-les à l'ombre pendant cinq jours,
et, le sixième, enferme dans les vases ces dons de Dionysos qui inspire la joie.

Quand les Plèiades, les Hyades et la force d'Oriôn au-
ront disparu, alors souviens-toi que le moment est venu
de labourer, et toute l'année sera ainsi consacrée aux
travaux de la terre.

Si le désir de la navigation dangereuse te saisit, crains
le temps où les Plèiades, fuyant la force terrible d'Oriôn,
tombent dans la noire mer. Alors, certes, les souffles
des vents nombreux se déchaînent. Ne laisse pas plus
longtemps tes nefs sur la noire mer; souviens-toi plutôt
de travailler la terre, comme je te le conseille. Traîne ta
nef sur le continent et fixe-la avec des pierres, de tous
côtés, afin que celles-ci résistent à la force des vents humides, et que la sentine soit vidée, afin que la pluie de
Zeus ne pourrisse pas la nef. Dépose tout le gréement
dans ta demeure, et plie avec soin les ailes de la nef qui

traverse la mer. Suspends le gouvernail solide au-dessus
de la fumée, jusqu'à ce que revienne le temps de la navigation. Alors, traîne à la mer ta nef rapide et remplis-
la de façon à ce que tu rapportes un bénéfice dans ta
demeure. C'est ainsi que mon père et le tien, ô très-insensé Persès, naviguait sur ses nefs, cherchant un bon
gain.

Autrefois, il vint ici, à travers l'immense mer, sur une
nef noire, quittant Kymè Aiólide. Et il ne fuyait ni l'o-
pulence, ni les richesses, mais la pauvreté mauvaise que
Zeus inflige aux hommes. Et il habita, auprès du Hélikôn, le misérable bourg Askra, horrible en hiver, pénible en été, et jamais agréable.

Pour toi, ô Persès, souviens-toi de choisir le temps
propre à tous les travaux et surtout à la navigation.
Vante une petite nef, mais n'en charge qu'une grande.
Plus considérable est la charge, plus considérable est le
gain, si, toutefois, les vents retiennent leurs souffles terribles. Si tu veux tourner ton esprit imprudent vers le
commerce, éviter les dettes et la cruelle famine, je t'enseignerai l'usage de la mer aux bruits sans nombre, bien
que je ne sois pas habile dans la navigation; car je ne
suis jamais parti sur une nef pour la haute mer, si ce
n'est pour l'Euboia, d'Aulis où, autrefois, les Akhaiens,
retenus par le vent, réunirent leur grande armée pour
aller de la sainte Hellas vers Troiè aux belles femmes.
Je vins de là à Khalkis pour les jeux du brave Amphi-
damas. Ses enfants magnanimes en avaient institué de
toute sorte. Je me vante d'avoir remporté là le prix du
chant, un trépied à deux anses que je consacrai aux Muses
Hélikoniades, là où, pour la première fois, elles m'avaient
inspiré le chant sonore. Ce fut alors seulement que je
tentai les nefs construites à l'aide de nombreux clous.

Mais, cependant, je te dirai la volonté de Zeus tempêtueux, car les Muses m'ont enseigné à chanter l'hymne
sacré.

Cinquante jours après la conversion de Hèlios, à la fin
de la laborieuse saison d'été, c'est le temps de la navigation pour les mortels. Alors, certes, aucune nef ne sera
brisée et la mer n'engloutira aucun homme, à moins que
le sage Poseidaôn qui ébranle la terre, ou que Zeus, le
roi des Immortels, ne le veuille, car les biens et les
maux dépendent d'eux. Alors, les vents seront faciles et
la mer sera tranquille et sans danger. Certain des vents,
traîne à la mer ta nef rapide, après l'avoir bien chargée ;
puis, hâte-toi de revenir promptement dans ta demeure.
N'attends pas le vin nouveau, les pluies automnales,
l'approche de l'hiver et les souffles terribles du Notos
qui, venant avec les abondantes pluies ouraniennes de
l'automne, bouleverse la mer et la rend impraticable.

La navigation est bonne encore au printemps. Quand
les premières feuilles apparaissent au sommet du figuier,
aussi peu visibles que les traces d'une corneille qui
marche, alors la mer est praticable. Cette navigation est
celle du printemps ; et je ne l'approuve pas cependant, et
elle ne plaît pas à mon esprit, parce qu'elle est incom-
mode. Tu éviteras difficilement le danger. Mais les
hommes agissent imprudemment, et l'argent est l'âme
des misérables mortels. Comme il est malheureux de
mourir dáns les flots, je te conseille de méditer dans ton
esprit toutes les choses que je te dis. Ne mets point
toute ta richesse dans tes nefs ; laisse beaucoup et n'emporte que peu ; car il est aussi malheureux de trouver la
mort dans les flots de la mer que de rompre l'essieû d'un
char trop chargé, et de perdre ainsi ce qu'il contient.

Sois prudent. Choisir l'occasion est le meilleur en

toutes choses. N'ayant pas encore trente ans, ou n'ayant
pas beaucoup plus, conduis une épouse dans ta demeure;
c'est l'âge qui te convient pour le mariage. Qu'une
femme soit nubile à quatorze ans et se marie à quinze.
Épouse une vierge afin de lui enseigner les mœurs
chastes. Conduis surtout dans ta demeure celle qui habite près de toi. Apporte à ces choses la plus grande attention, de peur d'épouser la risée des voisins. Une
femme irréprochable est le meilleur bien qui puisse
échoir à un homme; mais la pire calamité est une
femme amie des festins, qui brûle son mari sans torche,
quelque vigoureux qu'il soit, et l'entraîne à une vieillesse
rapide.

Observe la crainte salutaire des Dieux immortels. Ne
fais pas de ton ami l'égal de ton frère, mais, si tu le fais,
ne lui cause aucun tort le premier. Ne mens pas, uniquement pour parler. Si un ami commence à t'offenser
par sa parole injurieuse, ou par action, souviens-toi de
l'en punir deux fois; mais s'il revient à ton amitié et
veut t'offrir une satisfaction, reçois-la, car il est triste
d'aller d'un ami à un autre ami. Que ton visage ne ré-
vèle pas ta pensée. Ne te vante pas d'être l'hôte de beaucoup, ou l'hôte de personne. Ne sois ni le compagnon
des mauvais, ni le calomniateur des bons. Abstiens-toi
de jamais reprocher à personne la misérable pauvreté
qui ronge l'âme et qui est un don des Dieux immortels.
La langue parcimonieuse est, certes, un trésor excellent parmi les hommes, et la grâce des paroles est toute
dans leur mesure. Si tu parles mal, on parlera de toi
plus mal encore. N'assiste pas d'un air morne aux festins publics qu'on célèbre à frais communs. Le plaisir
en est très-grand et la dépense en est très-petite. Ne
fais jamais, le matin, avec des mains impures, des li-

bations de vin noir à Zeus ou aux autres Immortels. Ils
ne t'exauceront pas et repousseront tes prières. N'urine
pas, debout, contre Hèlios, et, de son coucher à son
lever, ne le fais point encore, nu, au milieu ou en dehors du chemin, car les nuits sont aux Dieux.

Ne traverse jamais à pied l'eau limpide des fleuves in-
tarissables, avant d'avoir prié en regardant son beau
cours, et d'avoir lavé tes mains dans cette belle eau
claire. Celui qui traverse un fleuve avec des mains impures, les Dieux le prennent en haine et lui préparent
des calamités dans l'avenir.

Pendant le festin sacré des Dieux, ne retranche jamais
le sec du vert, à l'aide du fer noir, et ne place point la
coupe où l'on boit sur le Kratèr, car ceci serait un signe
funeste.

Ne laisse pas inachevée la maison que tu bâtis, de
peur que la corneille criarde ne vienne parfois s'y asseoir en croassant.

Ne mange, ni ne te lave dans des vases non consacrés,
car il t'en arriverait malheur.

N'assieds pas un enfant de douze ans sur les tombeaux
immobiles; cela n'est pas bon en effet, et tu n'en ferais
qu'un homme débile. Il en serait de même d'un enfant
de douze mois.

Homme, ne lave point ton corps dans le bain des
femmes, car un châtiment terrible suivrait un jour cette
action.

Si tu surviens au milieu d'un sacrifice, respecte les
mystères, car le Dieu s'irriterait.

N'urine, ni dans le courant des fleuves qui vont à la
mer, ni dans les fontaines. Évite cela surtout. N'y satis-
fais aucun autre besoin; l'action ne serait pas meilleure.

Évite un mauvais renom parmi les mortels. La renommée est dangereuse; on l'enlève aisément, on la porte avec peine et on la dépose difficilement. La renommée que les peuples nombreux répandent ne périt jamais, car, elle-même, elle est Déesse.

Observe les jours de Zeus et enseigne-les à tes serviteurs, selon le bon ordre. Le trentième du mois est le meilleur pour examiner leurs travaux et payer leur salaire, lorsque les peuples assistent aux jugements publics.

En effet, voici les Jours du sage Zeus : Le premier, le quatrième, et le septième, jour sacré, car ce fut celui où Lètô enfanta Apollôn à l'épée d'or; le huitième et le neuvième, deux jours du mois qui s'accroît, conviennent aux travaux des mortels; le onzième et le douzième excellent tous deux, l'un pour tondre les brebis, l'autre pour couper les joyeux épis; mais le douzième est bien meilleur que le onzième. En effet, alors, l'araignée, suspendue en l'air, file, en plein été, pendant que la prudente fourmi amasse ses provisions. Il faut que, ce jour-là, la femme prépare sa toile et commence son ouvrage.

Garde-toi d'ensemencer le treizième jour du mois commencé; mais ce jour est excellent pour les plantations. Le seizième leur est très-défavorable. Il est propice à la génération des mâles, mais non aux filles, soit qu'elles naissent, soit qu'elles se marient. C'est un bon jour pour châtrer les chevaux et les béliers, et pour entourer l'étable d'un enclos. Il est bon aussi pour engendrer les mâles, et il est favorable aux querelles, aux mensonges, aux douces paroles et aux entretiens secrets.

Le huitième jour du mois, châtre le pourceau et le bœuf mugissant, et, le douzième, les mulets patients. Le vingtième, dans les longs jours, engendre un fils sage

et d'un bon naturel. Le dixième est propice à la génération des mâles, et le quatorzième à la génération des
filles. Ce jour-là aussi, apaise, en les caressant de la
main, les brebis, les bœufs aux cornes torses et aux pieds
recourbés, le chien aux dents aiguës et les mulets patients; et sois prudent, afin d'éviter les douleurs amères
pendant le quatrième jour du mois finissant et commencé, car ce jour est sacré.

Le quatrième jour, conduis une épouse dans ta demeure, après avoir observé les oiseaux. C'est la meilleure divination pour le mariage. Évite les cinquièmes
jours, parce qu'ils sont dangereux et terribles. C'est
alors, en effet, que les Érinnyes, dit-on, parcourent la
terre, vengeant Horkos qu'enfanta Éris pour châtier le
parjure.

Le dix-septième, examine attentivement les dons sacrés de Dèmètèr, et livre-les au vent dans une aire très-
plate. Coupe aussi la force des bois destinés aux maisons
et aux nefs. Le quatrième, commence à assembler tes
nefs rapides. Le dix-neuvième ne fait aucun mal aux
hommes, mais le neuvième, après midi, est le meilleur
jour; et il est tel aussi pour planter, et pour engendrer
l'homme ou la femme. Ce n'est jamais un mauvais jour.
Mais peu savent que le vingt-neuvième est un jour excellent pour percer les tonneaux et soumettre les bœufs
au joug, ainsi que les mulets et les chevaux rapides; et
aussi, pour traîner à la noire mer une nef rapide aux
nombreux bancs de rameurs; mais peu le savent.

Le quatrième jour, ouvre le tonneau. Le quatorzième
est le jour sacré par-dessus tous. Quelques-uns regardent
le vingt-quatrième, au matin, comme le meilleur du
mois; mais, dans l'après-midi, il est mauvais.

Ces Jours sont les plus utiles aux hommes. Les autres

sont incertains, ne présageant et n'amenant rien. On loue tantôt l'un, tantôt l'autre ; mais peu les connaissent. La Journée est une marâtre aussi bien qu'une mère. Heureux, heureux celui qui, sachant toutes ces choses, irréprochable devant les Dieux, observe les augures des oiseaux et fuit les mauvaises actions !

FIN DES TRAVAUX ET DES JOURS.

HYMNES ORPHIQUES

LES PARFUMS

HYMNES ORPHIQUES

PARFUM DE PROTHYRAIA

Le Styrax

Entends-moi, ô vénérable Déesse, Daimôn aux mille noms, qui viens en aide aux douleurs de l'enfantement, qui te plais aux unions nuptiales, protectrice des femmes, qui aimes les enfants, douce et agréable, qui veilles aux accouchements , Prothyraia ! toujours présente aux hommes, gardienne des portes, amie des nourrissons, qui habites les demeures de tous et te réjouis des festins. Invisible, tu dénoues les ceintures de celles qui accouchent, tu viens en aide aux douleurs de l'enfantement et tu es joyeuse de la fécondité. Eileithyia ! qui facilites le travail douloureux, c'est toi seule, ô repos de l'âme,

qu'invoquent celles qui accouchent, quand leurs souffrances sont intolérables. Artémis Eileithyia, vénérable
Prothyraia, entends-moi, Bienheureuse ! Donne-moi des
enfants et conserve-les, puisque tu es la conservatrice de
tous.

II

PARFUM DE NYX

Je célébrerai par mes chants Nyx, génératrice des
Dieux et des hommes, Nyx, source de toutes choses,
celle que nous nommons Kypris.

Entends-moi, Déesse bienheureuse, qui as une noire
splendeur, brillante d'astres, qui te réjouis du repos et
du profond sommeil, joyeuse, charmante, qui aimes les
longues veilles, mère des songes, oubli des peines, propice, qui reposes des travaux, inspiratrice des hymnes,
amie de tous, traînée par des chevaux, qui luis dans
l'obscurité, à moitié accomplie, terrestre et ouranienne
tour à tour, qui circules et te joues, glissant par les fuites
de l'air, qui chasses la lumière vers Aidès ou retournes
vers lui, car la lourde nécessité dompte toutes choses !

Maintenant, Bienheureuse Nyx, très-riche et désirable
pour tous, sois présente et entends la voix suppliante de
ceux qui te prient ! Viens, pleine de bienveillance, et
dissipe les terreurs en luisant dans les ténèbres.

III

PARFUM D'OURANOS

L'Encens

Ouranos, générateur de toutes choses, partie toujours infatigable du Kosmos, antique source et fin de tout, ô Père universel, qui fais rouler la terre en cercle, demeure des Dieux heureux, qui marches dans les vertiges d'un tourbillon, ouranien et terrestre, qui enveloppes et gardes tout, qui contiens dans ta poitrine l'inéluctable nécessité de ce qui est, bleu, indompté, changeant, de forme variée, voyant tout, père de Kronos, bienheureux et très-puissant Daimôn, entends-moi, et donne une pieuse vie au Néophante qui sert les mystères.

IV

PARFUM DE L'AITHÈR

Le Safran

O toi qui possèdes la haute demeure de Zeus, partie infatigable et dominatrice de Hèlios et de Sélènaiè, dompteur de toutes choses, qui respires le feu, flambeau de

tous les vivants, qui règnes dans les hauteurs, Aithèr ! ô
le meilleur élément du Kosmos, ô fleur illustre, qui portes
la lumière et donnes la splendeur aux astres, je t'invoque
et te supplie d'être doux et tempéré.

V

PARFUM DE PRÔTOGONOS

La Myrrhe

J'invoque Prôtogonos aux deux sexes, grand, qui va-
gabonde dans l'Aithèr, sorti de l'Œuf, aux ailes d'or,
ayant le mugissement du taureau, source des Bienheureux et des hommes mortels, mémorable, aux nombreuses
orgies, inénarrable, caché, sonore, qui chassa de tous les
yeux la noire nuée primitive, qui vole par le Kosmos sur
des ailes propices, qui amène la brillante lumière, et que,
pour cela, je nomme Phanès.

Bienheureux, très-sage, aux diverses semences, descends, joyeux, vers les sacrifices des Orgiophantes !

VI

PARFUM DES ASTRES

Les Aromates

J'invoque d'abord la lumière sacrée des Astres Ouraniens, appelant par de saintes paroles les Daimôns conducteurs.

Astres Ouraniens, chère race de la noire Nyx, qui tourbillonnez autour de son trône, resplendissants, semblables au feu, qui engendrez tout ce qui est soumis aux Moires, Révélateurs de toutes les destinées, qui montrez la voie divine aux hommes mortels, qui avez sept rayons, qui éclairez toutes les zones, qui errez dans l'air et courez dans le feu, ouraniens et terrestres, illuminant toujours le noir péplos de Nyx, revêtus de splendeurs, aimables et nocturnes, venez! venez aux mystères sacrés, et donnez un heureux cours aux illustres sacrifices.

VII

PARFUM DE HÈLIOS

L'Encens

Entends-moi, Bienheureux, qui vois éternellement toutes choses, Titan resplendissant d'or, Hypériôn,

lumière ouranienne, force naturelle, miroir infatigable
et doux des vivants, à droite engendrant le matin, et, à
gauche, la nuit ; modérateur des temps, qui conduis
quatre chevaux aux pieds sonores, qui te précipites, strident, en feu, avec une face claire, et qui fais ta route
dans les tourbillons d'un mouvement sans fin ! Conducteur des hommes pieux dans la bonne voie, ennemi des
impies, qui portes une lyre d'or, qui diriges le cours harmonieux du Kosmos, maître des ouvrages excellents, qui
mènes le Kosmos, joueur de syrinx, qui cours dans le feu,
qui roules en cercle, Porte-lumière éclairant les choses
changeantes, qui apportes la vie, ardent et pur, terme du
temps, immortel, tranquille, partout visible, lumière
circulaire du Kosmos, qui étincelles de beaux rayons,
instituteur de justice, aimant les fontaines, maître du
Kosmos, gardien de la foi jurée, le plus puissant des pro-
tecteurs, œil de justice, lumière de la vie, traîné par des
chevaux, et qui pousses ton quadrige avec le fouet sif-
flant, entends les paroles qui t'implorent, et donne une
vie pieuse et douce à ceux qui sont initiés aux mystères.

VIII

PARFUM DE SÉLÈNÈ

Les Aromates

Entends-moi, Déesse, Reine, qui apportes la lumière,
divine Sélènè ! Sélènè, qui as les cornes du taureau, noc-

turne, qui marches dans l'air, vierge qui portes des torches,
environnée d'étoiles, qui augmentes et diminues, mâle et
femelle, brillante, aimant les chevaux, mère du temps,
qui produis les fruits, resplendissante, pleine de tristesse,
illuminatrice nocturne, qui vois tout, qui aimes les veilles,
fleurie de beaux astres, qui te réjouis du repos et de la
joie, enflammée, aimable, productrice, droite, au long
péplos, marchant en cercle, vierge sage, viens, Bienheureuse, splendide, rayonnante, protége tes suppliants
dans les sacrifices.

IX

PARFUM DE LA NATURE

Les Aromates

Nature, Reine mère de toutes choses, mère inépui-
sable, vénérable, créatrice, Daimôn reine, qui domptes
tout, invincible, resplendissante, qui diriges tout, honorée,
très-puissante, incorruptible, née la première, antique,
féconde en héros, nocturne, qui détruis tout, qui apportes
la lumière, qui contiens tout avec force et qui marches
en ne laissant qu'une trace légère, reine chaste des
Dieux, fin qui n'as point de fin ! commune à tous, mais
seule incommunicable ! née de toi-même, te réjouissant
de ta vertu suprême, florissante, machinatrice, mêlée à
tout et sachant tout ! maîtresse puissante, donnant la vie,
vierge qui nourris tout, juste, persuasive, aithéréenne,
terrestre et marine, amère aux mauvais, douce aux

hommes pieux, très-sage, dispensatrice, nourricière, Reine universelle ! Bienheureuse, qui fais croître et qui dissous, père et mère de toutes choses, qui engendres spontanément, qui abondes en semence, qui mûris, Ouvrière universelle, vénérable Daimôn, éternelle, qui meus tout, aux mille formes, prudente, roulant dans un tourbillon sans fin, conservatrice, qui t'entretiens par d'éternelles transformations, assise sur un thrône, rendant la justice, excellente dominatrice des Porte-scep tres, intrépide, toute-puissante, destinée inévitable, qui respires le feu, Vie éternelle, immortelle providence, à qui tout appartient, et qui, seule, fais toutes choses ! je te supplie, ô Déesse, toi et les Saisons heureuses, de me donner la paix, la santé, et de tout accroître !

X

PARFUM DE PAN

Divers Encens

J'invoque le robuste Pan, substance du Kosmos, de l'Ouranos, de la mer, de la terre reine de toutes choses et de la flamme immortelle, car ce sont les membres de Pan. Viens, Bienheureux, vagabond, circulaire, ayant pour thrône les Saisons, aux pieds de chèvre, qui es frénétique, qui aimes à jouer, conducteur des astres, dirigeant l'harmonie du Kosmos, et qui te plais au chant ! Effroi des vivants, maître des visions, qui te réjouis des pasteurs

de chèvres, des bouviers et des fontaines, chasseur, ami
du son et des Nymphes, générateur de toutes choses,
Créateur universel, Daimôn aux mille noms, qui règles le
Kosmos, qui apportes la lumière, qui aimes les antres, qui te
souviens des injures, vrai Zeus cornu ! c'est sur toi que reposent et la surface de la terre immense et l'onde de la mer
infatigable et Okéanos qui roule ses flots autour de la terre,
et une partie de l'air et l'éclat du feu très-subtil, ô toi qui
fomentes la vie ! Tous ces éléments divins te sont soumis
et tu changes selon ta volonté la nature des choses, et tu
conduis la race des hommes par l'immense Kosmos. O
bienheureux Orgiaste, descends sur ces libations sacrées
et donne une heureuse fin à ma vie, en éloignant des limites de la terre l'épouvante Panique.

XI

PARFUM DE HÈRAKLÈS

L'Encens

Hèraklès, qui as un cœur inébranlable, robuste, aux
mains vigoureuses, ô Titan, indompté, florissant dans les
combats terribles, aux formes changeantes, père du temps,
éternel, vénérable, ineffable, farouche, désirable, tout-
puissant, magnanime et divinateur, qui dévores et crées
toutes choses, suprême allié des hommes, qui poursuis
les races sauvages et nourris la jeunesse illustre, né de

toi-même, infatigable, excellent germe de la terre, res
plendissant des flammes primitives, qui soutiens le matin
et la noire nuit, qui as accompli douze travaux, de ta naissance à ta mort, puissant contre les Immortels, grand et
invaincu, viens, Bienheureux! Apporte tous les remèdes
des maladies, chasse les maux cruels en agitant un rameau
dans tes mains, et à l'aide de tes flèches ailées.

XII

PARFUM DE KRONOS

Le Styrax

O Illustre! Père des Dieux heureux et des hommes, aux
nombreuses ruses, sans souillure, robuste et courageux,
ô Titan, qui détruis toutes choses et les reproduis, chargé
de chaînes ineffables dans l'immense Kosmos, éternel
Kronos, générateur universel, Kronos aux ruses sans
nombre, fils de Gaia et d'Ouranos étoilé, Origine première, vénérable Titan, qui habites à la fois toutes les
parties du Kosmos, circulaire et très-excellent, entends
ma voix suppliante et donne à ma vie une fin heureuse et
irréprochable.

XIII

PARFUM DE RHÉA

Les Aromates

Vénérable Rhéa, fille du changeant Prôtogonos, qui es traînée par des taureaux sur un char sacré, qui fais retentir les tympanons, Vierge furieuse, qui aimes le bruit des cymbales, honorée en tous lieux, très-belle, bienheureuse, qui partages le lit de Kronos, qui te réjouis des montagnes et des hurlements horribles des hommes! Rhéa, Reine universelle, qui excites au combat, au cœur inébranlable, protectrice, conservatrice, née à l'origine, mère des Dieux et des hommes mortels! De toi sont sortis Gaia, et Ouranos, et Pontos, et le souffle des Vents qui ont la forme de l'air. Viens, Déesse bienheureuse, propice, donne-moi la paix et de grandes richesses, et chasse jusqu'aux limites de la terre les fléaux et les Kères.

XIV

PARFUM DE ZEUS

Le Styrax

Zeus très-vénérable, Zeus incorruptible, nous t'offrons notre témoignage, nos expiations et nos prières. O Roi,

7

tu commandes à Gaia, mère des montagnes, et aux montagnes hautes et sonores, et à Pontos, et à toutes les
choses qu'enveloppe Ouranos. Zeus Kroniôn! Porte-
sceptre, au grand cœur, Générateur universel, source et
fin de toutes choses, qui meus la terre, qui ébranles tout,
étincelant, tonnant, foudroyant, Zeus créateur, entends-
moi, Dieu changeant, donne-moi la santé, la paix et
l'irréprochable gloire des richesses.

XV

PARFUM DE HÈRA

Les Aromates

Couverte de vêtements bleus, ayant une forme aérienne,
Hèra, Reine universelle, Hèra, Épouse bienheureuse de
Zeus, nourrissant de douces haleines les âmes des mortels, génératrice des pluies et des vents, qui, seule, permets de vivre, qui te communiques à tout, qui règnes
sur tout et animes tout par les sifflements de l'air, viens
avec bienveillance, Déesse bienheureuse, illustre, Reine
universelle, joyeuse et pleine de beauté.

XVI

PARFUM DE POSEIDAÔN

La Myrrhe

Entends-moi, Poseidaôn, qui ébranles la terre, aux cheveux bleus, Cavalier qui tièns [en main le trident d'airain, qui habites le sein profond de la mer, Roi de la mer, retentissant, qui ébranles la terre, couronné d'écume, qui as un beau visage, qui pousses ton char à quatre chevaux à travers l'eau salée et retentissante, à qui les Moires ont accordé l'eau profonde de la mer, qui te réjouis des flots, Daimôn de la mer et des bêtes marines! Protége les assises de la terre et la course des nefs rapides, donne-moi la paix, la santé et les richesses irréprochables.

XVII

PARFUM DE PLOUTÔN

Ploutôn, au cœur courageux, qui habites, sous terre, le Tartaros ténébreux et toujours privé de lumière, Ploutôn porte-sceptre, accueille mes dons sacrés, toi qui environnes les assises de la terre, qui accordes aux vivants les richesses des années, à qui les Moires ont donné l'empire souterrain, demeure des Immortels et support inébranlable des mortels, qui as assis ton thrône dans les ténèbres, sur le noir Akhérôn, lointain, infatigable, qui étreint les racines de la terre, toi qui commandes aux hommes par la volonté de Thanatos, Daimôn aux mille noms, qui ravis autrefois, pour l'épouser, la fille de Dèmètèr, d'une prairie, à travers la mer, sur ton char attelé de quatre chevaux, et la conduisis dans l'antre d'Athis, au Dème d'Éleusis où sont les portes du Hadès! Seul maître des choses connues et cachées, Dieu qui gouvernes tout, très-sacré, très-honoré, qui te réjouis des belles louanges et du culte pieux, je te supplie d'être propice à ceux qui te sacrifient.

XVIII

PARFUM DE ZEUS TONNANT

Le Styrax

Père Zeus, qui cours flamboyant dans les hauteurs, qui agites le Kosmos enflammé, brûlant de la splendeur éclatante de l'Aithèr, qui ébranles de tes tonnerres divins toute la demeure des Bienheureux, qui marches répandant d'épais torrents de feu, qui roules les nuages, les pluies, la flamme ouranienne, les foudres terribles qui incendient tout, ailées, aux crinières hérissées, arme invincible qui jaillit du tonnerre, qui dévore tout dans les tourbillons impétueux d'un bruit immense, arme sûre, effroyable et inexorable, flèche ouranienne et rapide de

Zeus qui brûle, qui épouvante la terre et la mer, et qui
terrifie les bêtes féroces quand elles l'entendent; car,
alors, tout resplendit, le tonnerre gronde dans les profondeurs de l'Aithèr, et tu lances la foudre qui déchire la
voûte ouranienne! O Bienheureux, ne frappe que les
flots de la mer et le faîte des montagnes, car nous con-
naissons ta puissance. Reçois favorablement nos libations, accorde des dons heureux à nos esprits, des jours
propices, la santé et une vie toujours joyeuse et telle que
nous la souhaitons.

XIX

PARFUM DE ZEUS FOUDROYANT

L'Encens

J'invoque Zeus, grand, sacré, retentissant, illustre,
aérien, brûlant, qui court dans le feu, qui éclate dans
l'air, foudroyant, qui élève sa voix terrible dans le vol
des nuages, effrayant, se souvenant des injures, indomptable, sacré, Zeus foudroyant, Générateur universel, Roi
très-puissant, et je le supplie de donner à ma vie une
heureuse fin.

XX

PARFUM DES NUAGES

La Myrrhe

Nuages aériens, qui faites germer les fruits, qui errez
dans l'Ouranos, générateurs des pluies, que le vent roule
par le Kosmos, nuages rugissants, enflammés, sonores,
qui amenez les eaux, qui éveillez dans les profondeurs
de l'air des frémissements terribles, qui luttez contre les
vents qui sifflent, je vous supplie maintenant, vous qui
nous donnez les rosées, de souffler doucement et de nous
accorder sur la terre maternelle les pluies qui font germer
les fruits.

XXI

PARFUM DE LA MER

L'Encens

J'invoque la Nymphe, fille d'Okéanos, Téthys aux yeux
clairs, au péplos bleu, Reine des eaux écumeuses, qui
exhale de douces haleines autour de la terre en poussant
les longs flots sur les rivages pierreux, qui se réjouit des
nefs, qui nourrit les bêtes marines et qui a des chemins
humides. Mère de Kypris, mère des nuées obscures et de

toutes les sources qui font filtrer leurs eaux, entends-
moi, ô Vénérable! sois-moi favorable! Envoie, ô Bienheureuse, un vent propice aux nefs rapides.

XXII

PARFUM DE NÈREUS

La Myrrhe

O toi qui enveloppes les racines de la mer, siégeant
dans ta demeure bleue et te réjouissant, sous l'écume, des
quatre-vingts belles vierges tes filles, Nèreus, Daimôn au
nom illustre, fondement de la mer, limite de la terre,
principe de toutes choses, qui ébranles la demeure sacrée
de Dèmètèr quand tu engouffres dans tes secrètes profondeurs les flots agités, ô Bienheureux, ne secoue point
la terre et envoie à ceux qui te font des sacrifices le bonheur, la paix, la santé et la richesse.

XXIII

Les Aromates

Nymphes de Nèreus, aux beaux visages, chastes, pleines
de santé, qui aimez les eaux profondes et suivez les
chemins humides, et qui, quatre-vingts vierges que vous
êtes, vous réjouissez à la surface des eaux, joyeuses autour des Tritônes et des Dieux aux formes de bêtes que
nourrit la mer, et des autres habitants de l'onde Tritô-
nienne qui sautent et roulent dans l'eau, et des dauphins
vagabonds de couleur bleue, je vous supplie de donner le
bonheur à céux qui vous font des sacrifices, car, les premières, vous avez institué les fêtes sacrées de Bakkhos,
de la Vierge Perséphonéiè, avec la Mère Kalliopè et le roi
Apollôn.

XXIV

Le Styrax

J'invoque Prôteus qui tient les clefs de la mer, né le
premier, qui affirma les principes des choses, qui varia

les forces de la matière sacrée, qui est partout honoré,
qui sait les choses présentes, et celles qui ont été et celles
qui seront dans l'avenir, car la Nature primitive a tout
confié à Prôteus. O Père, accorde tes saints oracles à
ceux qui te font des sacrifices et donne une fin heureuse
à notre vie.

XXV

PARFUM DE GAIA

Toutes les semences, excepté les Fèves
et les Aromates

O Déesse Gaia, mère des Bienheureux et des hommes
mortels, qui nourris et donnes toutes choses, qui produis
les fruits et qui détruis tout, toujours verdoyante, féconde,
qui fleuris dans les belles saisons, Vierge changeante,
fondement du Kosmos immortel, qui enfantes la multitude des fruits variés, éternelle, très-vénérable, qui as
une large et riche poitrine, qui te réjouis des plantes aux
douces haleines, ornée de fleurs sans nombre, Daimôn
qui te réjouis des pluies, autour de qui roulent le monde
changeant des astres et la Nature éternelle, ô Déesse bienheureuse, multiplie les fruits joyeux et sois-nous favorable avec les Saisons heureuses.

XXVI

PARFUM DE LA MÈRE DES DIEUX

Divers Encens

Mère des Immortels, honorée des Dieux, Nourrice universelle, vénérable Déesse, toute-puissante, viens à nos prières, attelle à ton char rapide les lions tueurs de taureaux, Reine du Pôle illustre, aux mille noms, vénérable, qui te tiens sur ton thrône au centre du Kosmos, parce que tu commandes à la terre et que tu offres de doux aliments aux mortels! C'est de toi qu'est sortie la race des Immortels et des mortels. Les fleuves te sont soumis et toute la mer est à toi, Histia! et on te nomme la dispensatrice des richesses, parce que tu prodigues tous les biens aux mortels. Viens à nos sacrifices, ô Vénérable, qui te réjouis des tympanons, qui domptes toutes choses, protectrice de la Phrygiè, Épouse de Kronos, Reine de l'Ouranos, ô Vénérable, source de la vie, amie de la fureur sacrée, viens, et sois-nous propice.

XXVII

PARFUM DE HERMÉIAS

L'Encens

Entends-moi, Herméias, messager de Zeus, fils de
Maia, qui as un grand cœur, qui présides aux dissensions, maître des hommes, joyeux, plein de ruses, inter-
médiaire, tueur d'Argos, qui as des talons ailés, ami des
hommes, inspirateur de l'éloquence, qui te réjouis des
dissensions et des mensonges rusés, Interprète universel,
qui aimes le gain, qui dissipes les inquiétudes, qui tiens
dans tes mains le signe irréprochable de la paix, Bienheureux ouvrier, très-utile, à l'esprit changeant, qui viens en
aide aux hommes dans leurs travaux et leurs nécessités,
et qui les protéges quand ils parlent. Entends-moi,
donne une heureuse fin à ma vie, les travaux, l'éloquence
et la mémoire.

XXVIII

PARFUM DE PERSÉPHONÈ

Perséphonè, fille du grand Zeus, viens, ô Bienheureuse !
Déesse née unique, accueille favorablement ce sacrifice,
Epouse vénérable de Ploutôn, illustre dispensatrice de la

vie, qui commandes aux Portes d'Aidès dans les profondeurs de la terre, aux belles tresses, illustre race de Zeus,
mère des Erinnyes, reine des lieux souterrains, que Zeus
engendra de semences ineffables, mère de Eribrémétos,
qui as mille formes, pleine de sagesse, qui commandes
aux Saisons, lumineuse, belle, vénérable, invincible,
Vierge qui fais germer les fruits, cornue, seule désirable
pour les mortels, printanière, te réjouissant du souffle
des prairies, manifestant ton corps sacré ou te cachant,
vie et mort des hommes, Perséphonéia ! qui fais naître et
mourir toutes choses, entends-moi, Déesse bienheureuse,
fais germer les plantes hors de terre, donne-nous la paix
florissante, la douce santé, la vie heureuse et une vieillesse
abondante, jusqu'à ce que nous parvenions là où vous
régnez, toi, ô Reine, et le terrible Ploutôn.

XXIX

PARFUM DE DIONYSOS

Le Styrax

J'invoque le rugissant Dionysos, premier-né, aux deux
sexes, trois fois revenu, le roi Bakkhos, farouche, ineffable, caché, aux deux cornes, aux deux formes, couronné
de lierre, ayant la face du taureau, guerrier, prophé-
tique, vénérable, qui mange de la chair crue, triennal,
qui porte des raisins, ayant un vêtement de feuillage,
plein de sagesse, conseiller de Zeus et de Perséphonéiè,

Daimôn immortel né sur d'ineffables lits. Entends ma voix, ô Bienheureux, et sois-nous favorable, et sois bienveillant pour tes belles nourrices.

————

XXX

PARFUM DES KOURÈTES

Kourètes bondissants, qui marchez armés, fiers de vos pieds, qui tourbillonnez, sauvages et prophétiques, joueurs de lyre, porteurs d'armes, vigilants, princes illustres, compagnons de la Mère sur les montagnes, Orgiophantes! Venez, soyez favorables à nos supplications et toujours propices au bouvier.

————

XXXI

PARFUM D'ATHÈNÈ

Pallas, née unique, vénérable fille du grand Zeus, Déesse bienheureuse, au grand cœur, qui excites au combat, au nom illustre, qui habites les antres, qui traverses les hauts sommets et les montagnes ombragées, et te réjouis des bois, amie des armes, qui troubles et terri-

fies les esprits des hommes, qui exerces aux jeux gymni-
ques, tueuse de Gorgô, venant en aide aux hommes
pieux, terrible aux impies, impétueuse et furieuse, qui
suscites les guerres, destructrice des Phlégraiens, qui
poursuis des cavaliers, Tritogénéia, qui guéris les maux,
Daîmon qui donnes la victoire! Entends-moi, et, pendant
les jours et les nuits, jusqu'à la fin, accorde-moi la paix,
la richesse, la santé et d'heureux jours, Déesse aux yeux
clairs, toi qui as inventé les arts, Reine très-désirable!

XXXII

PARFUM DE NIKÈ

La Manne

J'invoque la puissante Nikè, désirable pour les mortels,
qui, seule, rompt l'incertitude du combat et donne la
très-douce victoire à ceux qu'elle favorise. En effet, tu
triomphes de tous, ô glorieuse Nikè, prix illustre du
combat et couronnée de palmes! Viens, Bienheureuse et
désirable, et accorde toujours la gloire illustre à nos travaux!

XXXIII

PARFUM D'APOLLÔN

La Manne

Viens, bienheureux Paian, tueur de Tityos, Phoibos
Lykoréen, vénérable Dieu de Memphis, dispensateur des
richesses, qui as une lyre d'or, ensemenceur, laboureur,
Pythien, Titan antique, Smintheus, tueur de Pythôn,
prophète Delphien, agreste, Porte-Lumière, Daimôn propice, glorieux jeune homme, conducteur des Muses, qui
mènes les chœurs, Archer qui lances des flèches, Roi
Dèlien dont l'œil étincelant distribue la lumière aux
hommes, Dieu aux cheveux d'or, qui manifestes les
saintes leçons et les oracles, entends-moi favorablement
tandis que je te prie pour les peuples. Tu vois, en effet,
tout l'immense Aithèr et la riche terre au-dessous de toi,
et, pendant la nuit tranquille, tu voiles ta face de la nuée
des Astres. Tes racines sont au delà, et tu possèdes les
limites du Kosmos, et tu es le principe et la fin de toutes
choses. Tu fais tout fleurir; ta kithare sonore emplit l'espace et s'entend jusqu'aux dernières extrémités; mais
quand tu chantes sur le mode Dorien, tu règles tout l'espace, tu varies harmonieusement les races des hommes,
mêlant les hivers et les étés, ceux-là à l'aide des cordes
graves, ceux-ci à l'aide des cordes aiguës, et les printemps
fleuris, par le mode Dorien. Et c'est pour cela qu'on te
nomme le roi Pan, aux deux cornes, qui envoie les sifflements des vents. Puisque tu tiens les sceaux du Kosmos,

entends-moi, Bienheureux! Écoute les voix suppliantes
de tes sacrificateurs.

XXXIV

PARFUM DE LÈTÔ

La Myrrhe

Lètô! qui as un péplos bleu, vénérable Déesse qui as
enfanté deux jumeaux, très-désirable Reine au grand
cœur, dont la destinée a été d'être fécondée par Zeus, qui
as enfanté Phoibos et Artémis qui se réjouit de ses flèches, celle-ci dans Ortygiè, celui-là dans l'âpre Dèlos, entends-moi, Déesse maîtresse, avec un esprit favorable;
descends sur ce divin sacrifice et termine-le heureusement.

XXXV

PARFUM D'ARTÉMIS

La Manne

Entends-moi, ô Reine, illustre fille-vierge de Zeus, Ti-
tanienne, retentissante, Archer au grand cœur, véné-

rable, visible pour tous, qui portes une torche, Déesse
Dictynienne, qui protéges celles qui accouchent, qui
viens en aide aux douleurs de l'enfantement et qui ne les
as jamais ressenties, qui dénoues ta ceinture, furieuse,
chasseresse, qui apaises les inquiétudes, qui cours rapidement, qui te réjouis de tes flèches, qui aimes les champs,
qui marches pendant la nuit, qui veilles aux portes, dangereuse, virile, équitable, nourrice des jeunes hommes,
Daimôn immortel, terrestre, qui tues les bêtes fauves, qui
hantes les forêts des montagnes, qui perces les cerfs, incorruptible, vénérable, reine de tous, toujours douée de
jeunesse et de beauté, sauvage, te réjouissant des chiens,
illustre et changeante! Viens, Déesse tutélaire, qui aimes
les initiés aux mystères, donne-nous les beaux fruits de
la terre, la paix désirable, la belle santé aux beaux cheveux, et renvoie sur la cime des montagnes les maladies
et les douleurs.

XXXVI

PARFUM DES TITANS

L'Encens

Titans, illustre race de Gaia et d'Ouranos, Aïeux de nos
aïeux, qui habitez sous la terre des demeures Tartaréennes, sources et principes de tous les vivants accablés
de maux, de ceux qui habitent la mer, l'air et la terre,
car tout ce qui existe dans le Kosmos vient de vous, je

vous invoque! Détournez de nous la colère dangereuse,
si un ennemi terrestre approchait des demeures de nos
aïeux.

———

XXXVII

PARFUM DES KOURÈTES

L'Encens

Kourètes retentissants du bruit de l'airain, vêtus des
armes d'Arès, Dieux Ouraniens, terrestres, marins et
très-riches, générateurs du souffle, conservateurs du
splendide Kosmos, qui habitez la terre sacrée de Samothrakè, qui écartez les dangers loin de ceux qui parcourent la mer, qui, les premiers, avez enseigné les sacrifices
aux hommes, immortels Kourètes vêtus des armes d'Arès,
qui ébranlez Okéanos et la mer et les chênes, qui ac-
courez sur la terre de vos pieds retentissants et rapides,
qui resplendissez sous vos armes, toutes les bêtes féroces
sont épouvantées à votre approche, et le tumulte et les
clameurs montent dans l'Ouranos, et la poussière de leur
fuite atteint les nuées, et toutes les fleurs se flétrissent
sous leurs pieds. Daimôns immortels, qui faites vivre et
qui détruisez, quand les Dieux irrités se ruent contre les
hommes, vous enlevez à ceux-ci les richesses et la vie elle-
même; le grand Pontos aux gouffres profonds s'emplit
de gémissements, les chênes aux cimes élevées tombent
déracinés, et l'Ekhô ouranien retentit du bruit de leur
chute. Kourètes, Korybantes, rois puissants, qui com-

mandez dans la Samothrakè, propres fils de Zeus, souffles immortels, qui nourrissez les âmes, aériens, qui êtes
nommés Gémeaux dans l'Olympos, qui exhalez une douce
haleine, tranquilles, doux et tutélaires, qui alimentez les
Saisons et faites germer les fruits, salut, ô Rois inspira-
teurs !

XXXVIII

PARFUM DE DÈMÈTÈR ELEUSINIENNE

Le Styrax

Dèmètèr, mère de toutes choses, Daimôn aux mille
noms parmi les Dieux, vénérable Dèmètèr, qui nourris
les jeunes hommes, dispensatrice des biens, Déesse qui
donnes les richesses, qui fais germer les épis, qui te réjouis de la paix et des travaux agrestes, qui ensemences
et multiplies les moissons, qui habites les saintes profondeurs d'Eleusis, désirable, aimable, nourrice de tous les
vivants, qui, la première, soumis au joug le cou des
bœufs laboureurs, et donnas ainsi une vie heureuse et de
nombreuses richesses aux hommes, qui fais croître la vé-
gétation, compagne de Dionysos, vénérable, splendide,
chaste, qui te réjouis des faucilles en été, terrestre, qui
apparais à tous les hommes et qui leur es bienveillante,
féconde, vénérable, Vierge aimant les jeunes vierges, donnant à ton char des couleuvres pour rênes, hurlant et
errant par cercles immenses, née unique, Déesse féconde,
très-vénérée des mortels, et dont les nombreuses images

sacrées sont toujours fleuries, viens, Bienheureuse, chaste, chargée des fruits de l'été ! Donne-nous la paix, la douce concorde, les richesses, et la santé, qui l'emporte sur tout.

XXXIX

PARFUM DE MISÈ

Le Styrax

J'invoque Dionysos Thesmophore, qui porte une férule, qui se souvient excellemment, sage conseiller, mâle et femelle, doué d'une double nature, reine chaste, sacrée, frénétique, Iakkhos !

Soit que tu te réjouisses du temple parfumé d'Eleusis, soit que, dans Kypros, tu sois charmée de Kythéréia à la belle couronne, soit que tu hantes les plaines fertiles avec la Déesse, ta mère Isis, vêtue de noir, et ses prêtresses sur les bords de l'Aigyptos, viens, ô Bienveillante, et accorde-nous les récompenses sacrées.

XL

PARFUM DES SAISONS

Les Aromates

Saisons, filles de Thémis et du roi Zeus, équité, justice,
paix abondante en richesses, printanières, prairiales,
fleuries, chastes, aux mille couleurs, aux mille odeurs,
dans les herbes en fleur, Saisons toujours verdoyantes,
circulaires, qui avez de suaves haleines et des péplos
trempés de rosée, qui vous réjouissez des fleurs, compagnes de Perséphonè quand les Moires et les Kharites
la ramènent à la lumière en des danses circulaires, rendant grâces à Zeus et à sa mère Dèmètèr qui fait germer
les fruits, venez aux pieux sacrifices des Néophantes, et,
de vos mains irréprochables, apportez-nous les récoltes
abondantes !

XLI

PARFUM DE SÉMÉLÈ

Le Styrax

J'invoque la Vierge Kadmèide, reine de tous, la belle
Sémélè qui a une riche chevelure et un sein profond,
mère de Dionysos aux mille couronnes, Celle que la foudre

fit concevoir de l'immortel Zeus Kroniôn. Perséphonè
elle-même te fit cet honneur de prendre sa part aux fêtes
triennales qui célèbrent l'enfantement de Bakkhos, à la
table sacrée et aux illustres mystères. Maintenant, je te
supplie, Déesse, vierge Kadmèide, d'être favorable à ceux
qui initient aux mystères.

XLII

PARFUM DE DIONYSOS BASSARÉEN

Viens, bienheureux Dionysos, né par la foudre, au front
de taureau, Bassaréen, Bakkhos, aux mille noms, qui
domptes tout, qui te réjouis des épées et du sang et des
chastes Mainades, qui gémis sur l'Olympos, qui rugis
avec force, Bakkhos furieux, porteur de thyrse, qui te
souviens des injures, vénérable à tous les Dieux et à tous
les hommes mortels qui habitent la terre! Viens, Dieu
bondissant, et donne à tous le bonheur.

XLIII

La Manne

J'invoque par ces prières Dionysos Liknitès, le Nysien florissant, le désirable et joyeux Bakkhos, nourrisson des Nymphes et d'Aphroditè à la belle couronne, qui bondit à travers les bois avec les Nymphes et les femmes furieuses, et qui, par les conseils de Zeus, et instruit par Perséphonéia, est devenu la terreur des Dieux immortels. Viens, Bienheureux, et reçois nos sacrifices avec bienveillance.

XLIV

Les Aromates

J'invoque Bakkhos qui donne le vin, qui, tournant autour des demeures Kadméiennes, arrêta les tremblements de terre. Quand la splendeur du feu envahit toute la terre, il enchaîna seul les tourbillons stridents de la flamme. Viens, bienheureux Bakkhos au cœur bienveillant.

XLV

PARFUM DE SABAZIOS

Les Aromates

Entends-moi, Père Sabazios, fils de Kronos, illustre Daimôn, qui renfermas dans ta cuisse le rugissant Bakkhos Dionysos, pour qu'il se rendît plus tard sur le Tmôlos sacré, auprès de Hippa aux belles joues. O Bienheureux maître de la Phrygiè, le plus puissant de tous les Dieux, sois favorable à ceux qui initient aux mystères.

————

XLVI

PARFUM DE HIPPA

Le Styrax

J'invoque Hippa, nourrice de Bakkhos, qui célèbre les mystères sacrés de l'illustre Sabos par des danses nocturnes, aux lueurs du feu, et par des hurlements horribles. Entends mes prières, Mère terrestre, ô Reine! Soit que tu hantes, en Phrygiè, la sainte montagne de l'Ida, soit que tu te réjouisses sur le Tmôlos, lieu cher aux danses Lydiennes, viens, joyeuse, aux mystères sacrés.

————

XLVII

PARFUM DE LYSIOS LÈNAIOS

Entends-moi, bienheureux fils de Zeus, qu'on chante autour du pressoir, Bakkhos aux deux mères, Semence vénérable, illustre Daîmon libérateur, caché par tes parents, Germe sacré des Dieux, Euïos, Bakkhos, fructueux, qui multiplies les moissons, retentissant Lènaios, vigoureux, aux formes variées, qui reposes du travail, remède visible aux mortels, fleur sacrée, ami de la joie, qui as une belle chevelure, Lysios, rugissant Euïos, agréable à tous, soit que tu brilles pour les Immortels ou pour les mortels, je te supplie maintenant d'être propice à ceux qui initient à tes mystères.

XLVIII

PARFUM DES NYMPHES

Les Aromates

Nymphes, filles magnanimes d'Okéanos, qui avez vos demeures dans les profondeurs liquides de la terre, au cours caché, nourrices terrestres et joyeuses de Bakkhos, qui alimentez les fruits, prairiales, courant obliquement, chastes, vous réjouissant des antres, joyeuses des cavernes, qui volez dans l'air, Déesses des sources, rapides, qui versez les rosées, aux traces légères, visibles et cachées, qui hantez les vallées, couronnées de fleurs, qui dansez sur les montagnes avec les Aigipans, qui fluez des rochers, harmonieuses, couvertes de feuillages, qui errez dans les bois, Vierges parfumées, blanches, aux douces haleines, amies des chevriers et des bergers, riches en beaux fruits, qui aimez la fraîcheur, amies des troupeaux, qui nourrissez tout, Vierges Hamadryades, qui aimez les jeux, qui marchez par des chemins liquides, Nysiennes furieuses, Paiônides joyeuses, qui, avec Bakkhos et Dèmètèr, êtes propices aux mortels, venez, bienveillantes, aux mystères sacrés, et augmentez nos biens en toutes saisons.

XLIX

PARFUM DE BAKKHOS TRIENNAI.

Les Aromates

Je t'invoque, ô Bienheureux, aux mille noms, frénétique Bakkhos, au front de taureau, Lènaios, qui répands le feu, Nysien furieux, qui portes une férule, Liknitès, prince des mystères, nocturne, prudent, coiffé d'une mitre, armé du thyrse, Orgiaste sacré, triple, germe caché de Zeus, né le premier, père et fils des Dieux, mangeur de chair crue, Porte-sceptre, danseur furieux, conducteur des Orgies, qui te mêles aux Triennales, qui entr'ouvres la terre, flamboyant, qui as eu deux mères, qui cours sur les montagnes vêtu de peaux de cerfs, célébré d'année en année, Paian, qui as une lance d'or, couronné de raisins, Bassaréen, qui aimes les lierres, Dieu vierge ! Viens, Bienheureux, et sois toujours propice à ceux qui enseignent les mystères.

―――――

L

PARFUM D'AMPHIÉTÈS

Tous les parfums, excepté l'Encens

J'invoque Bakkhos Amphiétès, le terrestre Dionysos, ainsi que les Nymphes, vierges aux belles chevelures, qui, autour des demeures sacrées de Perséphonè, célèbrent le chaste Bakkhos de trois années en trois années. Et, quand revient le temps triennal, il chante l'hymne sacrée avec ses belles nourrices, menant leurs danses pendant les heures circulaires. Viens, Bienheureux, plein de vigueur, au front cornu, sois favorable aux sacrifices et fais mûrir pour les initiés les fruits excellents.

―――――

LI

La Manne

Entends-moi, ô vénérable nourricier de Bakkhos, excellent Silènos, honoré de tous les Dieux et des hommes mortels pendant les fêtes triennales, chaste et vénérable, prince des mystères sacrés, ami des veilles, vêtu de peaux de boucs, conducteur des Bakkhantes couronnées de lierre! Viens au divin sacrifice avec tous les Satyres aux corps de bêtes sauvages, chantant le roi Bakkhos, et avec les Bakkhantes aussi, et sois présent aux divins sacrifices pendant les Orgies nocturnes, et chante, toi qui portes un thyrse, et préside aux Thyades.

LII

Ouranienne, célébrée par mille hymnes, Aphroditè qui aimes les sourires, née de l'écume, Déesse génératrice, qui te plais dans la nuit noire, vénérable, nocturne, qui unis, pleine de ruses, mère de la nécessité, toutes les choses sortent de toi, car tu as soumis le Kosmos et

tout ce qui est dans l'Ouranos et dans la mer profonde et
sur la terre fertile, ô Vénérable ! Conseillère de Bakkhos,
qui te réjouis des couronnes et des noces, mère des Erôs,
qui aimes les lits nuptiaux, qui accordes en secret la
grâce, visible et invisible, aux beaux cheveux, Louve
porte-sceptre des Dieux, génératrice, qui aimes les
hommes, très-désirable dispensatrice de la vie, qui unis
les vivants par des nécessités invincibles et qui saisis, à
l'aide de tes charmes, d'un désir furieux, la race innombrable des bêtes sauvages, viens, Déesse née dans Kypros, sois-nous favorable, belle Reine, soit que tu sou-
ries dans l'Olympos, soit que tu parcoures tes demeures
dans la Syriè qui abonde en encens, soit que, sur tes chars
ornés d'or, tu visites les rives fertiles du fleuve Aigyptos ;
soit que, sur les hauteurs qui dominent l'onde marine,
tu te réjouisses des danses circulaires des hommes, ou
que tu te plaises, sur la terre divine et dans ton char rapide, au milieu des Nymphes aux yeux bleus, le long des
sables du rivage ; soit que, dans la royale Kypros qui t'a
nourrie, les belles vierges et les nouvelles mariées, ô Bienheureuse, te célèbrent par leurs hymnes, toi et l'ambroisien Adônis, viens, ô belle et très-désirable Déesse ! Je
t'invoque avec un cœur innocent et par des paroles sacrées.

LIII

PARFUM D'ADÔNIS

Les Aromates

Entends ma prière, très-excellent Daimôn aux mille
noms, orné de beaux cheveux, qui aimes la solitude, célébré par des chants très-désirables, Nourriture universelle, vierge et jeune homme, Adônis toujours florissant,
qui es mort et qui resplendis de nouveau au retour des
belles saisons, toujours jeune, aux deux cornes, désirable
et pleuré, beau, qui aimes la chasse, qui as une abondante chevelure, cher au cœur de Kypris, douce fleur,
germe d'amour, né dans le lit de Perséphonè aux cheveux charmants, toi qui habites maintenant les ténèbres
Tartaréennes, reviens de nouveau dans l'Olympos et mûris les fruits! Viens, ô Bienheureux, et apporte les fruits
de la terre à ceux qui initient à tes mystères.

LIV

PARFUM DE HERMÈS SOUTERRAIN

Le Styrax

Toi qui hantes le chemin du Kokytos inévitable d'où
nul ne revient, et qui conduis sous terre les âmes des

morts, Hermès, fils de Bakkhos-Dionysos et de la Vierge
Paphienne, Aphroditè aux sourcils arqués; toi qui par-
cours les demeures sacrées de Perséphonè, éternel Messager qui mènes sous terre les Ames lugubres quand le
temps fatal est arrivé, dont la baguette sacrée endort et
apaise les maux, et qui, de nouveau, éveilles les morts,
car Perséphonè t'a accordé cet honneur de conduire jusqu'au large Tartaros les âmes des morts, ô Bienheureux,
donne un heureux accomplissement aux travaux de tes
sacrificateurs.

LV

PARFUM D'ERÔS

Les Aromates

J'invoque Erôs, grand, chaste, aimable et charmant,
puissant par sa lance, ailé, courant dans le feu, impétueux, qui se joue des Dieux et des hommes mortels, habile, rusé, qui tient toutes les clefs de l'Aithèr, de l'Ouranos, de la mer et de la terre. La Déesse génératrice de
toutes choses, souffle des vivants et qui fait germer les
fruits, et Pontos qui retentit dans la mer, et le large Tartaros, reconnaissent Erôs pour seul roi. Viens, ô Bienheureux, approche ceux qui initient à tes mystères par
des paroles sacrées, et chasse loin d'eux les pensées et les
desseins mauvais.

LVI

Les Aromates

Moires infinies, chères filles de la noire Nyx, entendez ma prière, ô Moires aux mille noms, qui, autour du marais Ouranien, où l'Eau claire flue des rochers sous une épaisse nuée, hantez l'immense Abîme où sont les âmes des morts ; vous qui allez vers la race des vivants, accompagnées de la douce Espérance et cachées sous des voiles de pourpre, à travers la Prairie fatidique, là où la Sagesse dirige votre char qui embrasse tout dans sa course, aux limites de la Justice, de l'Espoir et des Inquiétudes, et de la Loi antique, et de l'Empire régi par des lois puissantes, car la Nécessité sait seule ce que réserve la vie, et aucun autre des Immortels qui sont sur le faîte neigeux de l'Olympos ne le sait, si ce n'est Zeus ; et la Nécessité et l'esprit de Zeus savent seuls tout ce qui nous arrivera. Mais, ô Nocturnes, soyez-moi bienveillantes, Atropos, Lakhésis, Klothô ! Venez, ô Illustres, aériennes, invisibles, inexorables, toujours indomptées, dispensatrices universelles, Déesses rapaces, nécessairement infligées aux mortels ! O Moires, accueillez mes libations sacrées et mes prières, soyez propices à vos sacrificateurs et au chant suprême qu'Orpheus a composé pour vous.

LVII

PARFUM DES KHARITES

Le Styrax

Entendez-moi, ô vénérables Kharites aux noms illustres, filles de Zeus et d'Eunomiè au sein profond, Aglaiè,
Thaliè et Euphrosynè, mères de la joie, aimables, charmantes, chastes, changeantes et toujours florissantes, désirées des mortels et désirables, Kyklades aux joues roses !
Venez, dispensatrices des richesses, et soyez toujours
propices à ceux qui célèbrent vos mystères.

LVIII

PARFUM DE NÉMÉSIS

O Némésis, je t'invoque, Déesse, très-grande Reine, qui
vois tout, qui regardes la vie des mortels aux diverses
pensées. Éternelle et vénérable, te réjouissant des Justes,
tu changes selon ta volonté les résolutions des hommes,
qui redoutent tous le joug que tu fais peser sur leur cou ;
car tu connais la pensée de tous, et rien ne t'est caché de
l'âme qui méprise audacieusement tes paroles. Tu vois
tout, tu entends tout et tu disposes de tout. Les droits

des hommes sont en toi, ô très-puissant Daimôn! Viens,
ô Bienheureuse, chaste, et sois toujours favorable à ceux
qui célèbrent tes mystères, donne-nous de bonnes inspi-
rations et chasse loin de nous les pensées mauvaises, injustes et orgueilleuses.

LIX

PARFUM DE DIKÈ

L'Encens

J'invoque la belle Dikè qui voit la multitude des choses
et qui siége sur le thrône du roi Zeus, surveillant du haut
de l'Ouranos la vie des hommes aux nombreuses races,
punissant l'iniquité et mettant à l'écart tout ce qui est
différent de la vérité. Elle juge les mauvaises actions
inspirées aux hommes par l'iniquité, quand ils veulent
accomplir des desseins injustes. Elle est l'ennemie des
pervers et l'amie des bons. O Déesse, viens à nos pieuses
invocations, jusqu'au terme fatidique de notre vie.

LX

PARFUM DE DIKAIOSUNÈ

L'Encens

O très-équitable pour les hommes, ô très-riche et très-désirable, qui te réjouis des Justes, honorée, heureuse, magnanime Dikaiosunè, ô invulnérable Conscience, tu dispenses la justice aux bons en vertu de jugements sacrés, mais tu frappes tous ceux qui, ne voulant pas porter ton joug, évitent indomptablement tes fouets vigoureux. Ennemie des dissensions, bienveillante pour tous, amie des hymnes, te réjouissant de la paix, tu aimes les âmes inébranlables, tu poursuis de ta haine ce qui ment, tu te plais à ce qui est équitable, et la fin de toute sagesse et de toute vertu est en toi. Entends-moi, Déesse, qui combats la méchanceté des hommes, afin que tous marchent dans la voie de la Justice, les hommes mortels qui mangent les fruits de la terre, et tous les vivants que la Reine mère Gaia nourrit dans son sein, et ceux que contient le Zeus de la mer.

LXI

PARFUM DE NOMOS

J'invoque le Roi sacré des Immortels et des mortels, l'Ouranien Nomos, conducteur des Astres, signe de justice, ferme appui de la nature, de la terre et de la mer, qui est ennemi du trouble et qui conserve les lois par lesquelles roule le grand Ouranos ; Nomos, qui donne une fin heureuse à la vie des mortels et qui gouverne tous les vivants et toutes choses par des jugements très-équitables. O antique et très-habile, qui habites avec les Justes et châties rudement les mauvais, viens, Bienheureux, partout honoré, désirable, et qui apportes les richesses ! Sois bienveillant, et garde de nous un souvenir excellent.

LXII

PARFUM DE ARÈS

L'Encens

O Indomptable, au grand cœur, robuste et terrible Daimôn, qui te réjouis des armes, invincible tueur d'hommes, qui renverses les murailles, roi Arès, qui aimes le meurtre, toujours souillé de sang humain, effrayant, qui excites au combat, qui te plais au choc des épées et des lances, cesse la furieuse bataille et son travail désastreux, sois plein du désir de Kypris et de Lyaios, échange la force des armes contre les travaux de Dèmètèr, et amène la paix qui nourrit les enfants et donne les richesses.

LXIII

PARFUM DE HÈPHAISTOS

La Manne

Hèphaistos, qui as un cœur ferme, ô Robuste, flamme infatigable, toi qui apportes la lumière aux hommes, aux mains vigoureuses, éternel Ouvrier, maître des arts, partie du Kosmos, Élément irréprochable, qui dévores tout, qui domptes tout, puissant maître de tout, car l'Aithèr, Hèlios, Sélènè, la pure lumière des astres qui luisent pour les hommes, sont les membres de Hèphaistos ; toi qui hantes toutes les demeures, toutes les villes, toutes les races et les corps de tous les mortels, très-riche, très-robuste, entends-moi, ô Bienheureux ! Je t'invoque par les libations sacrées, afin que tu viennes en aide à nos travaux. Apaise la fureur du feu infatigable, tout en nous conservant la lumière naturelle.

LXIV

PARFUM D'ASKLÈPIOS

La Manne

Guérisseur de tous les hommes, Asklèpios, qui éloignes de tous les maladies douloureuses, qui fais de doux présents, qui viens amenant la santé, qui chasses loin des malades les Kères de la mort, heureux Jeune Homme, illustre et vénérable fils de Phoibos Apollôn, ennemi des maladies, qui as pour épouse la Santé irréprochable, viens, ô bienheureux sauveur, et donne une heureuse fin à notre vie.

LXV

PARFUM DE HYGIÉIA

La Manne

O Désirable, aimable, Reine des innombrables demeures et de tous les hommes, entends-moi, bienheureuse Hygiéia, Mère universelle, qui apportes les richesses, car les maladies des hommes sont chassées par toi, et toutes les demeures se réjouissent grâce à toi. Le Kosmos te désire pour reine, et Aidès seul te poursuit de sa haine, ô Eternelle, qui nourris les âmes, toujours florissante, repos

désirable des mortels ; car, sans toi, en effet, tous leurs
travaux sont inutiles, il n'y a pour eux ni richesses, ni
douces unions, et l'homme laborieux n'arrive point à la
vieillesse. Seule tu gouvernes toutes choses et tu commandes à tous. Viens, ô Déesse ! sois toujours bienveillante à ceux qui enseignent tes mystères, et délivre-nous
des tristes douleurs de la maladie.

LXVI

PARFUM DES EUMÉNIDES

Les Aromates

Entendez-moi, Déesses rugissantes et partout hono-
rées, Tisiphonè, Allèktô, et toi divine Mégaira, ô Nocturnes et cachées, qui habitez dans les profondeurs de la
terre, au fond d'un antre obscur, auprès de l'Eau sacrée
de Styx, et qui n'approchez point des hommes avec de
bons desseins, furieuses, insolentes, inévitables, vêtues
de peaux de bêtes fauves, vengeresses, filles d'Aidès,
Vierges terribles et terrestres, aux mille formes, aériennes,
invisibles, rapides comme la pensée. Ni les flammes de
Hèlios, ni la clarté de Sélènè, ni la puissance de la sagesse,
ni la vertu d'une longue vie laborieuse, ni les charmes
de la belle, puberté ne peuvent exciter la joie contre votre
volonté ; mais vous avez toujours les yeux tendus sur les
innombrables générations des hommes, et vous en êtes

les juges éternels. O Déesses fatidiques, aux chevelures de serpents, aux mille formes, apaisez-vous et soyez clémentes.

LXVII

PARFUM DES EUMÉNIDES

Les Aromates

Entendez-moi, Euménides aux illustres noms, sages et chastes, filles du grand Zeus souterrain et de l'aimable Perséphonè aux beaux cheveux, vous qui jugez la vie des mortels impies et qui les châtiez inévitablement, Déesses bleues, Reines aux yeux resplendissants, dont l'éclat terrible consume ! Éternelles, aux regards effroyables, qui agissez de vous-mêmes, qui dissolvez les corps, furieuses dans la nuit, qui réglez toutes les destinées, Vierges des ténèbres, aux cheveux de serpents, terribles à voir, je vous invoque et vous supplie d'être favorables à mes pieuses prières.

LXVIII

PARFUM DE MÈLINOÈ

Les Aromates

J'invoque la Nymphe Mèlinoè, souterraine, au péplos couleur de safran, qu'enfanta, auprès des sources du Kokytos, la vénérable Perséphonè, dans le lit de Zeus Kroniôn, à laquelle le subtil Ploutôn s'unit aussi par ruse ; et alors Mèlinoè prit un double corps de couleurs différentes dans le sein de Perséphonè : Mèlinoè, qui par des apparitions aériennes, monstrueuses images d'elle-même, épouvante les mortels, qui tantôt est transparente, et tantôt brille dans la nuit en circulant à travers les ténèbres. Je te supplie, ô Déesse, reine des souterrains, qui mènes les âmes aux limites de la terre, de montrer un visage favorable à ceux qui initient à tes mystères.

LXIX

PARFUM DE TYKHÈ

L'Encens

O Tykhè, je t'invoque dans mes prières, bonne dispensatrice, debout dans le chemin, gardienne des grandes richesses, illustre Artémis, née du sang de Ploutôn, très-prudente, invisible et mobile, célébrée par les hommes et qui changes perpétuellement leur vie. En effet, aux uns tu offres l'abondance des richesses, et aux autres, dans ta colère, la mauvaise pauvreté. Mais, ô Déesse, je te supplie de venir à moi, bienveillante et les mains pleines de biens.

LXX

PARFUM DE DAIMÔN

L'Encens

J'invoque Daimôn, magnanime, vénérable, Zeus bienveillant, générateur universel, qui dispense la vie aux mortels, grand Zeus présent partout, vengeur, roi de toutes choses, qui donne les biens. Qu'il entre joyeux dans ma demeure! Tu allèges la vie des hommes laborieux; en toi sont les tristesses et les joies. C'est pourquoi, ô Bienheureux et chaste, écarte de moi tous les chagrins qui abondent sur la terre et donne une heureuse fin à ma vie.

LXXI

PARFUM DE LEUKOTHÉA

Les Aromates

J'invoque la Kadmèide Leukothéa, Daimôn vénérable et puissant, nourrice de Dionysos aux belles couronnes. Entends-moi, ô Déesse, qui commandes dans le sein profond de la mer, qui te réjouis des eaux, très-grande protectrice des mortels! C'est en toi qu'espèrent les nefs dans la tourmente des flots, et tu viens à l'aide des marins, et, seule, tu écartes loin d'eux la destinée lamentable. Mais, ô Déesse puissante, sois notre salut, sois propice dans le danger aux nefs solides, et accorde un vent favorable à celles qui portent tes sacrificateurs sur la mer.

LXXII

PARFUM DE PALAIMÔN

La Manne

O toi, nourri avec le joyeux Bakkhos Dionysos, qui habites les profondeurs orageuses ou calmes de la mer, je t'appelle, ô Palaimôn, aux divins sacrifices, et te supplie de montrer un visage bienveillant à ceux qui initient à tes mystères, sur la terre et sur la mer. En effet, tu marches sur la mer, apparaissant aux nefs dans la tempête, et, seul, tu éloignes des mortels la colère terrible de l'onde marine.

LXXIII

PARFUM DES MUSES

L'Encens

Filles de Mnèmosynè et de Zeus retentissant, Muses Piérides, aux noms illustres, très-glorieuses, très-désirables, aux mille formes, qui êtes présentes aux mortels, génératrices de l'irréprochable vertu dans la jeunesse, nourrices de l'esprit, qui inspirez de droites pensées, Reines, maîtresses des âmes, qui avez enseigné les mystères sacrés aux mortels, Kléiô, Euterpè, Thaléia, Melpoménè, Terpsikhorè, Eratô, Polymnia, Ourania et Kalliopè, venez, ô chastes Déesses, avec votre mère puissante, venez à ceux qui initient à vos mystères, et donnez-nous, ô Déesses, l'amour et la gloire des hymnes sans nombre.

LXXIV

PARFUM DE MNÈMOSYNÈ

L'Encens

J'invoque la Reine Mnèmosynè, épouse de Zeus, qui enfanta les Muses sacrées, pieuses et aux voix harmonieuses, Mnèmosynè qui guérit les esprits égarés, qui inspire tous les hommes, qui hante toutes les âmes, Déesse puissante, qui affermit la raison des mortels, très-douce, vigilante, qui fait qu'on se souvient de toutes choses, qui excite la pensée des mortels et leur donne la volonté d'agir. O Bienheureuse Déesse, accorde la mémoire à ceux qui enseignent tes mystères, et chasse l'oubli loin d'eux.

LXXV

PARFUM D'EÔS

La Manne

Entends-moi, Déesse qui amènes le jour et qui apportes la lumière aux mortels, splendide Eôs, qui rayonnes sur le Kosmos, messagère de l'illustre et grand Dieu Titan, qui, à ton lever, chasses dans les profondeurs de la terre le cours noir et ténébreux de la nuit, conductrice de la vie, qui réjouis la race entière des hommes, car nul ne fuit ton divin aspect; et, quand tu éloignes le doux sommeil des paupières, tout se réjouit, les hommes, les reptiles, les quadrupèdes, les oiseaux, et toutes les races qui habitent la mer, car tu apportes la vie et l'action à tous les vivants. O Bienheureuse et chaste, prodigue la lumière sacrée à ceux qui initient à tes mystères.

LXXVI

PARFUM DE THÉMIS

L'Encens

J'invoque Thémis, la chaste fille d'Ouranos, née de parents illustres, Germe de Gaia, Vierge aux beaux yeux, qui, la première, révéla aux hommes les prophéties sacrées et les oracles des Dieux dans le temple Delphien, et qui régna aussi sur Pythô et les Pythiens, et qui donna au Roi Phoibos la puissance de rendre des oracles. O Illustre, honorée de tous, qui erres dans la nuit, la première tu as enseigné les cérémonies sacrées aux hommes et les fêtes nocturnes de Bakkhos. C'est de toi que viennent les mystères des Bienheureux et les honneurs qui leur sont rendus. Viens, ô Bienheureuse, et sois propice, ô Vierge, à ceux qui initient à tes mystères.

LXXVII

PARFUM DE BORÉAS

L'Encens

Boréas glacé, qui, de tes souffles Keimériens, boule-
verses l'air immense du Kosmos, viens de la Thrakè neigeuse, chasse les nuées immobiles de l'air pluvieux, ras-
sérène toutes choses et dégage l'Aithèr éblouissant.

LXXVIII

PARFUM DE ZÉPHYROS

L'Encens

Souffles Zéphyréens, nés de la mer, qui errez dans l'air,
harmonieux et doux et qui reposez de la fatigue, prai-
rials et printaniers, aimés des ports, qui faites aux nefs
une route facile, venez, bienveillants, respirant doucement, irréprochables, aériens, invisibles, légers et ayant
la forme de l'air.

LXXIX

PARFUM DE NOTOS

Vent rapide, qui cours dans l'air humide, porté sur de promptes ailes, çà et là, viens avec les grandes nuées, générateur de la pluie ! Car cette puissance t'a été donnée par Zeus de courir dans l'air et d'abaisser sur la terre les nuées qui engendrent la pluie. C'est pourquoi nous te supplions, ô Bienheureux, d'être propice à nos sacrifices et de prodiguer à la terre notre mère les pluies fécondantes.

LXXX

PARFUM D'OKÉANOS

Les Aromates

J'invoque le Père Okéanos, éternel et incorruptible, Générateur des Dieux immortels et des hommes mortels, qui enveloppe circulairement les limites de la terre, et de qui viennent tous les fleuves, et toute la mer, et toutes les sources terrestres, et les eaux des fontaines. Entends-moi, ô riche Bienheureux, purificateur des Dieux, fin de la terre, limite du Kosmos, qui suis un chemin liquide ! Viens avec bienveillance, et sois toujours propice à tes sacrificateurs.

LXXXI

PARFUM DE HESTIA

Les Aromates

Hestia, Reine, fille du puissant Kronos, qui gardes au milieu de ta demeure le très-grand Feu éternel, fais que ceux qui initient à tes mystères soient toujours forts, riches, joyeux et chastes ! Toi qui es le fondement inébranlable des Dieux heureux et des mortels, éternelle, aux mille formes, très-désirable, au corps élancé, viens, Bienheureuse ! Reçois favorablement nos sacrifices, donne-nous les richesses et la douce santé.

LXXXII

PARFUM DE HYPNOS

Le Pavot

Hypnos, Roi de tous les Bienheureux et des hommes mortels et de tous les vivants que nourrit la terre large, seul tu commandes à tous et tu enveloppes les corps de doux liens. Tu dissipes les inquiétudes, tu reposes heureusement des travaux, tu consoles de toutes les douleurs, tu éloignes la crainte de la mort et tu apaises les âmes, car tu es le frère de Lèthè et de Thanatos. Viens, Bienheureux ! Je te supplie de venir, doux et profond, et d'être propice à ceux qui t'offrent de pieux sacrifices.

LXXXIII

PARFUM DE THANASTO

La Manne

Entends-moi, Reine de tous les hommes mortels, toi qui es d'autant plus proche d'eux que tu leur donnes un plus long temps à vivre. Ton sommeil tue l'âme et le corps, et, quand tu as rompu les liens de la nature, tu apportes le repos éternel aux hommes ; car tu es commune à tous, et, injuste pour quelques-uns, tu mets une fin rapide au cours de la jeunesse. En toi seule tout s'accomplit ; ni les prières, ni les libations n'apaisent ta colère. Mais, ô Bienheureuse, je te supplie, par mes sacrifices et par mes prières, d'éloigner au moins les bornes de ma vie, et d'accorder aux mortels une heureuse vieillesse !

FIN DES HYMNES ORPHIQUES.

THÉOCRITE

IDYLLES ET ÉPIGRAMMES

IDYLLES DE THÉOCRITE

IDYLLE I

Le pasteur Thyrsis et le Chevrier

THYRSIS.

Il est doux, ô Chevrier, le bruissement de ce pin, auprès des sources, mais les sons de ta syrinx sont doux aussi. Après Pan, le second prix est à toi. S'il choisit un bouc cornu, tu prendras une chèvre ; et, s'il prend celle-ci, une jeune chèvre te sera donnée, et la chair d'une jeune chèvre est bonne, jusqu'à ce qu'on la traie.

LE CHEVRIER.

Ton chant est plus doux, ô Pasteur, que le bruit de cette eau qui flue et tombe du faîte de ce rocher. Si les Muses choisissent une brebis, tu prendras un agneau sevré, et, si l'agneau leur plaît mieux, la brebis t'appartiendra.

Par les Nymphes! ô Chevrier, veux-tu t'asseoir dans les bruyères, sur la pente de cette colline, et jouer de la syrinx? Moi, je garderai tes chèvres.

LE CHEVRIER.

Il n'est point permis, ô Pasteur, il ne nous est point permis de jouer de la syrinx à midi. Nous redoutons Pan qui, sans doute, à cette heure, repose fatigué au retour de la chasse. Il est irritable, et toujours une âcre bile lui enfle les narines. Mais, ô Thyrsis, puisque tu sais les maux de Daphnis, et, plus qu'à tout autre, puisque les Muses bucoliques te sont familières, viens! Asseyons-nous sous cet ormeau, en face de ce Priapos et des Kraniades, là où est ce siége pastoral parmi les chênes. Si tu chantes comme tu le fis autrefois contre le Libyen Khromis, je te donnerai une chèvre à deux petits. On la peut traire trois fois, et, ses chevreaux allaités, elle remplit encore deux vases. Je te donnerai aussi un vase large, et profond, enduit de cire odorante, à deux anses et ciselé récemment. Autour des bords serpente un lierre entremêlé d'hélikhryse, et, dans cette guirlande, brille le fruit couleur de safran.

Plus bas, une femme a été sculptée, image divine, ornée d'un péplos et d'un bandeau. Auprès d'elle, deux hommes aux belles chevelures se querellent vivement; mais son cœur n'en est point touché. Tantôt elle regarde celui-ci en riant, et tantôt celui-là. Et l'amour gonfle leurs yeux, mais leurs efforts sont vains.

Puis, un vieux pêcheur et une roche rugueuse sur laquelle le vieillard traîne en hâte un grand filet qu'il va jeter. On dirait qu'il agit violemment, tant les veines de son cou sont toutes gonflées. Il est blanchi par les années, mais sa force est celle d'un jeune homme.

Non loin du vieillard usé par les flots, une vigne est chargée de grappes pourprées. Un jeune enfant la garde, assis sur une haie. A ses côtés il y a deux renards. L'un entre dans la vigne et mange le raisin mûr; l'autre ourdit des ruses contre la besace, résolu de persévérer jusqu'à ce qu'il ait dérobé le déjeuner de l'enfant. Et celui-ci tresse un piége à sauterelles avec des pailles de blé et des brins de jonc. Et il y met tant de soins qu'il ne songe ni à la besace, ni à la vigne.

Autour du vase se déploie une acanthe flexible. C'est une merveille Aiolienne, un prodige qui te pénétrera d'admiration. Je l'ai acheté d'un marin de Kalydôn, au prix d'une chèvre et d'un grand fromage blanc. Jamais mes lèvres n'y ont touché, et il est encore tout neuf. Volontiers je te le donnerais, si tu me chantais ce que je désire, et, certes, je ne serais point envieux de toi. Allons, ami, sans doute tu ne gardes point tes chants pour le Hadès sans mémoire?

THYRSIS.

Commencez un chant bucolique, ô chères Muses, commencez.—Je suis Thyrsis de l'Etna, et la voix de Thyrsis est douce.

Où donc étiez-vous, tandis que Daphnis languissait d'amour, ô Nymphes? Était-ce dans les belles vallées du Pénéios ou dans celles du Pindos? Certes, vous ne suiviez pas le large cours du fleuve Anapos; vous n'habitiez ni les cimes de l'Etna, ni l'onde sacrée de l'Akis.

Commencez un chant bucolique, ô chères Muses, commencez. — Les chacals, les loups, hurlèrent ; le lion, au fond des bois, pleura, le voyant mourir.

Commencez un chant bucolique, ô chères Muses, commencez.—Couchés à ses pieds, des vaches, des taureaux, des génisses sans nombre, gémirent.

Commencez un chant bucolique, ô chères Muses, commencez. — Le premier de tous, Hermès vint de la montagne et dit : — Daphnis, qui t'accable ainsi ? Pour qui as-tu un si grand amour ? On te nommait bouvier, et voici que tu ressembles à un chevrier.

Commencez un chant bucolique, ô chères Muses, commencez. — Lorsque le chevrier voit saillir les chèvres, ses yeux s'éteignent, parce qu'il n'est pas né bouc ; et lorsque tu vois rire les jeunes filles, tes yeux s'éteignent, parce que tu ne danses pas avec elles.

Commencez un chant bucolique, ô chères Muses, commencez. — Vinrent les bouviers, les pasteurs et les chevriers, et sur son mal tous l'interrogeaient. Priapos vint et dit : — Malheureux Daphnis, pourquoi te consumes-tu ? Voici que la jeune fille court à travers les bois, sur le bord des fontaines.

Commencez un chant bucolique, ô chères Muses, commencez. — Rejoins-la : tu es froid en amour et malhabile. — Mais le bouvier ne leur répondait rien, et il subissait jusqu'à la mort l'amertume de son amour.

Commencez un chant bucolique, ô chères Muses, commencez. — Kypris vint aussi, riant, mais cachant son rire et montrant un cœur irrité, et elle dit : — Tu te vantais de vaincre Erôs, ô Daphnis, mais le terrible Erôs t'a dompté.

Commencez un chant bucolique, ô chères Muses, commencez. — Et Daphnis lui répondit : — Cruelle Kypris,

haïssable Kypris, Kypris haïe des hommes, ne dis-tu pas
que mon dernier soleil se couche ? Dans le Hadès même
Daphnis sera pour Erôs une amère douleur.

Commencez un chant bucolique, ô chères Muses, commencez. — Le bouvier n'a nul souci de Kypris. Va vers
l'Ida, où le montagnard Adônis fait paître de belles
brebis.

, Commencez un chant bucolique, ô chères Muses, commencez. — Cherche de nouveau Diomèdès et dis : —
J'ai vaincu le bouvier Daphnis, combats encore contre
moi.

Commencez un chant bucolique, ô chères Muses, commencez. — O loups, ô chacals, ô ours, qui habitez les
cavernes des montagnes, adieu! Ni dans les forêts, ni
dans les bois, ni sous les feuillages sacrés, vous ne re-
verrez le bouvier Daphnis. Adieu, Aréthoisa, et vous,
fleuves, qui versez vos belles eaux de la hauteur du
Thymbris !

Commencez un chant bucolique, ô chères Muses, commencez. — C'est l'adieu de ce Daphnis qui faisait paître
les vaches en ce lieu, qui abreuvait ici les taureaux et les
génisses.

Commencez un chant bucolique, ô chères Muses, commencez. — O Pan, Pan! soit que tu hantes les longues
cimes du Lykaios, soit que tu habites le grand Mainalos,
viens dans la Sikéla, abandonne le tertre de Hélika et la
haute tombe du petit-fils de Lykaôn, admirée même des
Bienheureux.

Finissez le chant bucolique, ô Muses, finissez. — Viens,
ô Roi ! Prends cette belle syrinx à laquelle la cire a donné
l'odeur du miel, et que mes lèvres ont assouplie, car voici
qu'Erôs m'entraîne vers le Hadès.

Finissez le chant bucolique, ô Muses, finissez. — Ayant

ainsi parlé, il se tut. Aphrodita voulut le ranimer, mais les Moires avaient cessé de filer, et Daphnis fut emporté par le courant, et l'abîme engloutit celui qu'aimaient les Muses, que ne haïssaient point les Nymphes.

Finissez le chant bucolique, ô Muses, finissez. — Et maintenant, buissons et acanthes, couvrez-vous de violettes! Que le beau narcisse sur les genévriers fleurisse! Que toute chose se transforme; que le pin donne des poires, puisque Daphnis meurt! Que le cerf poursuive les chiens, et que les hiboux sortis des montagnes disputent le prix du chant aux rossignols!

Finissez le chant bucolique, ô Muses, finissez. — Et toi, donne le vase et cette chèvre, afin que de son lait je fasse des libations aux Muses. Adieu, Muses, mille fois adieu! Je vous réserve des chansons plus douces encore.

LE CHEVRIER.

Que ta belle bouche, ô Thyrsis, soit pleine de miel! Qu'elle soit assouvie de rayons de miel! Puisses-tu manger une douce figue d'Aigilos, car tu chantes mieux que la cigale. Voici le vase. Comme il sent bon, vois! Tu croiras qu'il a été plongé dans la source des Heures! Viens ici, Kissaitha! Tu peux la traire. Et vous, chèvres, ne sautez pas, de peur d'exciter le bouc.

IDYLLE II

LA MAGICIENNE.

Où sont mes lauriers? Apportes-les, Thestylis. Où
sont les philtres aussi ? Entoure cette coupe de la toison
rouge d'une brebis. Je veux faire un enchantement sur
cet homme cruel que j'aime et par qui je souffre, qui
n'est point venu depuis douze jours, qui ne sait si je suis
morte ou vivante, et qui n'a point frappé à ma porte. Sans
'doute Erôs et Aphrodita ont emporté ailleurs ses esprits
légers. J'irai demain à la palaistre de Timagètos, et je lui
reprocherai ce qu'il m'a fait. Resplendis donc, Sélana !
Je te chanterai, Divinité sereine, toi et la souterraine
Hèkata qui monte du milieu des tombeaux des morts,
dans le sang noir que redoutent les jeunes chiens eux-
mêmes. Salut, effrayante Hèkata ! soutiens-moi jusqu'au
bout, et fais que mes poisons égalent en violence ceux
de Kirka, ceux de Mèdéia et ceux de la blonde Périmèda !
Bergeronnette magique, ramène-le vers ma demeure.
— Voici que le feu a consumé la farine. Répands-la,
Thestylis. Malheureuse ! où ton esprit s'égare-t-il ? Ré-
pands et dis : — Je répands les os de Delphis !
Bergeronnette magique, ramène-le vers ma demeure.
— Delphis m'a torturée, et moi, je brûle ce laurier sur

Delphis ; et de même que ce laurier s'embrase, pétille et
brûle, et que ses cendres mêmes ont disparu, que la
chair de Delphis le Myndien se consume ainsi dans la
flamme !

Bergeronnette magique, ramène-le vers ma demeure.
— Maintenant, il faut brûler le son. Et toi, Artémis, qui
ébranlerais l'acier du Hadès..... Thestylis, les chiennes
aboient par la Ville. La Déesse est dans les carrefours.
Frappe promptement sur l'airain.

Bergeronnette magique, ramène-le vers ma demeure.
— Voici que la mer et les vents se taisent, mais non le
mal qui est dans mon cœur ; car je brûle pour celui qui
m'a faite malheureuse, qui ne m'a point épousée et qui
m'abandonne, impure et n'étant plus vierge.

Bergeronnette magique, ramène-le vers ma demeure.
— Je verse trois libations, Déesse vénérable, et je dis trois
fois : Qu'une femme soit couchée avec lui, ou que ce soit
un homme, qu'il l'oublie, comme autrefois Theseus, dans
Naxos, oublia Ariadna aux belles tresses.

Bergeronnette magique, ramène-le vers ma demeure.
— L'Hippomane est une plante Arkadienne. Par les montagnes, elle rend furieuses les cavales rapides et les pou-
liches. Puissé-je voir Delphis, furieux aussi, entrer dans
cette maison, au sortir de la grasse palaistre !

Bergeronnette magique, ramène-le vers ma demeure.
— Delphis a perdu cette frange de son manteau. Je la
déchire et la jette dans l'âpre feu. Hélas ! pourquoi, barbare Erôs, pourquoi, tel qu'une sangsue des marais, as-
tu sucé tout mon sang ?

Bergeronnette magique, ramène-le vers ma demeure.
— C'est pour toi que j'écrase ce lézard. Demain je te
porterai une amère boisson. Maintenant, Thestylis,
prends le jus de ces herbes, et cours en frotter le seuil de

sa maison, ce seuil où tout mon cœur est encore attaché. Et il n'en a nul souci ! Crache dessus et dis : Je frotte les os de Delphis !

Bergeronnette magique, ramène-le vers ma demeure. — Me voici seule. Par où commencer le récit de mon amour funeste ? Qui fut la cause de mon mal ? La kanéphore Anaxô, la fille d'Euboulos, allait au bois sacré d'Artémis, au milieu d'un cortége d'animaux parmi lesquels se trouvait une lionne.

Apprends d'où me vint mon amour, vénérable Sélana ! — Ma nourrice Thrakienne Theukharidas, morte depuis, et qui demeurait auprès de moi, me pria et me supplia d'aller voir le cortége, et moi, malheureuse ! je la suivis, vêtue d'une belle tunique de coton et enveloppée du manteau de Kléarista.

Apprends d'où me vint mon amour, vénérable Sélana ! — Vers le milieu de la route, à l'endroit où demeure Lykaôn, je vis Delphis et Eudamippos qui marchaient. Leur barbe était plus dorée que l'hélikhryse, et leur poitrine était plus luisante que toi, ô Sélana, car ils quittaient à l'instant les travaux du gymnase.

Apprends d'où me vint mon amour, vénérable Sélana ! — Dès que je le vis, je fus hors de moi, et mon cœur, malheureuse ! fut tout entier blessé. Ma beauté se flétrit ; j'oubliai le cortége. Je ne sais comment je revins à la maison ; mais un mal aigu me dévora, et je restai couchée dix jours et dix nuits.

Apprends d'où me vint mon amour, vénérable Sélana ! — Je pris la couleur de la thapsia, mes cheveux tombèrent, et la maigreur ne me laissa que les os et la peau. Chez quelle vieille magicienne ne suis-je pas entrée ! Mais le temps fuyait, et mon mal n'était point allégé.

Apprends d'où me vint mon amour, vénérable Sélana !

— Je dis à mon esclave : — Hâte-toi, Thestylis; trouve
un remède à ce mal inconnu. Le Myndien me possède
tout entière, ô malheureuse ! Va rôder autour de la palaistre de Timagètos. Il y est souvent, et il aime à s'y
asseoir.

Apprends d'où me vint mon amour, vénérable Sélana !
— Et quand tu le verras seul, fais-lui signe ; dis-lui que
Simaitha le demande, et conduis-le secrètement ici. —
Je parlai ainsi. Elle partit et amena dans ma maison Del-
phis à la peau brillante. Et dès que je l'aperçus fran-
chissant d'un pied léger le seuil de la porte...

Apprends d'où me vint mon amour, vénérable Sélana !
— Je devins plus glacée que la neige, et la sueur tomba
de mon front comme les rosées après la pluie. Je ne
pouvais ni parler, ni même murmurer comme font les
petits enfants qui rêvent de leur mère. Mon sang était
tout figé et mon beau corps était de plâtre.

Apprends d'où me vint mon amour, vénérable Sélana !
— Et lui, l'insensible, m'ayant regardée, baissa les yeux,
s'assit sur le lit et me dit : — Certes, Simaitha, en m'appelant dans ta maison avant que j'y vinsse, tu m'as aussi
peu devancé que je n'ai devancé récemment à la course
le beau Philinos.

Apprends d'où me vint mon amour, vénérable Sélana !
— Car je serais venu ; oui ! par le doux Erôs ! Je serais
venu avec trois ou quatre amis, dès ce soir, portant dans
mon sein les pommes sacrées de Dionysos, la tête ceinte
de peuplier, l'arbre de Hèraklès, et enlacé de bandelettes pourprées.

Apprends d'où me vint mon amour, vénérable Sélana !
— Il m'eût été doux que tu m'eusses accueilli, car je suis
beau et léger parmi les jeunes hommes ; et j'aurais été
satisfait si j'avais seulement baisé ta belle bouche. Mais

si tu m'avais repoussé, si ta porte avait été close au verrou, les haches et les torches m'eussent frayé un chemin vers toi !

Apprends d'où me vint mon amour, vénérable Sélana !
— Et, maintenant, je suis reconnaissant à Kypris, et, après elle, à toi, ô femme, qui m'as arraché du feu et m'as appelé lorsque j'étais à demi consumé ; car Erôs allume souvent une flamme plus ardente que n'en allume Haphaistos de Lipara.

Apprends d'où me vint mon amour, vénérable Sélana !
— Les livrant à d'âpres fureurs, il arrache la vierge de sa chambre et l'épouse du lit encore chaud de l'époux. Il parla ainsi, et moi, crédule, je lui pris la main et je le fis coucher sur le lit moelleux ; et nos corps enlacés et nos visages s'échauffèrent, et nous murmurions doucement. Enfin, chère Sélana, les mystères s'accomplirent, et tous nos désirs furent exaucés. Et depuis nous avons été heureux l'un par l'autre. Mais, aujourd'hui, la mère de Philista, la joueuse de flûte que j'aime, et de Mélixô, est venue à moi, vers l'heure où les cavales d'Aôs aux bras couleur de rose l'emportaient de l'Okéanos dans l'Ouranos ; et, entre autres choses, elle m'a dit que Delphis était amoureux, soit d'une femme, soit d'un homme, car elle ignorait ceci ; mais qu'il emplissait sa coupe d'un vin pur pour boire à son amour, et qu'il était parti, disant qu'il allait orner de guirlandes la maison qui l'attire. Cette femme m'a dit cela, et elle a dit vrai, car, jadis, il venait me voir trois ou quatre fois par jour, laissant chez moi son flacon dorien, et voici que je ne l'ai point vu depuis douze jours. C'est qu'il cède à d'autres désirs et que je suis oubliée.

Maintenant, je l'enchanterai avec des philtres, et, s'il m'outrage encore, oui ! par les Moires ! il frappera à la

porte du Hadès, grâce à ces poisons terribles que je garde
dans une corbeille et que je tiens d'un hôte Assyrien.
Mais tourne tes chevaux vers l'Okéanos, ô Vénérable !
Moi, je subirai mon mal, comme je l'ai déjà subi.

Adieu, Sélana au visage luisant ! Adieu, vous aussi,
Astres, compagnons du char de la Nuit tranquille.

IDYLLE III

Le Chevrier ou Amaryllis

Je chante Amaryllis, et mes chèvres paissent sur la montagne, et Tityros les mène. Tityros, mon bien-aimé, fais paître les chèvres et mène-les à la source ; mais prends garde que le bouc blanc Libyen te frappe de ses cornes.

O belle Amaryllis, pourquoi, penchée pour regarder, au seuil de cet antre, ne me nommes-tu plus ton jeune ami ? Me hais-tu ? Serait-ce, ô Nymphe, que de plus près je te semble camus et barbu ? Tu feras que je me pendrai !

Tiens, je t'apporte dix pommes ; je les ai cueillies là où tu m'as dit de les cueillir, et, demain, je t'en apporterai d'autres. Vois au moins ma douleur cruelle. Ah ! que ne puis-je, abeille bourdonnante, à travers le lierre et la fougère, pénétrer dans l'antre où tu te caches !

Maintenant je connais Érôs. C'est un Dieu accablant. Sans doute il a sucé la mamelle d'une lionne, et sa mère l'a nourri dans une forêt. Il me consume jusqu'au fond des os ! Hélas ! malheureux, que vais-je encore souffrir ? M'entends-tu seulement ?

Je dépouillerai mon vêtement de peau, et je me jetterai dans l'écume où le pêcheur Olpis guette les thons ; et, si je meurs, je te serai au moins agréable en cela.

J'ai tout appris dernièrement, lorsque j'ai demandé à la feuille de pavot si tu m'aimais. Elle est restée muette et s'est flétrie, tandis que je la pressais en vain de mon coude.

Et Agroiô, la devineresse au crible, m'a dit des choses vraies, lorsqu'elle glanait l'autre jour à mon côté. Elle m'a dit que j'étais à toi tout entier, et que tu ne te souciais nullement de moi.

Et pourtant je te garde une chèvre blanche, mère de deux petits. La servante à peau brune de Mermnôn me la demande, et je la lui donnerai, puisque tu me méprises.

Mon œil droit a tressailli. Vais-je donc la voir? Je me coucherai ici, auprès de ce pin, et je chanterai, et peut-être me regardera-t-elle, puisqu'elle n'est pas d'acier.

Hippoménès, quand il désira épouser la jeune vierge, courut, tenant des pommes en mains. Atalanta les vit, et aussitôt le délire la saisit, et elle tomba dans un profond amour.

Le divinateur Mélampous conduisit un troupeau de l'Othrys à Pylos, et la mère charmante de la sage Alphésiboia se coucha dans les bras de Bias.

Et Adônis, qui faisait paître ses moutons sur les montagnes, ne jeta-t-il point la belle Kythéréia en une telle fureur d'amour, que, lui mort, elle le serrait contre son sein?

J'envie Endymiôn qui repose du sommeil immuable. O chère femme, j'envie aussi Iasiôn, à qui il fut tant accordé que vous ne le saurez jamais, ô profanes!

J'ai mal à la tête, mais que t'importe! Je ne chante plus. Je vais tomber et rester là, gisant; et les loups me mangeront, et ce sera pour toi comme si tu mangeais du miel!

———

IDYLLE IV

Les Pasteurs

BATTOS.

Dis-moi, ô Korydôn, à qui ces vaches? Serait-ce à Philôndas?

KORYDÔN.

Non, à Aigôn, et il m'a chargé de les faire paître.

BATTOS.

Et tu les trais toutes en secret, le soir, sans doute?

KORYDÔN.

Comment? Le vieillard met lui-même les veaux des-
sous, et il me surveille.

BATTOS.

Mais le bouvier, devenu invisible, pour quel pays est-
il parti?

KORYDÔN.

Ne l'as-tu point entendu dire? Milôn l'a emmené du
côté de l'Alphéos.

BATTOS.

Et depuis quand connaît-il l'huile du stade ?

KORYDÔN.

Ils disent qu'il lutterait de force et de vigueur avec Hè-raklès.

BATTOS.

Ma mère aussi disait que je l'emportais sur Polydeukès.

KORYDÔN.

Enfin, il est parti avec une houe et vingt brebis.

BATTOS.

Certes, Milôn persuaderait aux loups eux-mêmes de devenir enragés.

KORYDÔN.

Cependant, ces génisses mugissantes le regrettent.

BATTOS.

Certes, elles sont malheureuses, car elles ont rencontré un mauvais bouvier.

KORYDÔN.

Il est vrai, elles sont malheureuses et ne veulent plus paître.

BATTOS.

En effet, cette génisse n'a gardé que les os. Ne se nour-rirait-elle point de rosée, comme la cigale ?

KORYDÔN.

Non, certainement. Tantôt je la mène paître sur l'Aisaros, et je lui donne une ample botte d'herbe tendre ; tantôt elle bondit autour du Latymnos aux ombres épaisses.

BATTOS.

Ce taureau rouge est tout aussi maigre. Puissent les hommes du Dème Lampriadas n'en avoir que de pareils quand ils sacrifient à Hèra, car c'est un misérable Dème.

KORYDÔN.

Et, cependant, je le mène vers l'embouchure du lac, aux approches du Physkos, et vers le Nèaithos, où toutes les plantes poussent abondamment, l'égipyre et la knyse et la mélisse odorante.

BATTOS.

Hélas ! hélas ! Tes vaches, ô malheureux Aigôn, vont descendre dans le Hadès, tandis que tu rêves une fausse victoire et que la syrinx que tu avais faite se couvre de moisissure !

KORYDÔN.

Non pas cette syrinx, par les Nymphes ! puisqu'en partant pour Pisa, il me l'a laissée en don. Et je suis un musicien d'un certain mérite. Je joue fort bien les chants de Glauka et ceux de Pyrrhos. Krotôna, la belle ville, m'applaudit, et Zakynthos, et le Lakinion oriental, où le lutteur Aigôn mangea seul quatre-vingts gâteaux. Ce fut là aussi qu'il traîna par le sabot un taureau du haut de la

montagne, et qu'il le donna à Amaryllis. Et les femmes
poussaient de longs cris, et le bouvier riait.

BATTOS.

O belle Amaryllis, nous ne t'oublierons pas, bien que
morte. Quand tu t'es éteinte, je t'aimais autant que mes
chèvres. Ah! ma destinée est bien dure!

KORYDÔN.

Il faut être courageux, cher Battos. Le jour de demain
sera peut-être meilleur. L'espérance appartient aux vivants, et il n'y a que les morts qui désespèrent. Zeus est
tantôt radieux, et tantôt il amasse les nues.

BATTOS.

J'ai du courage. Écarte les veaux! Ils mangent les
feuilles d'olivier. Ici, le blanc!

KORYDÔN.

Ici, Kymaitha! Du côté de la colline! Ne m'entends-
tu pas? Attends! Par Pan! cela finira mal si tu ne t'en
vas pas. Voilà qu'elle revient de nouveau. Oh! si j'avais
mon bâton recourbé, comme je t'en frapperais!

BATTOS.

Regarde, Korydôn, au nom de Zeus! Une épine vient
de me blesser là, au-dessous de la cheville. Comme les
pointes sont entrées profondément. Que cette génisse
meure misérablement! J'ai été blessé tandis que je ne regardais qu'elle. Vois-tu l'épine?

KORYDÔN.

Oui, oui! Je l'ai prise avec les ongles. La voici.

BATTOS.

Que cette blessure est petite! Et pourtant elle a dompté un homme de haute taille.

KORYDÔN.

Quand tu viens sur la montagne, Battos, ne viens pas déchaussé, car il y pousse des jujubiers et des genêts épineux.

BATTOS.

Dis-moi donc, ô Korydôn, cette fille aux sourcils noirs pour qui le petit vieillard brûlait autrefois, la poursuit-il encore ?

KORYDÔN.

Certes, ami, toujours. Dernièrement, je l'ai surpris en action, auprès de l'étable.

BATTOS.

Bon! ô homme lascif, tu es d'une race à lutter avec les jeunes Satyres ou avec les Pans à jambes torses!

IDYLLE V

Les Boucoliastes — Komatas et Lakôn

KOMATAS.

Mes chèvres, fuyez Lakôn, ce pasteur Sybarite : hier, il m'a volé une peau.

LAKÔN.

Mes brebis, par ici ! Écartez-vous de la fontaine. Ne voyez-vous pas Komatas, celui qui m'a volé dernièrement ma syrinx ?

KOMATAS.

Quelle syrinx ? As-tu jamais possédé une syrinx, esclave de Sybartas ? Ne te suffit-il plus de souffler au hasard, avec Korydôn, dans un tuyau de roseau ?

LAKÔN.

Je parle de la syrinx que Lykôn m'a donnée, homme libre ! Mais quelle peau t'ai-je volée, Komatas ? Ton maître Eumaras n'en avait même pas pour dormir dessus !

KOMATAS.

La peau tachetée que Krokylos m'a donnée, quand il

eut sacrifié une chèvre aux Nymphes. O mauvais ! tu te
desséchais d'envie alors ; et maintenant, tu m'as tout pris
et m'as laissé nu !

LAKÔN.

Non, certes, par Pan le riverain ! Ce n'est pas Lakôn,
fils de Kalaithis, qui t'a volé ton vêtement de peau. Si-
non, que je me noie, furieux, dans le Krathis, au bas de
ce rocher !

KOMATAS.

Non, certes, par les Nymphes des marais ! Qu'elles me
soient toujours propices et bienveillantes ! Non, Komatas
n'a point pris en secret ta syrinx.

LAKÔN.

J'accepte tous les maux de Daphnis, si je te crois !
Mais si tu veux engager un chevreau, et il n'y a là rien
d'impossible, je lutterai contre toi, en chantant, jusqu'à
ce que tu te dises vaincu.

KOMATAS.

Un porc, un jour, lutta contre Athanaia... Mais, tiens,
voici le chevreau. Toi, mets un agneau gras.

LAKÔN.

Comment, ô renard ! Et où serait l'égalité entre nous ?
Qui a jamais tondu des poils au lieu de laine ? Qui a mieux
aimé traire une mauvaise chienne qu'une chèvre qui vient
de mettre bas pour la première fois ?

KOMATAS.

Celui qui, comme toi, est sûr de vaincre, ô guêpe qui

bourdonnes contre une cigale ! Mais si le chevreau ne te
contente pas, voici un bouc. Chante.

LAKÔN.

Ne te hâte point. Le feu n'est pas après toi. Tu chanteras plus à l'aise à l'ombre de cet olivier sauvage et sous
ces bois. Une eau fraîche y coule, et l'herbe y est épaisse
où bavardent les sauterelles.

KOMATAS.

Je ne me hâte point, mais ma colère est grande de ce
que tu oses me regarder en face, toi que j'ai instruit tout
enfant. Voilà la reconnaissance ! Nourrissez des louve-
teaux et des chiens pour qu'ils vous mangent !

LAKÔN.

Quand m'as-tu donc enseigné ou dit une seule bonne
chose, ô avorton envieux et inepte ? . . . .
Mais, viens, allons ! et tu chanteras pour la dernière fois.

KOMATAS.

Je n'irai pas là. Voici des chênes, du souchet, et des
abeilles qui bourdonnent doucement autour des ruches ;
voici deux sources d'eau fraîche ; les oiseaux gazouillent
dans le feuillage, et ce pin laisse tomber ses fruit coni-
ques.

LAKÔN.

Certes, ici, tu fouleras des peaux d'agneau dont la laine
est plus moelleuse que le sommeil, tandis que les peaux
de bouc qui te portent sentent encore plus mauvais que
toi. J'offrirai aux Nymphes un grand kratèr de lait blanc
et un autre d'huile douce.

KOMATAS.

Mais, si tu viens ici, tu fouleras de la fougère molle, du pouliot fleuri et des peaux de chèvre quatre fois plus moelleuses que les peaux d'agneau. J'offrirai à Pan huit terrines de lait et huit vases pleins de rayons de miel.

LAKÔN.

Chante donc la chanson bucolique, de là-bas, sous tes chênes. Qui jugera ? Si le bouvier Lykôpas pouvait venir !

KOMATAS.

Je n'ai nul besoin de lui. Si tu veux, nous appellerons ce bûcheron qui ramasse des bruyères non loin de toi. C'est Morsôn.

LAKÔN.

Appelons.

KOMATAS.

Appelle-le toi-même.

LAKÔN.

Viens ici, ami ! Écoute. Nous luttons à qui sera le meilleur boucoliaste. Ne sois partial ni pour moi, ni pour celui-ci.

KOMATAS.

Oui, par les Nymphes ! cher Morsôn, ne favorise pas plus Komatas que Lakôn qui est là-bas. Voici les moutons de Sybartas le Thourien, et voici les chèvres d'Eumaras le Sybarite.

LAKÔN.

Au nom de Zeus ! Qui t'a interrogé, ô traître ? Qui te

demande si ce troupeau est à Sybartas ou à moi ? Que tu
es bavard !

KOMATAS.

Honnêté homme ! Je dis toujours la vérité et ne me
vańte point ; mais tu n'es qu'un chercheur de querelles.

LAKÔN.

Allons ! chante, si tu as quelque chose à chanter. Et
toi, ô Paian ! fais qu'il en revienne vivant. O Komatas,
tu n'es certainement qu'un bavard !

KOMATAS.

— Les Muses m'aiment mieux que l'Aoide Daphnis. Je
leur ai sacrifié dernièrement deux chevreaux.

LAKÔN.

— Apollôn m'aime beaucoup. J'élève pour lui un beau
bélier, car voici que le temps des Karnéennes est proche.

KOMATAS.

— Deux exceptées, toutes mes chèvres ont deux petits,
et la jeune fille me regarde et dit : Malheureux, tu trais
donc seul ?

LAKÔN.

— Hé ! hé ! Lakôn a vingt éclisses pleines de fromages,
et, sur les fleurs, il caresse l'enfant imberbe.

KOMATAS.

— Kléarista jette des pommes au chevrier qui paît ses
chèvres, et parle doucement tout bas.

LAKÔN.

— Quand le jeune Kratidas me rencontre, je suis charmé de voir sa belle chevelure s'agiter sur son cou.

KOMATAS.

— L'églantier et l'anémône ne sont point comparables aux roses qui poussent en rangées sous les haies.

LAKÔN.

— Ni les glands aux pommes sauvages, car les uns ont une écorce comme celle du chêne, et celles-ci sont douces.

KOMATAS.

— Je donnerai à la jeune fille une colombe que j'enlèverai du genévrier où elle perche.

LAKÔN.

— Moi, je tondrai cette brebis noire, et je donnerai sa toison moelleuse à Kratidas pour en faire un manteau.

KOMATAS.

— Ici, mes chèvres, ici ! Écartez-vous de l'olivier sauvage ; paissez sur la pente de la colline où croissent les tamaris.

LAKÔN.

— Kônaros ! Et toi, Kynaitha ! Allons ! loin de ce chêne, et paissez vers l'Orient, comme Phalaros.

KOMATAS.

J'ai un vase de cyprès et un kratèr, œuvre de Praxi-
télès, et je les garde pour la jeune fille.

LAKÔN.

— J'ai un chien de berger qui étrangle les loups : je le
donnerai au jeune homme pour chasser.

KOMATAS.

— Sauterelles, qui sautez par-dessus ma haie, vous ne
gâterez pas ma vigne, car elle est desséchée.

LAKÔN.

— O cigales, voyez comme j'irrite ce chevrier; c'est
ainsi que vous irritez les moissonneurs.

KOMATAS.

— Je hais les renards à queue touffue qui parcourent,
le soir, la vigne de Mikôn et mangent son raisin.

LAKÔN.

— Et moi, je hais les scarabées qui mangent les figuiers
de Philôndas et s'envolent au vent . . . .

KOMATAS.

— Voici qu'on se fâche, ô Morsôn! Hâte-toi d'aller
arracher de vieilles skilles sur les tombes!

LAKÔN.

— Et moi aussi, j'irrite quelqu'un, ô Morsôn! Hâte-toi d'aller arracher du kyklame sur les bords du Halès!

KOMATAS.

— Que la Himéra roule du lait au lieu d'eau! Et toi, ô Krathis, deviens rouge comme du vin, et que tes roseaux portent des fruits!

LAKÔN.

— Que le Sybaris soit pour moi une source de miel, et que, le matin, la jeune fille y puise, avec son urne, des rayons de miel au lieu d'eau.

KOMATAS.

— Mes chèvres broutent le cytise et l'égile ; elles foulent le jonc et se couchent sous les arbousiers.

LAKÔN.

— Mes brebis paissent la mélisse, et le lierre rose fleurit abondamment pour elles.

KOMATAS.

— Je n'aime plus Alkippa, parce qu'elle ne m'a point pris par les oreilles pour m'embrasser, lorsque je lui donnai dernièrement une colombe.

LAKÔN.

— J'aime beaucoup Eumèdeus, parce qu'il m'a bien embrassé lorsque je lui ai donné une syrinx.

KOMATAS.

— Les pies, ô Lakôn, ne peuvent lutter contre le rossignol, ni les huppes contre les cygnes ; mais, ô malheureux, tu n'es qu'un mauvais querelleur.

MORSÔN.

Assez, Pasteur. Morsôn te donne la jeune brebis,
ô Komatas ; mais, lorsque tu l'auras sacrifiée aux Nymphes, hâte-toi d'envoyer une part de sa belle chair à
Morsôn.

KOMATAS.

Oui, par Pan ! je le ferai. Maintenant, mes boucs, bon-
dissez de joie ! Voyez comme j'éclate de rire aux dépens
du pasteur Lakôn, car j'ai gagné l'agneau et je m'élève
dans l'Ouranos ! Restez en repos, chèvres cornues. Demain je vous laverai toutes dans la source du Sybaris. Hé !
le blanc, toi qui donnes si aisément de la corne, je te
frapperai si tu approches des chèvres avant que j'aie sacrifié l'agneau aux Nymphes. Encore ! Que je devienne
Mélanthios au lieu de Komatas, si je ne te frappe !

IDYLLE VI

Les Boucoliastes. — Damoitas et Daphnis.

Damoitas et le bouvier Daphnis, ô Aratos, réunirent
une fois leurs troupeaux. L'un était blond, l'autre à peine
barbu ; et tous deux, assis auprès d'une fontaine, chantaient, en été, vers midi. Et Daphnis commença, car il
avait porté le défi.

DAPHNIS.

— Galatéia jette des pommes à ton troupeau, ô Polyphamos, te nommant un chevrier froid en amour ; et toi,
malheureux, ô malheureux ! tu ne la vois pas, et tu restes
assis jouant de doux airs sur ta syrinx. Vois encore !
Elle atteint la chienne qui te suit et qui veille sur tes
brebis ; et ta chienne aboie du côté de la mer, et les flots
transparents la réfléchissent, tandis qu'elle court le long
du rivage qui murmure harmonieusement. Prends garde
qu'elle se jette sur les jambes et blesse le beau corps de
la jeune fille, quand celle-ci sortira de la mer. Voici que
Galatéia t'agace de loin. Semblable aux aigrettes desséchées de l'acanthe, lorsque brûle le bel été, elle te fuit si
tu la recherches, elle te poursuit si tu la fuis. Enfin, il
n'est rien qu'elle ne fasse, car il arrive certainement,
ô Polyphamos, que la laideur même paraît belle en amour.

Et , après Daphnis, Damoitas commença de bien chanter.

DAMOITAS.

— Je l'ai vue, oui, par Pan ! je l'ai vue, lorsqu'elle frappait mon troupeau. Elle n'a point échappé à mon œil unique qui m'est cher et à l'aide duquel je verrai jusqu'à la mort. Puissent les calamités prédites par le divinateur Tèlémos retomber sur lui et sur ses enfants !

Mais je veux l'agacer aussi, et je ne la regarde plus, et je dis que j'aime une autre femme. Elle m'entend et devient jalouse, ô Paian! Elle se dessèche et sort furieuse de la mer, et fixe les yeux sur mon antre et sur mes troupeaux. J'ai tout bas excité ma chienne contre elle; car, du temps que je l'aimais, celle-ci poussait de petits cris en allongeant le museau sur ses genoux. Peut-être, voyant que je persévère, m'enverra-t-elle un messager; mais je lui fermerai ma porte, jusqu'à ce qu'elle jure de nous dresser un beau lit nuptial dans cette Ile.

Je ne suis pas, en effet, aussi laid qu'on le dit. Certes, je me regardais dernièrement dans la mer calme, et ma barbe me parut belle, et belle aussi mon unique prunelle; et je vis que mes dents éclatantes étaient plus blanches que la pierre de Paros. Et, pour n'être pas fasciné, je crachai trois fois dans mon sein, comme me l'a enseigné la vieille Kotyttaris, qui, récemment, chantait chez Hippokoôn avec les moissonneuses.

Damoitas, ayant ainsi chanté, embrassa Daphnis. Et il lui donna une syrinx et en reçut une belle flûte. Damoitas joua de la flûte, et le bouvier Daphnis joua de la syrinx; et les génisses dansèrent sur l'épais gazon. Nul d'entre eux n'avait vaincu : tous deux étaient invincibles.

IDYLLE VII

Les Thalysies.

Nous allions, Eukritos et moi, de la ville au fleuve Halès, accompagnés d'Amyntas, et nous rendant auprès de Phrasidamos et d'Antigénès, qui devaient célébrer les Thalysies en l'honneur de Damatèr. Tous deux étaient fils de Lykôpeus, noble postérité des hommes justes d'autrefois, car ils descendaient de Klytia et de ce Khalkôn qui, ayant appuyé son genou sur une roche, fit jaillir avec son pied la source Bouréia, au-dessus de laquelle les peupliers et les ormes chevelus forment une voûte de feuilles vertes.

Nous avions à peine fait la moitié du chemin, et le tombeau de Brasilas ne nous apparaissait point encore, quand nous rencontrâmes un voyageur, un homme de Kydôn, du nom de Lykidas. C'était un chevrier; et personne ne s'y fût trompé en le voyant, car il portait sur les épaules la peau fauve au poil épais d'un bouc velu, sentant encore le fromage. Une large ceinture serrait un vieux manteau sur sa poitrine; il tenait de la main droite un bâton d'olivier sauvage, recourbé par un bout, et il me dit, l'œil joyeux, et les lèvres ouvertes et souriantes :

— Simikhidas, où donc vas-tu, à midi, quand le lézard dort dans les haies et quand les alouettes huppées restent cachées? Te hâtes-tu pour un repas où tu es convié?

Cours-tu vers le pressoir de quelque habitant de la ville ?
Tu marches vite, et tes chaussures heurtent la pierre, qui
résonne.

Et je lui répondis :

— Ami Lykidas, chacun dit que tu es un excellent
joueur de syrinx entre tous les pasteurs et les moissonneurs ; et mon cœur s'en réjouit, bien que j'aie l'espoir
de t'égaler. Or, nous allons aux Thalysies, où deux de nos
amis font un sacrifice à Damatèr au beau péplos, et lui
offrent les prémices de leur richesse. car elle a abondamment pourvu leurs granges d'orge. Donc, puisque notre
route est la même et que le même jour nous luit, chantons une chanson pastorale. Peut-être que l'un de nous
fera plaisir à l'autre. Car moi aussi, je suis une des bouches sonores des Muses ; et l'on dit que je chante admi-
rablement. Mais je ne suis pas crédule, non certes ! et je
ne crois surpasser ni l'irréprochable Sikélidas de Samos,
ni Philètas. Je ne lutterais contre eux que comme la grenouille contre les cigales.

Je parlais ainsi à dessein ; mais le chevrier me sourit :
— Je te donne ce bâton pastoral, dit-il, parce que tu es
un vrai fils de Zeus, fait pour la vérité. Je hais grandement
l'architecte qui tente d'élever une demeure digne d'Oro-
médôn, haute comme une montagne, et je hais ces oiseaux des Muses qui s'épuisent à pousser des cris injurieux contre l'Aoide de Khios. Allons, Simikhidas, commençons à l'instant les chants bucoliques. Vois, ami, si
cette petite chanson que j'ai faite dernièrement te plaît :

— Qu'elle soit heureuse la navigation d'Agéanax vers
Mitylana, même quand le Notos chasse les flots écumeux
sous les Chevreaux inclinés à l'Occident, et quand Oriôn
trempe ses pieds dans la mèr, si Agéanax guérit Lykidas
brûlé par Aphrodita, car l'ardent Erôs me consume.

Les Alcyons apaiseront les flots et le Notos et l'Euros qui ébranle les algues sous-marines, — les Alcyons, eux qui sont le plus aimés des glauques Nèrèides, parmi tous les autres oiseaux de la mer.

Que tout lui soit propice, pendant qu'il naviguera vers Mitylana, et qu'il aborde en un port sûr ! Et moi, couronnant ma tête d'anis, de roses et de violettes blanches, j'emplirai un kratèr de vin Ptéléatique, couché auprès du feu.

Et là fève y rôtira, et, plongé dans une épaisse litière de knyse, d'asphodèle et de flexible persil, je boirai mollement, en songeant à lui, à pleines coupes et jusqu'à la lie !

Cependant, deux pasteurs, l'un d'Akharna, l'autre de Lykôpè, me joueront de la flûte; et Tityros me chantera comment le bouvier Daphnis aima autrefois Xénéa, et comment il courait sur la montagne, et comment les chênes qui croissent aux bords du fleuve Himéra pleurèrent sur lui, tandis qu'il se fondait, comme une neige aux pieds du grand Haimos, ou de l'Athos, ou du Rhodopa, ou du Kaukasos, le plus lointain des monts.

Et il chantera aussi comment, autrefois, par les mauvaises rigueurs d'un maître, un large coffre reçut le chevrier vivant; et comment les abeilles camuses qui venaient de la prairie le nourrirent de l'arome des fleurs, dans le cèdre odorant, parce que la Muse lui avait versé un doux nektar dans la bouche.

O bienheureux Komatas, tu as éprouvé ces choses, et tu as été enfermé dans le coffre, et, durant toute une année, tu as ainsi souffert, tandis que les abeilles te nourrissaient de rayons. Ah ! pourquoi n'as-tu pas vécu de mon temps ? J'aurais fait paître tes belles chèvres sur les montagnes, et je t'aurais entendu chanter harmonieusement, ô divin Komatas, couché à l'ombre des chênes ou des pins !

Ayant ainsi chanté, il se tut, et je dis après lui : — Ami Lykidas, tandis que je paissais les bœufs sur les montagnes, les Nymphes m'ont enseigné un grand nombre de chansons que la renommée a portées jusqu'au thrône de Zeus ; mais celle-ci est excellente entre toutes. Écoute, puisque tu es cher aux Muses :

— Certes, les Erôs ont éternué pour Simikhidas, car le malheureux aime Myrtô autant que les chèvres aiment le printemps ; mais Aratos, le plus aimé de ses amis, a dans le cœur une passion pour un enfant.

Aristis, le meilleur des hommes, à qui Phoibos même permettrait de chanter avec la lyre auprès du trépied, Aristis sait qu'Aratos brûle pour un enfant, et jusque dans la moelle de ses os.

O Pan ! toi qui possèdes la belle plaine du Homolas, puisses-tu mettre dans ses bras le tendre Philinos, ou tout autre. Et si tu le fais, ô Pan, puissent les enfants arkadiens ne plus te fustiger les côtes et les épaules, comme ils ont coutume quand les mets sont rares !

Mais si tu refuses, que ton corps soit traversé et déchiré par des ongles ! Puisses-tu dormir sur des orties ! puisses-tu habiter, en plein hiver, sur les montagnes des Hèdôniens, aux bords du Hébros, auprès de l'Ourse, et, en plein été, vivre chez les Aithiopiens les plus reculés, sous les rochers des Blémyes, là où le Neilos devient invisible !

Et vous, ô Erôs, semblables à des pommes vermeilles, qui habitez la sphère élevée de la blonde Diôna, quittez le cours limpide de Hyétis et de Byblis ; percez de vos flèches le beau Philinos, puisque le barbare n'a point pitié de mon hôte. Certes, il est déjà mûr comme une poire. Les femmes disent : — Hélas ! Philinos, ta belle fleur se flétrit !

Ne veillons donc plus au dehors, ô Aratos, et ne meurtrissons plus nos pieds. Que le coq matinal amène pour d'autres le froid pénible du matin, et que le seul Molôn, ô mon ami, éprouve cette angoisse ! Pour nous, reprenons notre tranquillité ; et qu'une vieille opportune crache et écarte de nous les calamités !

Je chantai ainsi, et Lykidas, souriant toujours doucement, me donna son bâton pastoral comme un gage d'amitié venant des Muses. Puis, il prit sur la gauche et suivit le chemin de Pyxa. Eukritos et moi, ainsi que le bel enfant Amyntas, nous gagnâmes la demeure de Phrasidamos, où nous nous couchâmes en des lits épais de lentisque odorant et de pampres récemment coupés. Un grand nombre de peupliers et d'ormes se berçaient au-dessus de nos têtes, non loin de l'onde sacrée qui s'écoulait, en murmurant, de l'antre des Nymphes. Et dans les rameaux touffus, les cigales, brûlées par le soleil, chantaient à se fatiguer ; et la verte grenouille criait au loin, sous les épais buissons épineux. Les alouettes et les chardonnerets chantaient ; la tourterelle gémissait ; et les abeilles fauves bourdonnaient autour des fontaines. De toutes parts flottait l'odeur d'un riche été, mêlée à celle de l'automne. A nos pieds et à nos côtés roulaient en foule les poires et les pommes ; et les branches, chargées de prunes, se courbaient jusqu'à terre.

Un enduit de quatre ans fut détaché des tonneaux. O Nymphes Kastalides, qui habitez le faîte du Parnasios, le vieux Kheirôn offrit-il une telle coupe à Hèraklès, dans l'antre pierreux de Pholos ? Le nektar qui enivra le Berger de l'Anapos, le fort Polyphamos, celui qui jetait des montagnes aux vaisseaux, et qui le fit trépigner à travers les

étables, valait-il, ô Nymphes, celui que vous nous ver-
sâtes auprès de l'autel de Damatèr, qui protége les moissons ?

Puissé-je enfoncer encore le van dans le grain, tandis
qu'Elle rira, les deux mains pleines de gerbes et de pa-
vots !

IDYLLE VIII

Les Boucoliastes.

On dit que Ménalkas, menant paître ses brebis sur les hautes montagnes, rencontra le beau Daphnis qui paissait des bœufs. Tous deux étaient blonds, tous deux jeunes, tous deux habiles joueurs de ·syrinx et habiles chanteurs. Ménalkas, regardant Daphnis, parla le premier.

MÉNALKAS.

O Daphnis, gardien des bœufs mugissants, veux-tu chanter contre moi ? Je me flatte de te vaincre autant qu'il me plaira.

Et Daphnis lui répondit :

DAPHNIS.

O Ménalkas, pasteur de brebis laineuses, joueur de syrinx, jamais tu ne me vaincras, du moins en chantant, dusses-tu en mourir.

MÉNALKAS.

Veux-tu le tenter et déposer un prix ?

DAPHNIS.

Volontiers, et je déposerai un prix.

MÉNALKAS.

Lequel? Que pouvons-nous engager?

DAPHNIS.

Moi, j'offre un veau; toi, mets un agneau aussi grand que sa mère.

MÉNALKAS.

Non pas! Je ne puis déposer un agneau. Mon père et ma mère sont rigoureux, et, chaque soir, ils comptent mes moutons.

DAPHNIS.

Que veux-tu donc risquer? Le vainqueur n'aura-t-il rien?

MÉNALKAS.

J'ai une belle syrinx à neuf tons égaux, que j'ai enduite de cire blanche. Je veux bien l'engager, mais non ce qui appartient à mon père.

DAPHNIS.

J'ai aussi une syrinx à neuf tons égaux, enduite de cire blanche. Je l'ai faite hier, et je souffre encore de ce doigt qu'un éclat de roseau a blessé. Mais qui nous écoutera et nous jugera?

MÉNALKAS.

Si nous appelions ce chevrier, dont le chien tacheté de blanc aboie après les chevreaux ?

Et les deux enfants crièrent, et le chevrier, les entendit et vint. Et ils chantèrent, et lui les écouta pour juger. Ménalkas, désigné par le sort, commença, et Daphnis répondit, tous deux en une chanson bucolique alternée.

MÉNALKAS.

— Vallons, et vous, Fleuves issus des Dieux, si jamais les chants de Ménalkas, le joueur de syrinx, vous ont plu, nourrissez abondamment mes jeunes brebis ; et si Daphnis conduit ici ses génisses, qu'il n'y trouve rien de moins.

DAPHNIS.

— Fontaines, herbes et plantes salutaires, si Daphnis chante comme les rossignols, engraissez ce troupeau de bœufs ; et si Ménalkas conduit ici ses brebis, qu'elles y paissent abondamment.

MÉNALKAS.

— Le printemps est partout ; partout les pâturages verdissent, partout les mamelles se gonflent de lait, partout les jeunes animaux paissent là où la jeune fille s'avance. S'en va-t-elle, le pasteur et les brebis se dessèchent.

DAPHNIS.

— Les brebis et les chèvres sont mères deux fois, les abeilles emplissent les ruches, et les chênes sont plus

hauts là où le beau Milôn s'avance. S'en va-t-il, le bouvier et les herbes se dessèchent.

MÉNALKAS.

— O bouc, mâle des blanches chèvres, va dans la profondeur de la forêt! Et vous, ô chevreaux camus, venez
ici, au bord de l'eau ! Et toi, dont la corne est tombée,
va où est Milôn, et dis : Milôn ! Prôteus, bien que Dieu,
faisait paître des phoques.

DAPHNIS.

— Je n'envie pas la terre de Pélôps ; je ne désire point
posséder des talents d'or, ni courir plus vite que les
vents ; pourvu que je chante sous ce rocher, te tenant
dans mes bras et regardant mes génisses paître vers la
mer de Sikéla !

MÉNALKAS

— L'hiver est un mal redouté des arbres ; la sécheresse,
des eaux ; le lacet, des oiseaux ; le filet, des animaux sauvages ; mais le désir d'une belle jeune fille est un mal
redouté de l'homme. O père, ô Zeus ! je n'ai pas aimé
seul ; toi aussi, tu as aimé des femmes !

Les enfants chantèrent ainsi sur un mode alterné.
Puis, Ménalkas commença le dernier chant.

MÉNALKAS.

— O loup, épargne mes boucs et mes chèvres ! Ne me
nuis pas, parce qu'étant petit, je mène un grand troupeau.
O chien Lampouros, dors-tu donc profondément ? Il ne
faut pas dormir quand on aide un jeune pasteur. Et vous,
ô brebis, ne craignez pas de vous rassasier d'herbe

tendre ; vous n'en manquerez pas, car elle repoussera. Ici ! Paissez, paissez ! Et, toutes, remplissez vos mamelles afin que les agneaux s'abreuvent de lait, et que j'en mette encore dans les éclisses.

Et Daphnis, à son tour, commença de chanter harmonieusement.

DAPHNIS.

— Une jeune fille aux sourcils arqués m'ayant aperçu du seuil de l'antre, comme je paissais mes génisses, m'a dit deux fois que j'étais beau ; mais je n'ai rien répondu, pas même une parole piquante, et, baissant les yeux, j'ai suivi mon chemin. La voix et l'haleine de la génisse sont douces ; il est doux, l'été, de reposer en plein air auprès d'une eau courante. Les glands ornent le chêne, les pommes le pommier, les génisses la vache, et la vache elle-même le bouvier.

Les enfants ayant chanté, le chevrier parla ainsi : — O Daphnis, ta voix et ta bouche sont douces ! Il est meilleur de t'entendre chanter que de boire du miel ! Prends la syrinx, car tu as vaincu. Si tu veux m'enseigner quelque chanson, tandis que je garderai mes chèvres auprès de toi, je te donnerai en retour cette chèvre sans cornes qui remplit toujours à déborder le vase où on la trait.

Et l'enfant Daphnis se réjouit, battit des mains et sauta de même qu'un faon vers sa mère, parce qu'il avait vaincu ; mais l'autre, confus et rongé de chagrin, était triste comme une vierge qui se marie.

Dès lors, Daphnis fut le premier parmi les pasteurs ; et, bien que tout jeune encore, il épousa la nymphe Naïs.

IDYLLE IX

Daphnis et Ménalkas.

Dis-moi une chanson bucolique, ô Daphnis, et chante le premier. Commence, et que Ménalkas réponde. Mettez d'abord les veaux sous les vaches, et unissez les taureaux aux génisses encore stériles. Que tous paissent et errent ensemble sous le feuillage; mais toi, dis une chanson bucolique, et que Ménalkas réponde.

DAPHNIS.

Elle est douce la voix du jeune veau, et celle de la vache; les sons de la syrinx sont doux, et les chants du bouvier et les miens aussi. Je me fais un lit auprès d'une eau fraîche, et j'y entasse les belles peaux des blanches génisses que le vent Libyen a renversées du haut du précipice, tandis qu'elles y paissaient l'arbousier Et je me soucie autant de l'été qui brûle, que les enfants s'inquiètent des discours du père et de la mère.

Ainsi chanta Daphnis, et Ménalkas répondit.

MÉNALKAS.

— L'Etna est ma patrie, et j'habite un bel antre sous les roches creuses, et j'ai autant de biens qu'on en possède en songe : de nombreuses toisons de brebis et de chèvres, étendues sous moi, de la tête aux pieds; des entrail les qui cuisent sur un feu de chêne, et du hêtre sec qui me chauffe pendant l'hiver. Et je me soucie autant du froid qu'un homme sans dents qui va manger de la bouillie se soucie de coquilles de noix !

J'applaudis aux chanteurs, et je donnai à Daphnis un bâton pastoral qui avait poussé et grandi, tel qu'il était, dans le champ de mon père, et qu'un bon ouvrier eût avoué; et, à Ménalkas, une belle conque que j'avais trouvée dans les rochers Ikariens, et dont j'avais mangé, la chair, après en avoir fait cinq parts, pour cinq que nous étions. Et Ménalkas souffla dans la conque.

O Muses Bucoliques, soyez pleines de joie, et répétez le chant que je dis à ces pasteurs :

— Qu'il n'y ait plus de boutons au bout de ma langue ! La cigale est aimée de la cigale, la fourmi de la fourmi, les éperviers des éperviers; moi, j'aime la Muse et le chant. Que toute ma demeure s'emplisse de mon chant; car ni le printemps, ni le sommeil ne sont plus doux, ni les fleurs ne sont plus douces aux abeilles, que les Muses ne me sont chères ! Ceux qu'elles regardent d'un œil ami braveraient la boisson de Kirka !

IDYLLE X

Les Moissonneurs. — Milôn et Battos.

MILÔN.

Ouvrier laboureur, qu'as-tu donc? Tu ne mènes plus ton sillon droit comme auparavant; tu ne coupes plus le blé, de front avec ton voisin, et il te laisse en arrière, comme une brebis dont une épine a blessé le pied. Malheureux! que feras-tu donc au milieu du jour, si, dès en commençant, tu ne fais rien qui vaille?

BATTOS.

O Milôn, moissonneur infatigable et dur comme un rocher, ne t'est-il jamais arrivé de regretter un absent?

MILÔN.

Jamais. Un homme qui travaille a-t-il le temps de regretter quelqu'un d'absent?

BATTOS.

Il ne t'est donc jamais arrivé de veiller par amour?

MILÔN.

Puisse cela n'arriver jamais! Il est dangereux qu'un chien goûte d'une peau!

BATTOS.

Mais moi, Milôn, je suis amoureux depuis onze jours à peu près.

MILÔN.

Tu bois vraiment au tonneau, tandis que je n'ai pas même assez de vinaigre.

BATTOS.

Aussi, les semailles que j'ai faites devant ma porte sont-elles toutes négligées.

MILÔN.

Quelle est la jeune fille qui te tourmente?

BATTOS.

La fille de Polybôtas, celle qui jouait dernièrement de la flûte aux moissonneurs, chez Hippokoôn.

MILÔN.

Le Dieu a mis la main sur l'impie! Tu as ce que tu désirais depuis longtemps, et une cigale couchera avec toi la nuit.

BATTOS.

Tu te moques, mais Ploutòs n'est pas le seul Dieu

13

aveugle; Erôs aussi n'y voit point. Ne parle pas si fièrement.

MILÔN.

Je ne parle point fièrement. Mais, allons! jette tes
gerbes, et dis-nous une chanson amoureuse sur ta jeune
fille. Le travail te sera moins pénible, et tu étais musicien autrefois.

BATTOS.

— Muses Piérides! Chantez avec moi la svelte enfant;
car vous embellissez, ô Déesses, tout ce que vous tou-
chez.

Charmante Bombyka, on dit que tu es Syrienne,
maigre et brûlée du soleil; et, moi seul, je trouve que tu
as la couleur du miel!

La violette aussi est noire, et l'hyacinthe, sur laquelle
sont tracées des lettres; cependant, les premières, elles
sont choisies pour les couronnes.

La chèvre cherche le cytise, le loup poursuit la chèvre,
et la grue suit la charrue, et moi je n'ai de passion que
pour toi!

Oh! si j'avais toutes les richesses que Kroisos a, dit-on,
possédées, nous aurions deux statues d'or consacrées à
Aphrodita!

Toi, tu porterais des flûtes, une rose ou une pomme;
moi, j'aurais un beau vêtement et des chaussures neuves
aux pieds.

Charmante Bombyka, tes pieds sont comme des os-
selets, ta voix est douce comme l'aubergine, et je ne puis
décrire tes qualités! —

MILÔN.

Certes, je ne savais pas que le bouvier fît de si belles

chansons. Comme il en a bien mesuré l'harmonie ! Hélas ! la barbe m'est poussée en pure perte ! Cependant, écoute ces vers du divin Lytiersas :

— Damatèr, aux fruits, aux épis abondants ! que cette moisson soit facile et riche !

Serrez les gerbes, moissonneurs, afin que les passants ne disent pas : Voilà des fainéants qui ne gagnent pas leur salaire !

Tournez les javelles vers le Boréas ou vers le Zéphyros ; c'est ainsi que les épis grossiront.

Que ceux qui battent le blé ne dorment pas à midi ; c'est l'heure où la paille se détache mieux du grain.

Mais que les moissonneurs commencent au chant de l'alouette, et ne cessent que lorsqu'elle s'endort. Qu'ils reposent pendant la chaleur.

O régisseur avare, fais plutôt cuire nos lentilles que de te couper les doigts à partager un grain de cumin ! —

Voilà ce que doivent chanter des hommes qui se fatiguent au soleil ! Quant à ton amour affamé, ne le raconte qu'à ta mère éveillée le matin dans son lit.

IDYLLE XI

LE KYKLÔPS.

Ni les onctions, ni les poudres, Nikias, ne sont, il me semble, un remède à l'amour ; il n'en est d'autre que les Piérides. Ce remède, qui allége et réjouit, est accessible aux hommes, mais il n'est pas facile de l'acquérir. Tu le connais sans doute, étant médecin et très-cher aux neuf Muses.

C'est par lui que le Kyklôps né dans notre pays, l'antique Polyphamos, supporta la vie, quand, les lèvres et les tempes encore imberbes, il aimait Galatéia. Et, certes, il ne l'aimait pas avec des pommes, une rose ou une boucle de cheveux, mais avec des violences passionnées, et il se souciait peu du reste. Bien des fois les brebis revinrent seules du vert pâturage à l'étable, tandis qu'il se consumait, depuis le jour levant, sur les algues du bord, gardant au fond de son cœur, comme une flèche dans le foie, la plaie cuisante de la grande Kypris. Mais il découvrit le remède à son mal, et, assis sur les roches élevées, regardant la haute mer, il chantait ainsi :

— O blanche Galatéia, plus blanche à voir que le fromage, plus délicate que l'agneau, plus fière que la génisse, et dont la peau est plus luisante et plus ferme que le raisin vert, pourquoi rejettes-tu celui qui t'aime ?

Tu viens ici lorsque le doux sommeil m'enchaîne, mais tu fuis à la hâte, comme une brebis qui a vu le loup blanc, lorsque le doux sommeil me quitte.

Je t'ai aimée, ô jeune fille, lorsque tu vins pour la première fois, avec ma mère, cueillir des fleurs d'hyacinthe sur la montagne; et je vous guidais, et, dès ce moment, je t'ai aimée, et je t'aime encore!

Mais cela ne t'occupe point. Non, par Zeus! Tu ne t'en soucies nullement. Charmante jeune fille, je sais pourquoi tu me fuis : c'est parce que je n'ai qu'un sourcil velu qui s'étend sur mon front d'une oreille à l'autre, un seul œil et un large nez au-dessus des lèvres.

Mais, tel que je suis, je fais paître mille brebis, et je bois leur lait excellent que je trais moi-même; et jamais, ni en été, ni en automne, ni par le plus rude hiver, le fromage ne me manque, et les claies en sont toujours pleines.

Et puis, je sais jouer de la syrinx mieux qu'aucun autre Kyklôps, et je chante mon amour jusqu'aux dernières heures de la nuit. Je nourris pour toi onze petites biches ornées de colliers et quatre petits ours.

Viens à moi et tu ne perdras rien. Laisse la glauque mer s'élancer vers la terre ferme. Tu passeras plus heureusement la nuit à mon côté, au fond de l'antre. Là sont des lauriers, de grêles cyprès, un lierre noir, une vigne aux doux fruits et une eau fraîche, liqueur ambroisienne que l'Etna m'envoie de ses blanches neiges. Peut-on préférer à tout cela la mer et ses flots?

Si je te semble trop velu, j'ai du bois de chêne, et je garde sous la cendre un feu qui ne meurt jamais; et je souffrirai que tu brûles mon âme et mon œil unique, bien qu'il soit ce que j'ai de plus cher.

Je suis malheureux parce que ma mère ne m'a pas enfanté avec des branchies, et que je ne puis plonger vers toi et te baiser la main, si tu me refusais les lèvres. Je te porterais ou des lis blancs, ou un jeune pavot aux pétales rouges, mais non tous deux à la fois, car les uns germent en été et les autres en hiver.

Maintenant, ô jeune fille, j'apprendrai du moins à nager, afin de savoir pourquoi il vous est si doux d'habiter l'abîme. Puisses-tu en sortir, ô Galatéia ! Puisses-tu, telle que moi qui reste assis en ce lieu, oublier de retourner dans ta demeure !

Puisses-tu désirer de conduire les troupeaux avec moi, de traire le lait et de le cailler en fromages à l'aide de la présure aigre ! Ma mère m'a causé tout' ce mal, et je lui en veux ; car, me voyant maigrir de jour en jour, jamais elle ne t'a rien dit en ma faveur. Je lui déclarerai que ma tête et mes pieds brûlent, afin qu'elle soit affligée, puisque je le suis aussi !

O Kyklôps, Kyklôps ! où tes esprits s'en vont-ils ? Si tu tressais des corbeilles et coupais du feuillage pour tes jeunes brebis, peut-être ton intelligence n'en irait-elle que mieux. Jouis des biens présents ; pourquoi poursuivre ce qui te fuit ? Tu trouveras une autre Galatéia, et même plus belle. Plusieurs belles jeunes filles m'excitent à jouer avec elles, et rient aux éclats quand je les écoute. Je suis donc aussi quelque chose sur la terre ! —

C'est ainsi que Polyphamos promenait son amour en chantant ; et il en goûtait plus de repos que si, pour cela, il eût donné de l'or.

IDYLLE XII

L'AMI.

Tu es venu, ô cher jeune homme, après trois nuits et trois aurores! Tu es venu, mais ceux qui te désirent vieillissent en un jour!

Autant le printemps est plus doux que l'hiver, autant la pomme est plus douce que la prune sauvage, autant la brebis laineuse l'emporte sur l'agneau, et la vierge sur la femme trois fois mariée, autant le faon est plus léger que les génisses, autant le rossignol chante mieux que tous les autres oiseaux, autant tu m'as réjoui par ta venue; et je suis accouru, comme un voyageur, par un soleil brûlant, sous un hêtre ombreux!

Oh! si les Erôs nous caressaient d'un même souffle, et si les hommes futurs pouvaient nous chanter ainsi: Quels étaient ces deux hommes d'autrefois, celui que l'Amykaien eût nommé l'Aimant, et celui que le Thessalien eût nommé l'Aimé? Ils s'aimaient d'un égal amour, et sans doute ce fut un âge d'or où celui qui était aimé aimait aussi!

Oh! si ce vœu s'accomplissait, Père Kronide! ô Dieux toujours jeunes! S'il arrivait qu'après deux cents générations quelqu'un me disait, sur les bords de l'Akhérôn, d'où nul ne revient: La tendresse qui t'unissait à ton charmant ami est dans toutes les bouches, et les jeunes hommes surtout s'en souviennent !

Mais sans doute les habitants de l'Ouranos agiront en ceci à leur gré. Pour moi, en louant ta beauté, je ne crains pas que le mensonge déforme mon nez ; car s'il t'arrive parfois de me causer quelque peine, tu me guéris bientôt en me donnant un double plaisir, et je suis toujours comblé lorsque je te quitte.

Descendants de Nisos, ô Mégariens, soyez heureux, vous qui avez tant honoré votre hôte Attique, Dioklès, qui aimait les enfants. Toujours, autour de son tombeau, chaque printemps, les jeunes hommes se réunissent et luttent à qui emportera la palme du baiser ; et celui qui appuie des lèvres plus douces sur des lèvres amies retourne vers sa mère, chargé de couronnes.

Heureux celui qui juge les baisers de ces enfants ! Sans doute, il invoque passionnément Ganymèdès aux yeux bleus, afin que sa bouche devienne semblable à cette pierre Lydienne à l'aide de laquelle les changeurs éprouvent la pureté de l'or.

IDYLLE XIII

HYLAS.

Celui d'entre les Dieux qui engendra Erôs ne l'a point fait pour nous seuls, ô Nikias, ainsi que nous le pensions, et ce ne fut pas à nous, mortels, qui n'aurons pas de lendemain, que la beauté parut belle pour la première fois. Le fils d'Amphitryôn, celui dont le cœur était d'airain, et qui affronta le lion sauvage, aima le bel enfant Hylas aux cheveux bouclés, et il lui enseigna, comme un père à son fils bien-aimé, toutes les choses qui l'avaient rendu lui-même brave et illustre. Et jamais il ne s'en séparait, ni vers midi, ni quand Aôs aux chevaux blancs montait aux demeures de Zeus, ni quand les jeunes oiseaux gazouilleurs revenaient au nid où leur mère battait des ailes sur la poutre enfumée ; et cela, afin que cet enfant fût formé selon son cœur, et, grâce à lui, devînt vraiment un homme.

Lorsque Iasôn, fils d'Aisôn, vogua vers la Toison d'or, accompagné des chefs choisis dans toutes les villes, le fils d'Alkmèna, l'héroïne de Midéa, le héros infatigable se rendit aussi dans la riche Iaolkos, et Hylas monta avec lui sur le solide Argô, qui ne fut point saisi par les mouvantes Kyanées, mais s'élança comme un aigle à

travers l'abîme, entra dans le Phasis, et fit ainsi que ces
écueils devinrent immobiles.

Au temps où les Péléiades se lèvent, quand le jeune
agneau paît dans les champs écartés, et quand le printemps s'enfuit déjà, la divine fleur des héros prit la mer,
et, s'embarquant dans le creux Argô, poussés par le Notos, ils atteignirent le Hellaspontos au troisième jour, et
s'arrêtèrent dans la Propontis, où les bœufs usent les
charrues à élargir les sillons des Kianes.

Descendus sur le rivage, ils préparèrent, par couples,
le repas du soir. Plusieurs dressèrent un lit commun,
car la prairie leur offrait une large couche, et ils y cou-
pèrent le butôme aux feuilles pointues et l'épais souchet.
Hylas, ayant pris un vase d'airain, alla chercher de l'eau
pour le repas de Hèraklès et du brave Télamôn, qui étaient
compagnons et mangeaient toujours ensemble. Bientôt,
il découvrit une source dans une vallée basse. Tout autour croissaient un grand nombre de plantes aquatiques,
la bleue khélidoine et la verte àdiante, et le persil abon-
dant et le rampant agrostis. Et des Nymphes dansaient
au milieu de l'eau, Nymphes qui ignorent le sommeil,
Déesses terribles aux campagnards, Euneika et Malis et
Nikhéia aux yeux printaniers.

Le jeune homme approchait le large vase pour le plonger dans l'eau, lorsque celles-ci saisirent sa main et s'y
attachèrent, car Érôs s'était emparé de leur cœur ému à
l'aspect de l'enfant Argien. Et il tomba au milieu de
l'eau profonde, tel qu'une étoile qui tombe de l'Ouranos
dans la mer, alors que le marin dit à ses compagnons :
« Déployez les voiles, enfants, le vent va être favorable ! »
Et les Nymphes, tenant le jeune homme en pleurs sur
leurs genoux, le consolèrent par de douces paroles.

Et, d'un autre côté, l'Amphitryôniade, inquiet de Hylas,

partit à sa recherche, ayant pris son arc recourbé à la façon des Maiôtes, et sa massue qu'il portait toujours de
la main droite. Trois fois il appela Hylas, en faisant mu-
gir son gosier, et trois fois l'enfant l'entendit; mais la
réponse arriva si faible du fond de l'eau, que, bien que
très-proche, elle paraissait fort éloignée. Alors, tel qu'un
lion à épaisse crinière qui entend de loin le cri d'une
jeune biche dans les montagnes, et qui, rongé par la faim,
sort de son repaire pour saisir cette proie qui l'appelle,
tel Hèraklès, cherchant Hylas, erra à travers des sentiers
épineux et impraticables, et parcourut une vaste étendue.

Malheureux ceux qui aiment! Que de fatigues il subit
par les montagnes et les bois! L'entreprise d'Iasôn était
oubliée. Tous étaient remontés dans la nef dont la mâ-
ture avait été redressée; mais les voiles ne furent point
déployées de toute la nuit, afin d'attendre Hèraklès. Lui,
cependant, errait, furieux et au hasard, car une cruelle
Déesse lui déchirait le foie.

C'est ainsi que le bel Hylas fut mis au rang des Dieux
heureux; et tandis que les héros riaient et nommaient
Hèraklès déserteur, parce qu'il avait abandonné Argô aux
trente bancs de rameurs, celui-ci gagna à pied Kolkhôs
et le Phasis barbare.

IDYLLE XIV

L'amour de Kyniska

AISKHINÈS.

Que Thyônikhos soit heureux en toute chose !

THYÔNIKHOS.

Qu'il en soit de même pour Aiskhinès !

AISKHINÈS.

Comme tu viens tard !

THYÔNIKHOS.

Tard ? mais qu'as-tu donc ?

AISKHINÈS.

Thyônikhos, tout ne va pas au mieux pour moi.

THYÔNIKHOS.

Voilà donc pourquoi tu es maigre et tu portes une barbe longue et une chevelure négligée ? Tel était ce Pythagoricien qui vint me voir dernièrement, pâle, les pieds nus et se disant Athènaien. Lui aussi était sans doute amoureux; mais c'était, je crois, de farine cuite au four.

AISKHINÈS.

Tu te moques à ton aise, mon bon! Mais la belle Kyniska m'outrage, et j'en deviendrai fou furieux quelque jour, sans qu'on y prenne garde. Il s'en faut déjà d'un cheveu.

THYÔNIKHOS.

Tu es toujours le même, cher Aiskhinès, irascible et ne pouvant supporter que les choses ne soient à ton gré. Mais enfin, parle; qu'y a-ti-l de nouveau?

AISKHINÈS.

L'Argien et moi, le maître d'équitation thessalien et le stratiôte Kléonikos, nous dînions chez moi, à la campagne. J'avais tué deux poules et un cochon de lait, et débouché du vin de Biblina, vieux de quatre ans, mais aussi parfumé qu'au sortir de la cuve. J'avais servi les oignons, les pétoncles et les coquillages. C'était une débauche agréable. Comme elle avançait, on décida de faire des libations en l'honneur de qui on voudrait, pourvu qu'on en dît le nom. Chacun de nous but en nommant quelqu'un, ainsi qu'il était prescrit; mais Kyniska ne dit rien, bien que je fusse là. Juge de ce que j'éprouvai! Quelqu'un dit en riant: — Ne parleras-tu pas? Tu as vu le loup! — Tu l'as dit, dit-elle; et elle rougit au point que tu eusses allumé un flambleau à ses joues. C'est Lykos! c'est Lykos, le fils du voisin Labâ, haut de taille, svelte, et que beaucoup trouvent beau; c'est pour Lykos qu'elle desséchait d'un si grand amour!

On me l'avait bien dit une fois tout bas à l'oreille ; mais, malgré ma barbe d'homme, je n'en cherchai pas plus long Déjà nous étions ivres tous quatre ; et l'homme de Larissa, le méchant esprit, se mit à chanter, avec des plaisanteries de Thessalien, toute l'histoire de Lykos ; et aussitôt, Kyniska de pleurer en sanglotant, comme une fille de six ans qui veut monter sur les genoux de sa mère. Alors, — tu me connais, Thyônikhos ? — Je lui appliquai une paire de soufflets sur les joues. Là-dessus, elle releva son péplos et s'enfuit au plus vite. — Malheur de ma vie ! Je te déplais ! Il t'est plus doux d'en avoir un autre dans tes bras ! Va réchauffer celui pour qui tes larmes tombent, grosses comme des pommes ! — Quand l'hirondelle a donné la pâture à ses petits cachés sous le rebord du toit, elle retourne en hâte pour en ramasser de nouveau. Kyniska, plus prompte encore, quitta son siége, traversa le vestibule et passa la porte à deux battants. Un proverbe dit : — Le Kentaure s'en est allé à travers la forêt. — Il y a de cela vingt jours, huit autres, puis neuf, puis dix, et voici le onzième ; ajoute-s-en deux, et il y aura deux mois que nous sommes séparés et que je ne me suis pas même rasé, à la façon des Thrakiens. Maintenant, c'est Lykos qui est tout pour elle ; c'est à Lykos qu'elle ouvre la porte la nuit. Quant à moi, je ne compte plus pour rien, et je ne suis pas plus considéré qu'un malheureux Mégarien ! Si je n'aimais plus, tout serait au mieux ; mais comment faire ? Le rat, comme on dit, Thyônikhos, s'est pris dans la poix ! Je ne sais aucun remède à un amour invincible, si ce n'est que Simos, du même âge que moi, et qui aimait la fille d'Epikhalkos, ayant passé la mer, est revenu guéri. Moi aussi, je passerai la mer, et je serais stratiôte, un stratiôte passable, ni le premier, ni le pire.

THYÔNIKHOS.

Ce que tu désirais devait arriver, ô Aiskhinès. Mais, si tu veux t'expatrier, sache que Ptolémaios, de tous ceux qui donnent une solde, est le meilleur chef pour un homme libre. Il est prudent, ami des Muses, tendre, très-affable, connaissant qui l'aime et mieux encore qui ne l'aime pas, très-généreux et ne refusant jamais ce qu'il est convenable de solliciter d'un roi, car il ne faut pas, Aiskhinès, demander à propos de tout. De sorte que, si tu veux t'agrafer le manteau sur l'épaule droite, et attendre bravement le choc d'un porte-bouclier, pars au plus vite pour l'Aigyptos. Les tempes blanchissent et la joue blanchit ensuite. Il faut agir pendant qu'on a le genou vigoureux.

IDYLLE XV

Les Syracusaines ou les Fêtes d'Adônis. — Gorgô,
Praxinoa. Eunoa, une vieille femme, un Étranger, un
autre Étranger, une Aoide.

GORGÔ.

Praxinoa est-elle là?

EUNOA.

Chère Gorgô, comme tu viens tard ! Elle y est.

PRAXINOA.

Il est merveilleux que tu sois arrivée, même à cette
heure. Eunoa, donne un siége et mets-y un coussin.

EUNOA.

En voici un excellent.

PRAXINOA.

Assieds-toi.

GORGÔ.

O imprudente que je suis ! C'est à peine, Praxinoa, si
j'ai pu arriver saine et sauve, tant la foule est grande et

tant il y a de quadriges. On ne voit partout que krèpides et hommes à khlamydes; le chemin est encombré, et tu demeures si loin de moi !

PRAXINOA.

C'est pour cela que cet imbécile a choisi, au bout du monde, une tanière et non une maison ; c'est pour que nous ne soyons pas voisines, tant il aime à contrarier, le misérable jaloux !

GORGÔ.

Chère, ne dis pas cela de Dinôn, ton mari, devant ce petit. Vois comme il te regarde.

PRAXINOA.

Sois tranquille, mon cher enfant, je ne parle point de papa.

GORGÔ.

Par Perséphona ! l'enfant comprend. Il est beau, ton papa !

PRAXINOA.

Donc, dernièrement, ce papa-là, — ce que je dis est arrivé autrefois, — alla acheter du nitre et du fard, et il me rapporta du sel, le grand niais!

GORGÔ.

Mon Diokleidas aussi est un bourreau d'argent. Hier, il a acheté, pour sept drakhmes, cinq toisons, c'est-à-dire des peaux de chiens, des morceaux de vieilles besaces, toute sorte d'ordures! Mais, voyons! prends ton manteau et ta robe agrafée; allons voir Adônis au royal palais du

14

magnifique Ptolémaios. J'ai entendu dire que la Reine avait ordonné une belle cérémonie.

PRAXINOA.

Tout est riche chez les riches. Mais de tout ce que tu as vu en venant, à qui n'a rien vu...

GORGÔ.

C'est le moment de partir. Il est toujours fête chez les oisifs.

PRAXINOA.

Eunoa, apporte-moi de l'eau, et mets-la au milieu de la chambre, paresseuse! Les chats aiment à dormir mollement couchés. Remue-toi donc! Apporte vite de l'eau! J'ai besoin d'eau d'abord, et elle m'apporte du savon! Donne toujours. N'en verse pas tant, maladroite! Malheureuse, pourquoi éclabousses-tu toute ma tunique? Assez! Je suis lavée comme il a plu aux Dieux. Où est la clé du grand coffre? Apporte-la.

GORGÔ.

Praxinoa, cette robe agrafée, aux plis nombreux, te sied beaucoup. A combien te revient-elle?

PRAXINOA.

Ne m'en parle pas, Gorgô; à plus de deux mines de bon argent, et je me suis tuée à la faire.

GORGÔ.

Mais tu as réussi.

PRAXINOA.

Oui, c'est vrai. Donne-moi mon manteau et arrange
élégamment ma coiffure. — Mon enfant, je ne t'emmène
pas. Mormô! Le cheval mord. Pleure tant que tu voudras; je ne veux pas que tu deviennes boiteux. — Allons!
Phrygia, prends l'enfant et amuse-le. Appelle la chienne
et ferme à clé la porte de la cour. — O Dieux! quelle
foule! Comment traverser cela? C'est une fourmilière innombrable et incommensurable. O Ptolémaios, tu as fait
beaucoup de grandes choses depuis que ton père est
parmi les Immortels! On ne voit plus de malfaiteurs
tendre des piéges aux passants, rusant à l'aigyptienne,
comme faisaient autrefois tant de vauriens et de mauvais
plaisants. Très-chère Gorgô, que devenir? Voilà les chevaux de guerre du Roi. Ami, ne m'écrase pas! Ce cheval
couleur de feu se cabre; qu'il est fougueux! Eunoa, ef-
frontée! veux-tu bien te ranger! — Il va tuer son cavalier. Je suis bien heureuse que mon enfant soit resté à la
maison.

GORGÔ.

Rassure-toi, Praxinoa, ils nous ont dépassées et sont
rentrés dans leurs rangs.

PRAXINOA.

Me voilà remise. Le cheval et le froid serpent sont ce
que je crains le plus depuis mon enfance. Hâtons-nous:
une foule nombreuse afflue vers nous.

GORGÔ.

O mère, viens-tu du palais?

UNE VIEILLE FEMME.

Oui, mes enfants.

GORGÔ.

Est-il aisé de passer ?

LA VIEILLE FEMME.

C'est en essayant que les Akhaiens entrèrent dans Troia, ma très-belle enfant. C'est en essayant qu'on vient à bout de tout.

GORGÔ.

La vieille est partie en laissant un oracle. Les femmes savent tout; elles savent même comment Zeus épousa Hèra. Vois, Praxinoa, quelle foule autour des portes.

PRAXINOA.

Immense ! Gorgô, donne-moi la main. Eunoa, prends celle d'Eutykhis ; fais attention à elle, et ne te perds pas. Entrons toutes ensemble. Tiens-nous bien, Eunoa. Ah ! malheureuse ! Gorgô, mon voile s'est déchiré en deux ! Au nom de Zeus, ô Étranger, si tu veux être heureux, prends garde à mon manteau.

L'ÉTRANGER.

En vérité, je n'y puis rien, mais j'y ferai attention.

PRAXINOA.

La foule est compacte; tous se pressent comme des porcs.

L'ÉTRANGER.

Courage, femme, nous sommes à bon port.

PRAXINOA.

Puisses-tu être heureux maintenant et toujours, toi
qui m'es cher entre tous les hommes et qui nous as pro-
tégées ! — Quel homme excellent et compatissant ! Eunoa
est encore dans la foule. Allons, poltronne, pousse !
Très-bien ! Toutes dedans ! comme dit celui qui enferme
la mariée.

GORGÔ.

Praxinoa, viens ici. Regarde ces broderies ; qu'elles sont
légères et charmantes ! On dirait des vêtements divins.

PRAXINOA.

Vénérable Athanaia ! Quelles ouvrières ont fait ces
broderies ? Quels peintres ces belles peintures ? Comme
elles sont vraies de pose et de mouvement ! Certes, les
hommes sont habiles. Et Adônis, qui fut trois fois aimé,
qui est aimé par delà l'Akhérôn même, qu'il est beau, re-
posant sur son lit d'argent, avec cette barbe toute jeune !

UN AUTRE ÉTRANGER.

Taisez-vous, malheureuses ! Tourterelles babillardes !
Elles feraient mourir tout le monde, en parlant toujours
la bouche ouverte toute grande.

GORGÔ.

Terre, notre mère ! d'où sort cet homme ? Que t'importe que nous bavardions ? Commande à ceux qui t'appartiennent, et non à des Syracusaines. Songe que nous sommes Korinthiennes d'origine, comme Bellérophôn lui-même. Nous parlons péloponèsien. Il est permis, je pense, aux Dôriens, de parler dôrien.

PRAXINOA.

Bonne Déesse! Qu'il ne m'arrive pas un nouveau maître ! Un excepté, je ne me soucie pas du reste, et tu ne me donneras pas de soufflets.

GORGÔ.

Tais-toi, Praxinoa. La fille de l'Argienne, l'Aoide habile qui a remporté le prix dans l'élégie du Sperkhis, va célébrer Adônis. Elle va chanter quelque chose de beau, à coup sûr. La voilà qui prélude déjà.

L'AOIDE.

— O maîtresse, qui aimes Golgôs et Idalios et la haute Eryx, Aphrodita, qui joues avec de l'or ! Après le douzième mois, les Heures aux pieds délicats te ramènent Adônis, tel que le voilà, des bords de l'intarissable Akhérôn, les Heures amies, les plus lentes des Déesses, mais les plus désirées, car elles apportent toujours quelque chose aux mortels.

Kypris Diônaia ! toi qui rendis Béronika immortelle en versant de l'ambroisie dans son sein, voici que dans sa reconnaissance, ô Déesse dont les noms et les temples sont innombrables, la fille de Béronika, Arsinoa, semblable à Héléna, orne Adônis des plus riches parures.

Auprès de lui brillent autant de fruits mûrs que les arbres en ont porté, de vrais jardins en fleur dans des corbeilles d'argent, des vases à parfums, en or, et pleins des essences Syriennes, et tous ces mets que les femmes font en mêlant, dans la poêle, des fleurs à la farine blanche, et ceux qu'elles composent de doux miel et d'huile, imitant tous les oiseaux et tous les autres animaux.

De verts feuillages d'anis flexible ont été domptés et reployés, et par-dessus volent de petits Erôs, semblables aux jeunes rossignols qui vont de branche en branche, essayant leurs ailes. O ébène! ô or! ô vous deux, aigles d'ivoire qui portez à Zeus, fils de Kronos, l'enfant-échanson!

En haut, des tapis de pourpre plus moelleux que le sommeil, comme on dirait à Milatos ou à Samos, forment le lit du bel Adônis, et Kypris s'y couche auprès de son jeune époux Adônis aux bras roses. Ses baisers ne piquent pas, car ses lèvres sont encore imberbes. Que Kypris se réjouisse, puisqu'elle a son jeune époux! Pour nous, dès l'aurore, à l'heure de la rosée, nous irons en foule vers les flots du rivage; et, la chevelure déliée, les ceintures dénouées et les seins nus, nous dirons un chant éclatant.

Seul entre tous les demi-Dieux, ô cher Adônis, tu vois tour à tour la terre et l'Akhérôn. Agamemnôn n'a pas eu cette destinée, ni le grand Aias, héros aux fureurs terribles; ni Hektôr, le plus admiré des vingt fils de Hékaba; ni Patroklos, ni Pyrrhos qui revint de Troia; ni même ceux qui vivaient longtemps auparavant, les Lapithes et les Deukaliônes et les Pélasges, ancêtres des Pélopèides et d'Argos.

Sois-nous maintenant propice, ô cher Adônis, et sois heureux jusqu'à la nouvelle année. Tu as été le bienvenu, ô Adônis, et, quand tu reviendras, tu le seras encore!

GORGÔ.

Praxinoa, ceci est très-savant. Que cette femme est
heureuse ! Que de choses elle sait ! Oui, elle est heureuse
de chanter si bien ! Cependant, voici l'heure de retourner.
Diokleidas est à jeun, et c'est un homme irritable. Ne le
rencontre pas quand il a faim. Adieu, cher Adônis, et
puisses-tu nous retrouver heureux !

IDYLLE XVI

Les Kharites ou Hiérôn.

C'est aux filles de Zeus de chanter les Immortels,
comme aux Aoides de célébrer les actions illustres. Les
Muses sont Déesses, et les Déesses chantent les Dieux ;
mais nous, mortels, nous célébrons les mortels. Cependant, qui, d'entre tous ceux qui habitent sous la claire
Aôs, accueillera nos Kharites et ne les renverra pas sans
présents ? Elles reviennent, le sourcil froncé, les pieds
nus, et me reprochent leur course inutile ; et, tristes, la
tête baissée sur leurs genoux froids, elles restent au fond
du coffre où elles demeurent quand elles n'ont pas réussi.

Qui, d'entre les vivants, n'est tel ? Qui aime l'éloquence ?
Je ne sais. Les hommes ne désirent plus les louanges
données aux belles actions ; ils sont vaincus par la soif du
gain. Chacun, la main cachée sous son manteau, songe
au moyen d'augmenter sa richesse, et il refuserait de
donner même la rouille de son argent. Il dit : — La jambe
vient après le genou. Chacun pour soi, et que les Dieux
honorent les Aoides ! A quoi bon en écouter d'autres ?
Homèros suffit ; c'est le meilleur d'entre eux, et il ne
coûte rien !

Insensés ! A quoi vous sert tant d'or enfermé chez
vous ? Les sages en usent bien mieux. Ils s'en réservent

une part, et ils en font une autre part aux Aoides ; ils
donnent beaucoup à tous les autres hommes ; ils offrent
des sacrifices aux Dieux, ils sont hospitaliers, ils ac-
cueillent généreusement les étrangers à leur table, et les
laissent partir quand ils le veulent. Mais surtout ils honorent les Interprètes des Muses, afin que, même dans
le Hadès, on loue leur vertu, et qu'ils ne gémissent pas
sans gloire sur les rives du froid Akhérôn, pareils au misérable dont la houe a durci les mains et qui pleure une
pauvreté héritée de ses pères.

De nombreux serviteurs recevaient tous les mois leur
nourriture dans les demeures d'Antiokhos et du Roi
Aleua ; une grande multitude de vaches cornues et de
veaux revenait en mugissant vers les étables des Sko-
pades, et les bergers des hospitaliers Kraônides faisaient
paître des milliers de grasses brebis dans la plaine de
Kranôn ; mais ils ne jouirent pas plus longtemps de ces
biens, quand leur âme fut tombée dans la barque vaste
du morne Akhérôn ; et, privés de ces richesses nombreuses, pendant de longs siècles, ils eussent dormi, ou-
bliés parmi les morts obscurs, si l'Aoide de Khios, chantant des hymnes variés sur sa lyre aux nombreuses
cordes, ne les eût illustrés parmi les hommes nés après
eux, et n'eût célébré les rapides chevaux eux-mêmes qui
leur avaient rapporté les couronnes conquises aux luttes
sacrées.

Et qui donc aurait jamais connu les chefs Lykiens, et
les Priamides chevelus, et Kyknos blanc comme une
femme, si les Aoides n'avaient chanté les guerres des anciens ? Odysseus, qui erra cent vingt mois parmi les
hommes, et qui descendit vivant dans le Hadès après s'être
échappé de l'antre du Kyklôps meurtrier, n'aurait pas eu
de gloire durable ; Eumaios, le gardien des porcs, eût été

oublié, et Philoitios, le pasteur de bœufs, et le magnanime Laertès lui-même, si les chants de l'Iônien leur avaient manqué !

Les Muses donnent la vraie gloire aux peuples ; mais la richesse des morts est consumée par les vivants. Il serait aussi vain de compter les flots que le vent pousse de la mer glauque vers la terre, ou de vouloir laver une brique noire dans une eau claire, que de toucher un avare ! Qu'il se réjouisse donc de sa destinée, et que sa richesse soit immense, et sans borne son désir de l'augmenter toujours ! Moi, je préfère à la multitude des mulets et des chevaux l'amitié et l'estime des hommes.

Je cherche qui d'entre les mortels nous accueillera, les Muses et moi, car les Aoides ne sauraient marcher sans les filles de Zeus qui inspirent les grandes choses. L'Ouranos n'est pas encore fatigué de rouler les mois et les années, et de nombreux chevaux emportent encore le char de Hèlios. Il se trouvera celui qui aura besoin de l'Aoide pour chanter ses actions égales à celles du grand Akhilleus ou du terrible Aias dans la plaine du Simoïs, où est le tombeau du Phrygien Ilos. Déjà ont frémi les Phoinikes qui habitent la haute extrémité de la Libya, du côté du Couchant. Déjà les Syracusains portent au bras les boucliers d'osier et tiennent les lances par le milieu. Parmi eux, Hiérôn, semblable aux héros anciens, ceint l'épée et agite le crin de son casque.

O Zeus, père auguste ! ô vénérable Athana ! Et toi, vierge Perséphona, qui possèdes avec ta mère la grande cité des Ephyraiônes, auprès des eaux de Lysiméléia ! Puisse une noire destinée repousser nos ennemis loin de cette île, à travers les flots Sardes, afin qu'ils aillent raconter à leurs enfants et à leurs femmes la mort de ceux qu'ils ont perdus ! Que nos villes, saccagées et détruites, soient ren-

dues à leurs premiers habitants ; qu'ils labourent pour
eux leurs champs florissants ; que des milliers de brebis
paissent dans la plaine aux gras pâturages ; que des troupeaux de vaches, de retour vers les étables, fassent se
hâter le voyageur nocturne, et que d'autres sillons s'ou-
vrent pour être ensemencés, au temps où la cigale chante
sur le faîte et dans le feuillage des arbres, observant les
pasteurs exposés à l'air ; que les arakhnées tendent leurs
toiles légères sur les armes, et que le nom même de la
guerre soit oublié ! Puissent les Aoides porter la gloire
de Hiérôn par delà la mer Scythique, jusqu'aux lieux où
régna Sémiramis qui cimentait de larges murs avec de
l'asphalte ! Je suis un Aoide, mais les filles de Zeus en
aiment beaucoup d'autres encore. Puissent-ils vouloir
chanter la Sikélienne Aréthoisa et le belliqueux Hiérôn !

O divines filles d'Etéokléas, qui aimez Orkhoménos la
Mynienne, antique haine de Thèba, je resterai seul si nul
ne m'appelle ; mais j'irai avec mes Muses, si je suis
convié, et jamais sans vous ! Car, sans les Kharites, que
resterait-il aux hommes ? Que je sois toujours avec elles !

IDYLLE XVII

Éloge de Ptolémaios.

Commencez par Zeus, ô Muses, et finissez par Zeus, quand nous chantons le premier des Immortels ; mais il faut chanter Ptolémaios, le premier, entre tous les hommes, continuer et finir par lui, car il l'emporte sur tous.

Des Aoides habiles ont célébré les belles actions des héros nés demi-Dieux ; moi aussi, je suis éloquent, et je chanterai Ptolémaios ; car les hymnes sont la récompense des Immortels eux-mêmes.

Quand un bûcheron monte sur le mont Ida couvert de forêts, il regarde de toutes parts les arbres sans nombre et ne sait par où commencer. Laquelle louerai-je d'abord des mille vertus dont les Dieux ont orné le meilleur des rois ?

Quels étaient donc les ancêtres de ce Ptolémaios, fils de Lagos, pour qu'il osât concevoir un dessein qu'aucun autre homme n'aurait pu réaliser ? Le Père divin l'a honoré à l'égal des bienheureux Immortels et lui a construit une chambre d'or dans sa demeure Ouranienne. Auprès de lui siége un ami, Alexandros, Dieu redouté des Perses aux mitres peintes ; et, en face, est assis, sur un acier massif, Hèraklès tueur de Kentaures. Celui-ci partage les festins des autres Ouranides, joyeux de voir les petits-enfants de ses petits-enfants, que Zeus a garantis de la vieillesse, qui sont issus de lui et sont appelés Immortels, car le fort Hèrakléide est leur ancêtre à tous deux, et ils remontent à Hèraklès. Aussi, quand ce dernier, rassasié de nektar parfumé, se rend à la chambre de l'épouse, il donne à l'un l'arc et le carquois, à l'autre la massue de fer couverte de nœuds, et tous deux, portant ces armes, conduisent le mâle fils de Zeus jusqu'à la chambre ambroisienne de Hèba aux chevilles blanches.

D'un autre côté, combien l'illustre Béronika, honneur de sa famille, était sage entre les femmes ! A la vérité, la vénérable fille de Diôna, qui commande à Kypros, avait de ses mains délicates touché le sein parfumé de Béronika. Aussi, jamais aucune femme ne fut aimée de son époux comme elle fut de Ptolémaios, et elle l'aimait plus encore ; et c'est pour cela que, certain de ses enfants, il leur confiait toute sa maison quand il se rendait au lit nuptial. La femme infidèle songe aux autres hommes, et ses enfants sont nombreux, mais ils ne ressemblent pas à leur père. Vénérable Aphrodita, la plus belle des Déesses, tu protégeais la belle Béronika, et, grâce à toi, elle n'a point passé l'Akhérôn plein de gémissements ; mais tu l'as enlevée avant qu'elle abordât la noire et morne nef qui porte les morts ; tu l'as placée en un temple et tu l'as admise à tes honneurs. Depuis, elle est propice à tous les mortels, elle inspire la tendresse et elle rend légers les soucis de l'amant.

Argéia aux noirs sourcils, unie à Tydeus, tu enfantas l'homme de Kalydôn, Diomèdès le tueur de guerriers ; Thétis au sein profond, unie à Pèleus, enfanta Akhilleus habile à darder la lance ; et l'illustre Béronika, unie au belliqueux Ptolémaios, t'a enfanté, belliqueux Ptolémaios !

Et Koôs, où tu es né, t'a nourri, quand tu venais de voir la première aurore.

C'est là que la fille d'Antigona, accablée par les douleurs de l'enfantement, implora Eileithya qui délie les ceintures; et celle-ci, propice à sa prière, lui versa l'oubli des douleurs, et l'enfant bien aimé, semblable à son père, naquit; et Koôs, le voyant, poussa un cri de joie et dit, le touchant de ses mains caressantes : — Enfant, sois heureux! et puisses-tu m'honorer autant que Phoibos Apollôn a honoré Dèlos à la ceinture azurée! Puisses-tu honorer de même la hauteur de Triôps, et répandre tes faveurs sur les Dôriens voisins, ainsi que le Roi Apollôn aima Rhènaia! —

Ainsi parla l'Ile, et un grand aigle poussa trois cris favorables sous les nuées; et c'était sans doute un signe de Zeus Kroniôn. Zeus prend souci des Rois vénérables, et de celui-là surtout qu'il a aimé dès sa naissance; aussi le bonheur l'accompagne-t-il toujours, et il commande à beaucoup de terres et de mers, et à mille contrées et à mille nations qui font croître les moissons à l'aide de Zeus pluvieux. Mais aucune terre n'est aussi fertile que l'Aigyptos au sol bas, quand le Neilos, en débordant, amollit les mottes de terre. Aucune ne possède autant de villes, ouvrages d'hommes industrieux. Elle en a trois cents, trois mille, trois fois dix mille, trois fois trois et trois fois neuf, sur lesquelles règne le magnanime Ptolémaios.

Il possède une partie de la Phoinika, de l'Arabia, de la Syria, de la Libya et des noirs Aithiopiens; il commande à tous les Pamphyliens et aux belliqueux Kilikiens et aux Lykiens, et aux Kariens amis de la guerre, et aux îles Kyklades, car il a d'excellentes nefs sur la mer. Et autour de lui se pressent des cavaliers sans nombre et

d'innombrables porte-boucliers, vêtus d'airain éclatant.
Il pourrait combler tous les rois de richesses, tant il en
abonde de tous côtés dans sa riche demeure. Ses peuples
travaillent en repos, car nul ennemi, après avoir passé le
Neilos plein de monstres, n'a porté la guerre dans ses
campagnes et n'est descendu tout armé des nefs rapides
pour enlever les troupeaux Aigyptiens.

Tel est l'homme qui règne sur ce vaste pays, le blond
Ptolémaios, qui sait brandir la lance, qui conserve l'héritage paternel, comme un bon roi, et l'augmente encore
lui-même.

Cependant, l'or n'est pas inutilement amoncelé dans
sa riche demeure, tel que les réserves des fourmis infatigables; mais les glorieux temples des Dieux en reçoivent
une grande partie, car il leur fait des offrandes et des dons,
et il le prodigue aussi aux rois magnanimes, à ses villes
et à ses braves compagnons; et aucun homme ne chante
harmonieusement dans les fêtes sacrées de Diônysos,
auquel il ne fasse un présent digne de son art. C'est pourquoi les interprètes des Muses célèbrent les bienfaits de
Ptolémaios. Or, qu'y a-t-il de plus désirable pour un
riche que d'acquérir de la gloire parmi les hommes? La
gloire est le seul bien qui reste aux Atréides de tous les
trésors qu'ils avaient enlevés de la grande maison de
Priamos, et qui sont retombés sans retour dans le néant.
Ptolémaios seul, parmi les anciens, et parmi ceux dont la
poussière qu'ils ont foulée garde les traces récentes, a
élevé des temples parfumés d'encens à sa mère bien aimée
et à son père, temples où leur ont été érigées des statues
d'or et d'ivoire, comme à des Dieux sauveurs vénérés de
tous les hommes. Et il brûle en leur honneur, tous les
mois, les cuisses grasses des bœufs sur les autels rougis
de sang, lui et sa femme irréprochable, la meilleure de

celles qui ont jamais pressé dans leurs bras un jeune époux dans un palais, et qui aime sans réserve son frère et son mari, union semblable au mariage sacré des Immortels, rois de l'Olympos, que Rhéa enfanta, et pour lequel la vierge Iris prépare de ses mains parfumées le lit où dorment Zeus et Hèra.

Salut, roi Ptolémaios! Je te chanterai ainsi que les autres demi-Dieux, et cette épopée ne sera peut-être pas indigne d'être écoutée des siècles futurs, car Zeus te donnera la vertu.

IDYLLE XVIII

Epithalame de Héléna.

Une fois, à Sparta, douze vierges Lakaniennes, de haute taille, les premières de la ville, et la chevelure ornée d'hyacinthe en fleur, vinrent chez le blond Ménélaos et formèrent un chœur devant la chambre nouvellement peinte où le plus jeune des fils d'Atreus, qui venait d'épouser Héléna, avait enfermé la Tyndaride. Et toutes chantaient en chœur, marquant la mesure de leurs pieds entrelacés, et la maison retentissait de l'hymne hyménaien :

— O jeune époux, t'endors-tu si tôt? As-tu quelque lourdeur aux genoux? Aimes-tu le sommeil? As-tu assez bu pour désirer ton lit?

Mais, si tu avais hâte de dormir, il fallait laisser la jeune fille jouer avec ses compagnes jusqu'au matin, auprès de sa mère; car, dès aujourd'hui, demain, cette année et toujours, elle est ton épouse, ô Ménélaos !

Heureux époux, quand tu vins à Sparta avec les autres chefs, quelque Dieu éternua sans doute pour que la destinée te fût favorable. Seul, entre les demi-Dieux, tu auras pour beau-père Zeus Kronide.

La fille de Zeus est entrée dans ton lit, elle que n'é-

gale aucune des femmes qui marchent sur la terre
Akhaienne. Certes, il sera merveilleusement beau, l'enfant qui sera semblable à une telle mère !

Et nous, ses compagnes, quatre fois soixante vierges,
frottées d'huile comme des hommes, nous courions avec
elle sur les bords de l'Eurôtas ; mais pas une d'entre nous
n'était sans défaut, comparée à Héléna.

Telle que la vénérable Aôs montre, à son lever, son
beau visage, après la dernière nuit de l'hiver, au premier
jour du pur printemps, telle Héléna, éclatante comme
l'or, se montrait au milieu de nous.

Une riche moisson orne un champ fertile, le cyprès
orne le jardin, le cheval Thessalien orne un char ; telle
Héléna à la peau couleur de rose orne Lakédaimôn.

Nulle n'enferme dans sa corbeille d'aussi beaux ouvrages ; nulle ne détache du métier aux longs montants
une toile plus fine et plus habilement tissée avec la
navette.

Certes, nulle mieux que Héléna, dont les yeux con-
tiennent tous les désirs, ne joue de la kithare et ne
chante Artémis et Athana au large sein.

O belle, ô charmante jeune fille, te voilà épouse. Nous
irons encore courir au matin sur l'herbe des prairies,
cueillant des couronnes odorantes et nous souvenant de
toi, ô Héléna, comme des agneaux non sevrés qui désirent la mamelle de leur mère.

Nous tresserons pour toi une couronne de lotos terrestre, que nous suspendrons à un platane touffu. Sous ce
platane, faisant pour toi une première libation, nous ré-
pandrons de l'huile liquide d'une fiole d'argent, et nous
écrirons sur l'écorce, afin que les passants puissent lire :
— Honore-moi selon le rite Dôrien, je suis l'arbre de
Héléna !

Salut, ô Nymphe! Salut, ô jeune époux qui as un divin beau-père! Que Latô, Latô, nourrice de la jeunesse, vous accorde une belle famille! Que Kypris, la divine Kypris, fasse que vous vous aimiez toujours! Que Zeus, Zeus Kronide, vous donne une impérissable richesse, afin qu'elle passe d'Eupatrides à Eupatrides!

Dormez, respirant la tendresse et le désir sur le sein l'un de l'autre; mais n'oubliez pas de vous éveiller à l'aurore. Nous reviendrons au matin, dès que le premier chanteur aura chanté, en dressant son col aux belles plumes.

Sois heureux de ce mariage, ô Hymân, ô Hyménaios!

IDYLLE XIX

Le Kèrioklèpte.

Une cruelle abeille piqua une fois Erôs qui volait le rayon de miel d'une ruche, et elle le piqua au bout des doigts.

Érôs souffrit, et il souffla sur ses doigts, frappa du pied, sauta, et, montrant à Aphrodita sa blessure, se plaignit que l'abeille, une si petite bête, fît de telles blessures. Et la mère rit : — N'es-tu pas semblable aux abeilles ? Tu es petit, mais quelles profondes blessures ne fais-tu pas ?

IDYLLE XX

Le Bouvier.

Euneika s'est moquée de moi, quand j'ai voulu l'embrasser amoureusement; elle m'a insulté et m'a dit : — Va-t'en loin de moi! Tu veux me donner un baiser, malheureux, et tu es bouvier! Je ne sais pas embrasser des campagnards, et je ne touche que des lèvres de citadins. Même en songe, puisses-tu ne jamais baiser ma belle bouche! Quel regard! Comme tu parles bien! Quelles plaisanteries grossières! Comme tu me nommes gracieusement! Que tu as d'aimables paroles! Que ta barbe est douce et que ta chevelure est belle! Tes lèvres sont malades, tes mains sont noires, tu sens mauvais; va-t'en! tu me souillerais.

Après avoir dit cela, elle cracha trois fois dans son sein, me regarda de travers et de la tête aux pieds avec une moue de dédain, et, fière de sa beauté, me jeta un éclat de rire moqueur et orgueilleux. Et aussitôt mon sang bouillonna, et je devins rouge de dépit, comme la rose sous la rosée. Puis elle partit, me laissant là; et j'ai le cœur plein de colère, parce qu'une mauvaise prostituée s'est moquée de moi qui suis beau.

Pasteurs, dites-moi la vérité : ne suis-je pas beau? Un

Dieu m'a-t-il tout à coup transformé ? J'avais, ce me semble, quelque beauté qui fleurissait sur mes joues comme
le lierre sur l'arbre. Mes cheveux descendaient de mes
tempes, semblables à du persil, et mon front était blanc
au-dessus de mes sourcils noirs. Mes yeux étincelaient
comme ceux de la claire Athana. Ma bouche n'était-elle
pas comme du lait caillé ? Et ma voix n'était-elle pas
aussi douce que le miel de la ruche ? Il est agréable de
m'entendre lorsque je joue de la syrinx, ou de la flûte,
ou du roseau, ou de la flûte oblique. Sur la montagne,
toutes les femmes disent que je suis beau, et toutes con-
sentent à m'embrasser ; et cette citadine n'en a voulu
rien faire, et elle s'en est allée sans m'écouter, parce que
je suis bouvier ! Mais elle n'a donc pas appris que Kypris
se passionna pour un bouvier, qu'elle fit paître les bœufs
dans les montagnes des Phrygiens , qu'elle embrassa
Adônis et qu'elle le pleura dans les bois ? Endymiôn n'é-
tait-il pas un bouvier ? Cependant Sélana l'embrassa, bien
que bouvier ; et, descendue de l'Olympos, elle vint dormir
avec lui dans la forêt de Latmos. Et toi, Rhéa, tu pleures
un bouvier ! Et toi aussi, ô fils de Kronos, tu poursuivis,
changé en oiseau, un enfant qui paissait les bœufs !

Seule, Euneika n'aura point embrassé de bouvier, plus
puissante que Kybala et que Sélana. Eh bien , ô Kypris,
puisses-tu ne plus embrasser d'Arès ni à la ville, ni sur
la montagne, et dormir seule toutes les nuits !

IDYLLE XXI

Les Pêcheurs. — Asphaliôn et Olpis.

La pauvreté, ô Diophantès, excite aux arts et au travail, car les inquiétudes pénibles empêchent les travailleurs de dormir. Si le sommeil les effleure pendant quelque temps, des soucis inattendus les éveillent bientôt.

Deux vieux pêcheurs étaient couchés côte à côte sous un toit de joncs entrelacés, sur de l'algue sèche, auprès d'un mur de feuillage. Autour d'eux étaient répandus les instruments de leurs fatigues : les petits paniers, les roseaux, les hameçons, les appâts recouverts de fucus, les lignes, les nasses, des labyrinthes de jonc, des cordes, deux avirons et une vieille barque sur ses supports. Sous leur tête, une pauvre natte, des vêtements et des bonnets. Voilà tout ce qu'ils avaient. Le seuil n'avait ni porte, ni chien ; ce qui était superflu, car leur pauvreté les gardait. Pas de voisins. La mer murmurait de tous côtés contre la petite cabane.

Le char de Sélana n'était pas encore au milieu de sa course, quand la pensée du travail troubla le sommeil des pêcheurs. Ils s'éveillèrent, et ils parlèrent ainsi, au gré de leurs pensées :

ASPHALIÔN.

Ils mentent, ami, ceux qui disent que les nuits diminuent en été, lorsque Zeus prolonge les jours. J'ai fait mille songes, et l'aube n'est pas encore levée. Me suis-je trompé ? D'où cela vient-il ? Les nuits sont certainement longues.

OLPIS.

Asphaliôn, n'accuse pas l'heureux été. La durée du temps est toujours la même; mais l'inquiétude a troublé ton sommeil et t'a rendu la nuit plus longue.

ASPHALIÔN.

Sais-tu expliquer les songes ? J'en ai eu d'heureux, et je ne veux pas que tu en sois privé. Partage-les avec moi comme les travaux de la pêche, car tu es très-intelligent ; et le meilleur interprète des songes est celui que l'intelligence dirige. D'ailleurs, nous avons du loisir. Qu'avons-nous de mieux à faire, couchés sur des feuilles auprès de la mer, et ne dormant pas ? L'âne est dans les ronces, la lampe au Prytanée, et celle-ci, dit-on, ne manque jamais d'huile.

OLPIS.

Enfin, dis et explique à ton compagnon le rêve que tu as eu cette nuit.

ASPHALIÔN.

Je m'étais endormi tard, fatigué par la mer, et je n'avais pas beaucoup mangé, car nous avons soupé de bonne heure et fort peu, si tu te le rappelles. Or, je me voyais assis sur un rocher, d'où je guettais les poissons en agi-

tant l'amorce au bout de la ligne. Un des plus gras y
mordit. Les chiens rêvent pain ; moi, je rêve poisson. Il
s'était donc pris à l'hameçon, et son sang coulait, et son
poids ployait le roseau. Étendant les mains, je me cour-
bais en m'efforçant, et je doutais que je pusse prendre un
tel poisson avec un hameçon aussi faible. Je tirai à moi
pour raviver sa blessure, puis je laissai aller et je tendis
de nouveau la ligne. Enfin, je réussis, et j'amenai un
poisson d'or, tout en or ! Je craignis d'abord que ce ne
fût un poisson aimé de Poseidaôn, quelque joyau de la
glauque Amphitrita. Cependant, je le détachai de l'hameçon, de peur que celui-ci n'enlevât un peu d'or ; et, me
rassurant peu à peu, je le déposai sur la terre. Puis, je
jurai de ne plus mettre le pied en mer, de rester à terre
et d'y vivre richement. Allons, camarade, tends ton esprit, car je suis épouvanté de mon serment.

OLPIS.

N'aiè pas peur ; tu n'as rien juré, car tu n'as pas trouvé
de poisson d'or, et tous les rêves sont autant de mensonges. Si, bien éveillé, tu cherches ici ce que t'ont promis tes rêves, que ce soient de vrais poissons de chair, de
peur de mourir de faim avec tes songes d'or.

IDYLLE XXII

Les Dioskoures.

Je chante un hymne aux deux fils de Lèda et de Zeus tempêtueux, Kastôr et Polydeukès redoutable au pugilat, les mains enveloppées de lanières de peau de bœuf. Je chante deux ou trois fois un hymne aux deux frères Lakédaimôniens, enfants de la Vierge Thestiade, aux Sauveurs des hommes près de succomber, aux Conducteurs des chevaux effarés dans la mêlée sanglante, et des nefs qui, n'ayant pas tenu compte du cours des astres, sont devenues la proie des vents furieux. Voici que les hautes lames les heurtent impétueusement à la proue, à la poupe, de tous côtés, les ont précipitées dans le creux des houles et ont entr'ouvert leurs flancs.

Voiles et manœuvres pendent avec les mâts ; tout est brisé ; la pluie tombe à torrents de l'Ouranos noir, et la vaste mer retentit de tous les bruits de la tempête et de la grêle incessante. Et c'est alors que vous retirez de l'abîme les nefs et les marins qui croyaient mourir. Le vent et la mer s'apaisent, les nuées se dispersent, les Ourses étincellent, et le Cancer obscur, entre les deux Anes, présage une navigation désormais paisible.

O vous, secourables aux hommes, ô vous, compagnons

cavaliers, kitharistes, athlètes, aoides! Commencerai-je par Kastôr ou par Polydeukès? Je vous chanterai tous deux, et Polydeukès d'abord.

Argô, échappé aux rochers mobiles qui s'amassent et à la dangereuse embouchure du neigeux Pontos, aborda chez les Bébrykes, portant la race bien-aimée des Dieux. Là, ils sortirent en foule de la nef d'Iasôn, par l'échelle suspendue des deux côtés ; et, sur une côte à l'abri du vent, au fond d'une baie, ils préparaient des lits ou remuaient le bois nécessaire pour allumer du feu.

Et l'excellent cavalier Kastôr et Polydeukès au regard terrible allaient tous deux seuls, écartés de leurs compagnons, et, du faîte d'une colline, contemplaient une sauvage forêt plantée d'une multitude d'arbres divers. Et ils trouvèrent, au pied d'un rocher droit, une abondante source d'eau limpide. Les cailloux brillaient dans le fond comme du cristal et de l'argent. Auprès croissaient de hauts pins, des peupliers, des platanes, des cyprès feuillus et des fleurs odoriférantes, chères aux abeilles velues qui vers la fin du printemps se multiplient dans les prairies.

Là, vivait en plein air un homme orgueilleux de sa vigueur, effrayant à voir, meurtri aux oreilles par les cestes durs. Sa poitrine monstrueuse et son dos large développaient leurs chairs de fer. C'était un colosse forgé au marteau. Sur ses bras solides on voyait les muscles saillir au-dessous de l'épaule comme des rochers arrondis par le cours d'un torrent plein de tourbillons. Sur le cou et le dos pendait une peau de lion attachée par les pattes. Polydeukès, l'athlète vainqueur, lui parla le premier.

POLYDEUKÈS.

Sois heureux, Étranger, qui que tu sois. A quels hommes appartient ce pays?

AMYKOS.

Pourquoi serais-je heureux quand je vois des hommes qui me sont inconnus ?

POLYDEUKÈS.

N'aie point peur ; ceux que tu vois ne sont ni injustes, ni fils de pères injustes.

AMYKOS.

Je n'ai point peur, et ce n'est pas à toi de me donner cet avis.

POLYDEUKÈS.

Tu es farouche, irritable et défiant.

AMYKOS.

Je suis ainsi. Du moins je ne vais pas fouler le sol qui t'appartient.

POLYDEUKÈS.

Puisses-tu le faire ! Tu reviendrais chez toi comblé de dons hospitaliers.

AMYKOS.

Je n'ai que faire de ton hospitalité, et tu ne recevras rien de moi.

POLYDEUKÈS.

Insensé ! Ainsi tu ne nous accorderais même pas de boire de cette eau ?

AMYKOS.

Tu le sauras quand la soif desséchera tes lèvres.

POLYDEUKÈS.

L'argent, ou tout autre prix, nous le fera-t-il obtenir
de toi?

AMYKOS.

Lève les mains pour un combat contre un seul homme.

POLYDEUKÈS.

Faudra-t-il combattre du poing seul, ou frapper les
jambes du pied, en luttant face à face?

AMYKOS.

Au seul pugilat, et fais de ton mieux.

POLYDEUKÈS.

Et contre qui dois-je lutter de mes mains et de mes
cestes?

AMYKOS.

Le voici, et tu ne combattras pas une femme.

POLYDEUKÈS.

Et le prix de notre combat?

AMYKOS.

Vaincu, je t'appartiendrai; et tu seras à moi si je suis
le plus fort.

POLYDEUKÈS.

Ce sera un combat d'oiseaux à crête rouge.

AMYKOS.

Combat de coqs ou de lions, tel en sera le prix.

Amykos parla ainsi, et il souffla dans une conque creuse. A ce son, les Bébrykes chevelus se réunirent sous les platanes ombreux. De son côté, Kastôr, l'excellent cavalier, appela toùs les héros de la nef Magnèsienne ; et les deux athlètes, ayant enveloppé leurs poings de longues lanières de peau de bœuf, s'avancèrent l'un contre l'autre, respirant le meurtre.

Là, ils firent de grands efforts à qui tournerait le dos à la lumière de Hèlios ; mais, ô Polydeukès, tu fus plus habile que l'homme géant, et les rayons frappèrent la face d'Amykos. Le cœur plein de colère, celui-ci se précipita, cherchant à frapper, mais le Tyndaride le prévint et l'atteignit au bas du menton. Amykos, plus furieux encore, redoubla, la tête penchée sur le sol. Et les Bébrykes poussaient des clameurs, et les héros encourageaient le vigoureux Polydeukès, craignant qu'en ce lieu étroit l'homme semblable à Tityos ne l'accablât de son poids. Mais le fils de Zeus, frappant tour à tour des deux mains, refréna l'impétuosité du fils de Poseidaôn, bien que sa taille fût colossale.

Et ce dernier s'arrêta, comme ivre de douleur et vomissant un sang rouge ; et les chefs firent des cris de joie en voyant les meurtrissures affreuses de la bouche et des joues. Et ses yeux et sa face étaient gonflés. Alors, le roi Polydeukès le trompa en agitant çà et là ses poings sans frapper, et, quand il le vit troublé, il le frappa au-dessus du nez, entre les sourcils, et il lui arracha la peau du front jusqu'à l'os.

Amykos, ainsi atteint, tomba, le dos sur les herbes vertes. S'étant aussitôt relevé, le combat devint plus acharné. Ils se meurtrissaient l'un l'autre des coups des cestes solides; mais le roi des Bébrykes n'atteignit que la poitrine, tandis que l'invincible Polydeukès lui couvrit la face de plaies horribles. Ses chairs fondaient en sueurs, et il faiblissait malgré sa haute taille. Le Tyndaride, au contraire, supérieur à la fatigue, grandissait et s'animait d'une plus vive couleur.

Comment le fils de Zeus dompta-t-il enfin l'homme barbare? Parle, ô Déesse, car tu le sais, et moi, ton interprète, je ne dis que ce que tu veux, et comme tu le veux.

Et Amykos, pour en finir, saisit de la main gauche le bras gauche de Polydeukès, et, se courbant de côté, il lança son vaste poing droit; mais Polydeukès se baissa, et, redressant la tête, le frappa sur la tempe gauche de sa main robuste qui retomba sur l'épaule, et un sang noir jaillit de la tempe enfoncée. De l'autre main, il lui fracassa les dents serrées de rage; et, toujours, et d'un mouvement plus rapide, il lui écrasait entièrement la face. Et Amykos, renversé sur la terre, renonça au combat; et, près de mourir, il étendait ses mains suppliantes. Mais tu ne l'achevas pas, ô Polydeukès habile au ceste, bien que vainqueur. Et il jura par un grand serment, attestant son père Poseidaôn du fond de la mer, de ne plus être désormais et volontairement dur aux étrangers.

Voici que je t'ai chanté un hymne, ô Roi! Maintenant, je te chanterai, ô Kastôr Tyndaride, rapide cavalier, habile à brandir la lance et couvert d'airain!

Les deux fils de Zeus entraînaient les deux filles de Leukippos, qu'ils avaient enlevées; mais leurs fiancés, les deux fils d'Aphareus, Lynkeus et le robuste Idas, les poursuivaient ardemment. Parvenus au tombeau d'Aphareus, tous quatre sautèrent des chars, alourdis par le poids des lances et des boucliers concaves. Alors, Lynkeus dit d'une voix haute, du fond de son casque :

— Insensés! pourquoi ce combat? Pourquoi, les épées nues aux mains, faites-vous injure aux fiancées d'autrui? Leukippos nous a depuis longtemps fiancés à ses filles que voilà, et nos serments sont prononcés; mais vous, au mépris de cette alliance jurée, vous avez, avec des bœufs et des mulets dérobés à d'autres, changé la volonté de cet homme, et vos présents nous ont volé nos fiancées. Bien que je parle peu, que de fois ne vous ai-je point dit à tous deux : — Amis! Il ne convient point d'épouser des femmes déjà fiancées. Certes, Sparta est grande; Alis, nourrice de chevaux, et l'Arkadia riche en troupeaux, et les villes Akhaiennes sont grandes, et Messana et Argos, et toute la côte de Sisyphis. Là, mille et mille jeunes filles, intelligentes et belles, sont élevées par leurs parents, et il vous serait facile d'épouser celles que vous choisiriez, car les pères recherchent de nobles fiancés, et vous êtes illustres entre les héros, illustres par votre père et non moins par votre mère. Amis! laissez donc nos mariages s'accomplir, et nous vous aiderons à en faire d'autres vous-mêmes.

Que de fois je vous ai parlé ainsi! Mais le vent a emporté mes paroles dans la mer, et je ne vous ai point touchés, car vous êtes implacables et durs. Encore une fois, laissez-vous persuader : nos pères étaient frères! Cependant, si vous voulez combattre et laver les lances dans le sang, que le robuste Polydeukès et Idas s'abstiennent de la lutte, et que nous combattions seuls, Kastôr et moi, car nous sommes les plus jeunes. Ne

16

laissons pas à nos parents une douleur sans remède. C'est assez d'un seul cadavre par maison. Les survivants réjouiront leurs amis; ils seront fiancés au lieu d'être morts, et ils épouseront ces jeunes filles. Il est mieux de décider cette grande querelle par le moindre malheur.

Il parla, et un Dieu voulut que ses paroles s'accomplissent. Les deux aînés posèrent leurs armes à terre, et Lynkeus s'avança, effleurant le bouclier de la forte lance qu'il brandissait; et Kastôr brandissait aussi la sienne, et la crinière de leurs casques s'agitait. Ils cherchèrent d'abord à atteindre de leurs lances quelque partie découverte du corps, mais les pointes s'émoussèrent en s'enfonçant dans les boucliers de saule, sans blesser aucun des combattants. Ils tirèrent donc l'épée de la gaîne, afin de se donner mutuellement la mort, et la lutte continua.

Kastôr frappait de coups précipités le bouclier large et le casque à chevelure de crins, et Lynkeus aux yeux perçants frappait aussi le bouclier ennemi; mais il n'atteignit que l'aigrette pourprée du casque; et, comme il portait un coup de l'épée aiguë vers le genou gauche de Kastôr, celui-ci rejeta la jambe en arrière et coupa la main, qui laissa tomber l'épée. Aussitôt Lynkeus s'enfuit vers le tombeau de son père, où s'était couché le robuste Idas pour regarder le combat des deux parents; mais le Tyndaride, levant sa large épée, la lui enfonça dans le côté, jusqu'au nombril, et l'airain perça les entrailles; et Lynkeus étant tombé à la renverse, un pesant sommeil s'abattit sur ses paupières.

Laokoossa ne vit pas non plus son autre fils se marier heureusement dans les demeures paternelles, car le Messanien Idas, ayant arraché une colonne du tombeau d'Aphareus, allait en écraser le meurtrier de son frère, quand Zeus lui fit tomber le marbre des mains, en le consumant d'une foudre enflammée. Il faut craindre de combattre les Tyndarides, puissants eux-mêmes, et nés d'un père puissant.

Salut, enfants de Lèda ! Puissiez-vous toujours illustrer mes hymnes ! Les Aoides sont chers aux Tyndarides, à Héléna et à tous les autres héros qui détruisirent Ilios. L'Aoide de Khios vous a glorifiés, ô Rois, en chantant la ville de Priamos, et les nefs Akhaiennes, et les combats Iliadiens, et Akhilleus, cette muraille de guerre. A mon tour, je vous apporte ces louanges que les Muses harmonieuses m'inspirent et que je répète selon mes forces, car les chants sont les plus beaux dons à faire aux Dieux.

IDYLLE XXIII

L'Amant ou l'Insensible.

Un homme très-amoureux aimait un Ephabe farouche, charmant à voir, mais d'un caractère dur, car il haïssait celui qui l'aimait, et il le dédaignait. Il ne connaissait pas Erôs; il ne savait pas quel Dieu c'était, ni de quel arc dompteur il lance sur les jeunes hommes des flèches amères. Toujours inexorable en paroles et en actions, il n'apaisait le feu qu'il avait allumé, ni par un sourire de ses lèvres, ni par l'éclat d'un regard, ni par la rougeur de ses joues, ni par une parole, ni par un baiser qui allège le poids de l'amour. Comme la bête des forêts évite les chasseurs, de même il agissait en face de celui-là; et, quand il le rencontrait, ses lèvres étaient contractées, ses regards terribles, et la pâleur de la colère couvrait son visage. Mais il n'en était pas moins beau, et sa colère excitait le désir de l'amant. Enfin, ce dernier ne put supporter cette grande ardeur de Kythéréia, et, venu devant cette demeure inexorable dont il baisa le seuil, il pleura et parla ainsi :

— Enfant farouche et dur, nourrisson d'une lionne féroce, enfant fait de marbre et indigne d'amour, je viens t'offrir mon dernier présent, ce lacet! Je ne veux plus, enfant, te déplaire et t'irriter; je vais où tu me condamnes à me rendre, là où est l'oubli, ce remède commun des maux de ceux qui aiment; mais, dussé-je le boire tout entier, je n'éteindrais pas encore mon désir. Je ne viens à ta porte que pour te dire adieu.

Je connais l'avenir. La rose est belle, mais le temps la flétrit; la violette printanière est belle, mais elle passe vite; le lis est blanc, mais il se fane quand il est tombé; la neige est blanche, mais elle fond après la gelée. La beauté de l'enfance est belle aussi, mais elle dure peu; et l'heure viendra où, toi aussi, tu aimeras, et où, le cœur consumé, tu pleureras des pleurs amers.

Enfant! fais du moins, une fois, la dernière! une chose qui me soit douce. Quand tu sortiras et quand tu me verras, malheureux, pendu à ta porte, ne passe point avec dédain : arrête, pleure une seule larme, détache-moi de la corde, enveloppe-moi de tes propres vêtements, et qu'étant mort je reçoive un dernier baiser de toi! N'aie point peur : tu ne me feras point revivre en m'embrassant. Creuse-moi un tombeau où s'ensevelira mon amour; et, en partant, appelle et dis trois fois : — Repose, ami! — ou, si tu veux, ajoute : — J'ai perdu celui qui m'aimait ! — Écris ces mots que j'inscris sur ton mur : — Erôs a tué celui qui est là. Voyageur, arrête et dis :— Il avait un ami cruel.

Ayant ainsi parlé, il apporta une pierre qu'il appuya du seuil contre le mur. Au-dessus, il attacha une corde mince, mit son cou dans le nœud coulant, et, repoussant la pierre du pied, il resta pendu et mort. L'Ephabe ouvrit sa porte et vit le mort pendu à son seuil, et son âme ne fut point brisée, et il ne pleura point ce malheur récent, et ses vêtements d'Ephabe furent souillés en touchant le cadavre. Il allait prendre part aux luttes des gymnastes. Mais il cherchait d'abord les bains qu'il aimait; et, s'étant approché du Dieu qu'il avait outragé, car une image d'Erôs s'élevait là, au-dessus des eaux, d'un socle de pierre, il sauta, et la statue le suivit et tua le méchant Ephabe. L'eau fut ensanglantée, et la voix de l'enfant surnagea : — Salut, vous qui aimez! Celui qui ne savait que haïr est mort! Aimez qui vous aime, car le Dieu punit avec justice !

IDYLLE XXIV

Hèraklès enfant.

Autrefois, Alkmèna la Midéenne plaça Hèraklès, âgé de dix mois, et Iphiklès, plus jeune d'une nuit, après les avoir lavés et gorgés de lait, dans un bouclier d'airain, arme précieuse dont Amphitryôn avait dépouillé Ptérélaos vaincu; et, leur ayant caressé la tête, elle dit : — Dormez, mes petits, d'un doux sommeil suivi du réveil; dormez, mes âmes, frères et pleins de santé; endormez-vous heureusement et atteignez heureusement l'aurore.

Ayant parlé ainsi, elle fit osciller le grand bouclier, et le sommeil les prit. Mais, vers le milieu de la nuit, à l'heure où l'Ourse s'incline à l'occident en regardant Oriôn, et où celui-ci fait surgir sa grande épaule, Hèra, pleine de ruses, envoya deux monstres, deux dragons horribles, aux replis bleuâtres, vers les portes ouvertes de la chambre, avec l'ordre, accompagné de menaces, de dévorer le petit enfant Hèraklès. Et ceux-ci rampaient, en se déroulant, altérés de sang, les yeux ardents et la gueule pleine d'une bave empoisonnée.

Mais lorsqu'ils furent arrivés auprès des enfants en dardant leurs langues, Zeus, qui voit toutes choses, répandit une lumière dans la chambre, et les fils d'Alkmèna s'éveillèrent. Iphiklès, apercevant les affreuses bêtes au

bord du bouclier concave et leurs dents découvertes,
cria aussitôt, et, repoussant des pieds la chaude couver-
ture, se leva pour fuir; mais Hèraklès, faisant face aux
dragons, les saisit de ses mains, qu'il riva autour de leurs
gorges gonflées de poisons horribles aux Dieux mêmes.
Et ils s'enroulaient en spirale autour de l'enfant né tardivement, qui tétait encore et n'avait jamais pleuré; et ils
se déroulaient, épuisés de n'avoir pu se dégager.

Mais Alkmèna entendit crier, et s'éveilla : — Debout,
Amphitryôn! car j'ai peur. Debout! et ne prends pas tes
sandales. N'entends-tu pas crier le plus jeune des enfants? Ne vois-tu pas que, bien qu'il fasse encore nuit,
les murs brillent d'une autre clarté que celle de l'aurore?
Il y a quelque chose d'inaccoutumé dans la maison, ô le
lus cher des hommes!

Elle parla ainsi, et il la crut; et, sortant du lit, il s'é-
lança, voulant saisir l'épée habilement ciselée toujours
suspendue à une poutre au-dessus du lit de bois de
cèdre. Et comme il étendait une main vers le baudrier
au brillant tissu, et soulevait de l'autre la grande gaîne
faite en bois de lotos, la vaste chambre retomba dans
l'obscurité. Alors, il appela à grands cris les serviteurs
arrachés à leur lourd sommeil : — Apportez promptе-
ment de la lumière, ô mes serviteurs! Prenez du feu au
foyer et tirez les barres solides des portes! Debout, courageux serviteurs! C'est moi qui vous appelle!

Et les serviteurs étant accourus à la hâte avec des
lampes allumées, la chambre en fut remplie. Et quand
ils virent Hèraklès, encore à la mamelle, qui étreignait
les deux bêtes de ses petites mains, ils jetèrent des cris
d'admiration. Et lui, présentant les reptiles à son père
Amphitryôn, sautait dans sa joie d'enfant, et déposa en
riant, aux pieds de son père, les monstres effrayants sai-

sis par la mort. Et Alkmèna prit alors sur son sein Iphiklès pâle et tremblant; et Amphitryôn, ayant couvert
Hèraklès d'une peau d'agneau, retourna vers son lit et
s'endormit.

Les oiseaux chantaient pour la troisième fois à la première heure du matin, et Alkmèna fit appeler l'infaillible
divinateur Teirésias; et, lui ayant raconté ce prodige,
lui ordonna de révéler ce qu'il présageait : — Que le respect ne te pousse pas à me rien cacher. Si les Dieux
nous sont contraires, je n'ai pas à t'apprendre, Divinateur
Euéréide, que l'homme ne peut éviter la destinée filée
par la Moire sur son fuseau.

La Reine parla ainsi, et il répondit : — Rassure-toi,
mère d'une noble race, et qui descends de Perseus; rassure-toi, et ne livre ton âme qu'aux meilleurs pressenti-
ments. Oui! par la douce lumière que mes yeux ont depuis longtemps perdue, un grand nombre d'Akhaiennes,
étirant le fil souple de leur main appuyée sur le genou,
chanteront Alkmèna vers le soir, et tu seras vénérée
par elles. Et cet homme, ton fils, héros large de poitrine, plus fort que toutes les bêtes féroces et que tous
les hommes, montera dans l'Ouranos qui soutient les
astres. Il lui sera donné d'accomplir douze travaux, et
d'habiter ensuite les demeures de Zeus, laissant sa
cendre mortelle au bucher Trakhinien. Et ces mêmes
Immortels le nommeront leur gendre, eux qui ont envoyé ces monstres, sortis des cavernes, pour le dévorer
dans son enfance. Et le jour viendra, où le loup qui
grince des dents épargnera le faon au gîte. Mais, ô
femme, aie du feu prêt sous la cendre; fais préparer du
bois sec de genêt épineux, de paliure, de ronce ou de
chardon que le vent secoue. Brûle ces deux dragons sur
ces branches sauvages, au milieu de la nuit, à l'heure où

ils ont voulu dévorer ton enfant; et, dès l'aube, qu'une
de tes servantes, ayant ramassé leurs cendres, les porte
sur le fleuve, au delà des frontières, et les disperse sur
les roches élevées; puis, qu'elle revienne sans se retourner. Mais, d'abord, purifiez la maison par le feu et
le soufre; arrosez-la d'eau pure et salée, selon le rite, et
sacrifiez au très-haut Zeus un porc mâle. Ainsi, puissiez-
vous toujours l'emporter sur vos ennemis!

Et Teirésias, ayant parlé, repoussa le siége orné d'i-
voire, et s'en alla, bien qu'appesanti par un grand
nombre d'années.

Or, Hèraklès continuait d'être nourri par sa mère, et
grandissait, tel qu'une jeune plante dans un verger; et
on le disait fils de l'Argien Amphitryôn. Le vieux Li-
nos, fils d'Apollôn, gardien vigilant, lui enseigna les
lettres; Eurytos, qui avait hérité de ses pères de vastes
champs, lui enseigna à tendre l'arc et à bien tirer les
flèches, et Eumolpos Philammonide l'instruisit dans le
chant et assouplit ses doigts sur la lyre au bois de buis.
La façon dont les hommes d'Argos aux souples reins se
renversent en entrelaçant leurs jambes, et l'art des pu-
giles armés de cestes, et les ruses des lutteurs du pan-
krace penchés vers la terre, tout cela lui fut enseigné
par le fils de Hermès, Harpalykos de Phanotéia, que nul
n'aurait attendu d'un pied ferme, rien qu'à le voir,
tant son sourcil était terrible. Amphitryôn lui-même,
plein de bienveillance, enseigna à son enfant l'art de
guider les chevaux liés au char, et de tourner la borne
sans la heurter du moyeu, car il avait bien des fois remporté le prix des courses dans Argos nourrice de chevaux, et les chars qu'il montait voyaient leurs courroies
s'user de vieillesse avant d'avoir été rompues.

Attaquer l'ennemi la lance en avant, le bouclier au

dos, supporter les coups de l'épée, ranger une phalange, prévoir les embuscades durant une incursion et diriger des cavaliers, il l'apprit de Kastôr Hippalide qui avait été exilé d'Argos quand Tydeus eut envahi son héritage et ses vignobles, parce que celui-ci avait reçu d'Adrastos Argos féconde en chevaux. Et nul, parmi les demi-Dieux, n'avait égalé Kastôr avant que la vieillesse l'eût atteint.

C'est ainsi qu'une mère bien aimée élevait Hèraklès. L'enfant couchait auprès de son père, sur une peau de lion qui était sa couche favorite. Il mangeait à son repas des viandes rôties, et, dans une corbeille, un grand pain dôrique, de taille à rassasier sans peine un manœuvre; mais, chaque jour, il prenait aussi des choses crues et légères, et son vêtement grossier ne lui descendait pas à mi-jambe.

IDYLLE XXV

Hèraklès tueur de lions, ou La richesse d'Augéias.

. . . .

Et le vieux laboureur, gardien des plantations, inter-
rompant l'ouvrage qu'il faisait, lui dit : — O Etranger!
je répondrai volontiers à toutes tes demandes, car je redoute la colère terrible de Hermès, Dieu des chemins,
le plus redoutable des Ouraniens pour qui refuse de
venir en aide au voyageur inquiet de sa route. Ainsi, les
troupeaux du Roi, du prudent Augéias, ne paissent pas
tous en un même pâturage, ni en une même contrée.
Les uns paissent sur les deux rives de l'Elisos ; les
autres, près du cours sacré du divin Alphéios ; d'autres,
du côté de Bouprasios ; et d'autres, enfin, ici. Ces troupeaux ont des étables séparées pour chacun d'eux. Les
bœufs, bien qu'innombrables, trouvent toujours de verts
pâturages ici, auprès du grand marais Mènien. Les prés
humides et les vallées basses produisent d'abondantes
herbes douces qui donnent beaucoup de vigueur aux
vaches cornues. Voici leur étable, là-bas, à la droite, ô
Etranger, au delà du fleuve, où croissent ces nombreux
platanes auprès de cet olivier sauvage consacré au Dieu
très-parfait, Apollôn, qui protège les pasteurs. Et, plus
loin, ces longues étables sont nos demeures, à nous
campagnards, qui cultivons les immenses richesses du
Roi, et qui ensemençons ses champs labourés trois ou
quatre fois. Et les laborieux terrassiers en connaissent

les limites, et, vers la fin de l'été, ils arrivent aux pressoirs. Certes, le prudent Augéias possède cette plaine entière, et ces sillons où germe le blé, et ces vergers boisés, jusqu'à ces hauteurs d'où coulent de nombreuses sources; et, pendant le jour, nous cultivons ce domaine, comme il convient à des serviteurs que leur travail attache aux champs.

Mais parlons de ce qui te touche de plus près. Qu'es-tu venu chercher ici? Est-ce Augéias ou quelqu'un de ses serviteurs? Je veux et je puis te renseigner exactement, car je nie que tu sois d'une condition vile, ou que tu sois pareil à ceux qui en sont issus, tant ton aspect a de grandeur. Certes, les fils des Immortels apparaisssent ainsi parmi les hommes.

Et le fils héroïque de Zeus lui répondit :

— Oui, vieillard, je voudrais voir Augéias, le chef des Epéens; c'est le désir qui m'amène. Mais s'il est à la ville, au milieu de ses concitoyens et jugeant son peuple, indique-moi, ô Vieillard, le premier d'entre ses serviteurs que je puisse interroger et qui me réponde, car les Dieux ont voulu que les hommes eussent besoin les uns des autres.

Et l'excellent laboureur, le Vieillard lui répondit :

— C'est par l'inspiration d'un Immortel que tu es venu, ô Etranger, car ton désir peut être exaucé à l'heure même. Augéias, le fils bien-aimé de Hèlios, est ici, avec son fils, le brave et illustre Phyleus. Hier, il est revenu de la ville, afin de visiter pendant plusieurs jours les innombrables productions de ses champs, car peut-être les Rois pensent-ils aussi dans leur cœur que leur présence fait la plus grande sécurité de leur maison. Mais, allons! et je te guiderai vers celle de nos étables où nous rencontrerons le Roi.

En disant cela, il le précéda, et, voyant cette peau de

bête fauve et cette épaisse massue, il se demandait d'où
venait cet Etranger, et il désirait l'interroger ; mais, dans
la crainte de parler mal à propos et de retarder son hôte,
il arrêtait les paroles sur ses lèvres. Or, on ne peut deviner la pensée d'un autre homme.

Les chiens, avertis de leur approche par l'odeur et par
le bruit des pas, aboyaient avec fureur et se jetaient sur
Hèraklès Amphitryôniade, tandis que, d'un autre côté,
ils jappaient doucement et caressaient le Vieillard. Et
celui-ci les repoussait avec des pierres, et, les menaçant
à haute voix, les forçait à se taire, bien qu'il se réjouît
dans son cœur de leur vigilance à garder l'étable pendant
son absence. Et il parla ainsi :

— O Dieux ! quelle intelligence les Immortels ont
donnée à cet animal compagnon de l'homme! Aucun
autre ne pourrait l'égaler, s'il pouvait distinguer ceux
contre qui il faut s'irriter de ceux qu'il faut respecter;
mais il est aveuglément irritable et furieux.

Il parlait ainsi, et ils gagnaient rapidement l'étable.

. . . .

Hèlios tournait ses chevaux vers l'ombre, amenant la
fin du jour, et les grasses brebis revenaient des prés vers
les enclos et les bergeries; puis, les vaches innombrables suivaient à la file, pareilles aux nuées pluvieuses
pourchassées à travers le ciel par le souffle violent du
Notos ou du vent de Thrèkè, amoncelées les unes sur les
autres, tant la force du vent les presse ou les amasse.
Telle se multipliait la foule des vaches. Elles emplissaient la plaine et les sentiers, et la riche campagne
était pleine d'un seul mugissement; et bientôt les vaches aux pieds ronds et les brebis furent parquées dans
les enclos. Alors, bien que les serviteurs fussent nombreux, aucun ne manquait d'ouvrage. L'un entravait le

pied des vaches, afin de les traire; l'autre mettait sous
les mères les petits altérés de lait tiède; un autre tenait
le vase à traire; un autre caillait le lait en fromage,
et un autre séparait les taureaux des femelles.

Augéias parcourait toutes ses étables et visitait les
troupeaux que lui ramenaient ses pasteurs. Et son fils
et le fort Hèraklès aux graves pensées l'accompagnaient.
Bien qu'il eût dans la poitrine un cœur inébranlable
que rien ne pouvait émouvoir, l'Amphitryôniade était en
grande admiration devant cette immense multitude de
bœufs. A la vérité, personne n'aurait jamais dit ni pensé
que tant de bétail pût appartenir à un seul homme, ni
même à dix, fussent-ils les plus riches d'entre les Rois.
C'est que Hèlios avait fait à son fils ce don précieux
d'être, entre tous les hommes, le plus riche en troupeaux; et il en augmentait sans cesse le nombre, car son
bétail ne souffrait d'aucune de ces maladies qui rendent
inutiles les soins des pasteurs; de sorte que ses vaches
se multipliaient et s'amélioraient d'année en année, pro-
duisant beaucoup de petits mâles et de petites femelles.

Puis, venaient trois cents taureaux aux cuisses blanches, puis, deux cents autres au poil rouge, et déjà désireux des génisses; puis, enfin, douze consacrés à Hèlios, blancs comme des cygnes et supérieurs à tous. Et
ils paissaient d'habitude à l'écart, fiers de leur beauté,
là où l'herbe était plus épaisse. Et quand les bêtes féroces s'élançaient de la forêt sombre dans la plaine, afin
d'assaillir les vaches, ils couraient les premiers au combat, attirés par l'odeur des fauves, et, les yeux fixes, ils
mugissaient, annonçant une mêlée terrible.

Et le plus irritable, le plus vigoureux et le plus fier
d'entre eux était le grand Phaéthôn, que les bouviers disaient semblable à un astre, parce qu'il resplendissait

au milieu des autres bœufs. Or, Phaéthôn, ayant aperçu
la peau du lion terrible, se rua sur l'habile archer Hèraklès pour le frapper au flanc, du choc de son front solide. Mais le roi Hèraklès fit un pas en avant, saisit la
corne gauche de sa large main, et, lui ployant le cou
contre le sol, le rejeta en arrière d'un coup d'épaule,
tandis que les muscles roidis se gonflaient puissamment
sur son bras tendu. Et le Roi, et son fils, le brave
Phyleus, et tous les bouviers admiraient la force prodigieuse de l'Amphitryôniade.

. . . .

Or, Phyleus et le fort Hèraklès, quittant les grasses
campagnes, regagnaient la ville. Mais aussitôt qu'ils eurent rapidement parcouru l'étroit sentier qui allait des
étables au milieu d'un bois, à travers les vignes, et dès
qu'ils eurent atteint la route ordinaire, le fils bien-aimé
d'Augéias, ayant penché la tête sur l'épaule droite, parla
ainsi au descendant du très-haut Zeus, qui marchait en
arrière :

— Étranger, j'ai entendu, il y a longtemps, un récit
qui te concernait, et je viens de me le rappeler. Un
homme, dans la pleine jeunesse, vint ici d'Argos. C'était
un Akhaien, de Hélika, située sur les bords de la mer.
Il racontait, au milieu d'un grand nombre d'Épéens,
qu'un Argien avait tué, en sa présence, une bête féroce,
un lion horrible, calamité des campagnards, ayant son
repaire auprès du bois de Zeus Néméen; mais il ne savait pas exactement si c'était un habitant de la sainte
Argos, ou de Tiryntha ou de Mykèna. Voilà du moins
ce qu'il racontait. Seulement, si mon souvenir est sûr, il
affirmait que ce devait être un descendant de Perseus. Je
présume que toi seul as fait cela parmi les Aigialéens.
D'ailleurs, cette peau de bête féroce qui t'enveloppe

prouve l'œuvre accomplie par tes mains vigoureuses.
Parle donc, ô héros, afin que je sache ce que je désire.
Dis-moi si je m'abuse ou non, et si tu es celui dont nous
parlait cet Akhaien de Hélika. Apprends-moi aussi comment, bien que seul, tu as tué cette bête formidable, et
comment elle était venue dans l'humide forêt de Néméa,
car il n'est point de tel monstre dans le Péloponèsos. Il
n'y en existe absolument point, mais uniquement des
ours, des sangliers et des loups carnassiers. Et c'est pourquoi s'étonnaient tous ceux qui écoutaient ce récit; et ils
disaient que le voyageur mentait, ne cherchant qu'à les
amuser par de vaines paroles.

Ayant ainsi parlé, Phyleus quitta le milieu de la route,
afin que tous deux pussent marcher de front, et qu'il entendît mieux Hèraklès; et celui-ci, se plaçant à son côté,
parla ainsi :

— O fils d'Augéias, tu as pensé vrai, quant à la première question que tu m'as faite. Je puis te dire, au su-
jet de cette bête féroce, comment tout s'est passé, mais
non d'où elle était venue. Aucun des innombrables Ar-
giens ne saurait le dire. Seulement, nous présumons
qu'un des Immortels avait envoyé ce châtiment aux Pho-
rônides, irrité de ce qu'ils négligeaient les sacrifices. Car,
tel qu'un fleuve déborde, ce lion ravageait affreusement
les campagnes, surtout celles des Bembiniaiens qui habi-
taient auprès et qu'il accablait de maux intolérables.

Eurystheus m'ordonna d'accomplir cette première tâche,
et il m'envoya tuer cette horrible bête féroce. Je partis,
avec un arc flexible et un carquois profond, plein de flèches, et je portais à la main un tronc solide d'olivier sauvage encore revêtu de son écorce, que j'avais trouvé aux
pieds du Hélikôn sacré, et arraché tout entier avec ses
nombreuses racines. Quand je fus arrivé là où était le

17

lion, je pris mon arc, je tendis à ses extrémités ployées la corde de nerf, j'y plaçai une flèche aiguë, et je guettai le monstre destructeur, cherchant à le voir avant qu'il m'eût aperçu. Vers le milieu du jour, je n'avais encore ni trouvé ses traces, ni entendu son rugissement, et je ne pouvais interroger ni pasteurs, ni laboureurs, car il n'y en avait aucun sur les sillons prêts à être ensemencés, et la pâle terreur retenait chacun d'eux dans les étables.

Cependant, je marchais à travers la montagne boisée, et je ne cessai point de marcher avant de l'avoir vu et combattu. Or, il revenait, attardé, vers son antre, repu de chair et de sang; et sa crinière en était souillée, et sa face terrible, et sa poitrine; et de sa langue il se léchait le mufle. Aussitôt je me cachai dans un buisson épais, et je l'attendis au détour d'un sentier; et, comme il arrivait, je lui lançai une flèche dans le flanc gauche; mais en vain, car le trait aigu ne pénétra point dans les chairs et retomba sur l'herbe. Or, étonné, il releva brusquement sa tête fauve, et, regardant de tous côtés, il ouvrit la gueule et montra ses dents voraces. Je lançai un autre trait, irrité de l'impuissance du premier, et je l'atteignis à la poitrine, là où est le poumon; mais, là encore, le trait meurtrier ne put même percer la peau, et il tomba à ses pieds. Furieux, j'allais en lancer un troisième, quand, de ses yeux qu'il promenait autour de lui, le lion insatiable m'aperçut. Et il enroula sa longue queue autour de ses jarrets, se préparant au combat. Et son cou se gonfla, plein de colère; et sa crinière fauve se hérissa; l'épine de son dos se recourba comme un arc, et il ramassa ses flancs et ses reins.

Lorsqu'un habile fabricateur de chars ploie des branches de figuier sauvage, après les avoir échauffées à la flamme, pour en faire des roues, il arrive que le bois,

courbé de force, s'échappe de ses mains et saute au loin.
C'est ainsi que le lion terrible se détendit et s'élança sur
moi pour me déchirer. Mais, le recevant d'une main sur
un trait et les doubles plis de mon manteau, je levai de
l'autre main ma massue, et le frappai au dessus de la
tempe.

Je le frappai ainsi, et le dur olivier sauvage se fendit en
deux sur la tête velue de cette indomptable bête féroce.
Mais le lion retomba à terre avant de m'atteindre, et il
resta debout sur ses pattes tremblantes, la tête penchée,
car le cerveau avait été ébranlé sous les os du crâne par
la violence du choc, et la nuit couvrait ses yeux. Le voyant
étourdi par la douleur, avant qu'il se ranimât, je le pré-
vins et le frappai sur la nuque de son cou solide. Puis, jetant l'arc et le carquois, je l'étranglai avec force, écrasant
en arrière ses pattes de devant, de peur qu'il ne me déchi-
rât de ses griffes, et foulant de mes talons ses pattes de
derrière, tandis que je l'étreignais de mes cuisses. Enfin,
je lui soulevai la tête : il ne respira plus, et l'immense
Hadès reçut son âme. Alors, je songeai à dépouiller la
bête morte de sa peau velue, travail difficile, car elle ne
pouvait être entamée ni par le fer, ni autrement, malgré
tous mes efforts. Enfin, un des Immortels m'inspira de
la fendre avec les griffes mêmes. De cette façon, j'écor-
chai promptement le lion, et je me couvris de cette peau
comme d'une défense dans les mêlées guerrières.

Telle fut, ami, la mort de la bête de Néméa qui avait
fait tant de mal aux troupeaux et aux hommes.

IDYLLE XXVI

Les Lènaies ou les Bakkhantes.

Inô, Autonoa et Agava aux joues pourprées, menaient,
toutes trois, trois Thiases sur la montagne. Ayant cueilli
les feuilles sauvages d'un chêne touffu, et du lierre vi-
vace et de l'asphodèle rampante, elles bâtirent, dans une
verte prairie, douze autels, trois pour Séméla et neuf
pour Dionysos. Elles retirèrent d'une corbeille les objets
sacrés qu'elles avaient faits de leurs mains, et elles les
déposèrent en silence sur les autels de feuillages frais,
selon les rites chers à Dionysos, et qu'il avait enseignés
lui-même.

Et Pentheus observait tout cela du faîte d'un rocher,
caché dans un vieux lentisque qui avait poussé en ce lieu.
Autonoa, l'ayant vu la première, cria d'une façon terrible, et, s'élançant tout à coup, bouleversa du pied les
autels de Bakkhos qui donne la fureur, et dont les sacrifices sont interdits aux profanes. Et voici qu'elle devint
furieuse, et les deux autres le devinrent aussi. Épouvanté,
Pentheus fuyait, et elles le poursuivaient, les robes re-
troussées jusqu'aux jarrets. Et Pentheus criait : « O femmes ! que me voulez-vous ? » Et Autonoa répondit : « Tu
le sauras avant qu'on te le dise ! » Et Agava, sa mère,
ayant décapité son fils, mugit comme une lionne qui a

mis bas. Et Inô, lui mettant le pied sur le ventre, arracha l'épaule et l'omoplate. Et Autonoa fit de même, et les deux autres femmes se partagèrent ce qui restait de chair; et toutes revinrent à Thèba, rouges de sang, rapportant de la montagne des lambeaux humains, mais non plus Pentheus.

Peu m'importe! que nul n'ose blâmer Dionysos, même si la victime eût été âgée de neuf ou de dix ans et eût subi un supplice encore plus affreux. Pour moi, je veux être pieux et plaire à ceux qui sont pieux. Cet oracle est sûr, grâce à Zeus tempêtueux : — La félicité appartient aux enfants des hommes pieux et non à ceux des impies!

Heureux Dionysos! que le très-haut Zeus, après avoir ouvert sa grande cuisse, déposa sur le Drakanos neigeux! Heureuse la belle Séméla! Heureuses aussi les sœurs célébrées par toutes les femmes héroïques, les filles de Kadmos, elles qui, excitées par Dionysos, ont accompli cette action qui ne peut être blâmée; car nul ne peut juger les actes des Dieux!

IDYLLE XXVII

Entretien de Daphnis et d'une jeune fille.

LA JEUNE FILLE.

Pâris, cet autre bouvier, enleva la sage Héléna.

DAPHNIS.

Elle est plus sage cette Héléna qui vient d'embrasser le bouvier.

LA JEUNE FILLE.

Ne sois pas si fier, petit satyre! Un baiser n'est rien, dit-on.

DAPHNIS.

Pour n'être rien, il n'en est pas moins fort doux.

LA JEUNE FILLE.

J'essuie ma bouche et je crache ton baiser.

DAPHNIS.

Tu essuies tes lèvres? laisse-moi les baiser de nouveau.

LA JEUNE FILLE.

Embrasse tes génisses et non une vierge.

DAPHNIS.

Ne sois pas si fière; bientôt ta jeunesse passera comme
un songe.

LA JEUNE FILLE.

Le raisin mûr devient du raisin sec, et les roses desse-
chées sont toujours des roses.

DAPHNIS.

Viens sous ces oliviers sauvages, pour que je te dise
quelque chose.

LA JEUNE FILLE.

Je ne veux pas. Tu m'as déjà trompée par de douces
paroles.

DAPHNIS.

Viens sous ces ormes, tu entendras ma syrinx.

LA JEUNE FILLE.

Charme-toi tout seul. Je n'aime pas les airs lamentables.

DAPHNIS.

Ah! jeune fille, redoute la colère de Paphia!

LA JEUNE FILLE.

Que m'importe Paphia, pourvu qu'Artémis me protége!

DAPHNIS.

Ne parle pas ainsi, de peur qu'elle ne te frappe et te fasse tomber en un piége inévitable.

LA JEUNE FILLE.

Qu'elle me frappe si elle veut! Encore une fois, Artémis me protége.

DAPHNIS.

Tu n'échapperas point à Erôs, à qui nulle vierge n'a échappé.

LA JEUNE FILLE.

Je lui échapperai, oui, par Pan! C'est à toi de porter toujours son joug.

DAPHNIS.

Je crains bien qu'il ne te donne à quelque autre inférieur à moi.

LA JEUNE FILLE.

Beaucoup m'ont recherchée; aucun ne m'a plu.

DAPHNIS.

Et moi aussi, entre tous, je prétends à toi.

LA JEUNE FILLE.

Que ferai-je, ami? Le mariage est plein de douleurs.

DAPHNIS.

Le mariage n'a ni douleurs, ni chagrins, mais de joyeuses danses.

LA JEUNE FILLE.

Oui, mais les femmes tremblent, dit-on, devant leurs époux.

DAPHNIS.

Ou plutôt elles leur commandent toujours. Devant qui les femmes tremblent-elles?

LA JEUNE FILLE.

Je crains les douleurs d'enfanter; la blessure d'Eileithya est cruelle.

DAPHNIS.

Mais Artémis, ta reine, préside aux accouchements.

LA JEUNE FILLE.

Mais je crains aussi d'être enceinte. Cela gâterait la beauté de mon corps.

DAPHNIS.

Si tu conçois des enfants chéris, ta beauté renaîtra en eux.

LA JEUNE FILLE.

Et quelle dot nuptiale m'apporteras-tu, si je consens?

DAPHNIS.

Tous mes troupeaux, tous mes bois, tous mes pâturages.

LA JEUNE FILLE.

Jure qu'ensuite tu ne t'en iras pas, en m'abandonnant.

DAPHNIS.

Non! par Pan! quand même tu me chasserais.

LA JEUNE FILLE.

As-tu préparé une chambre nuptiale, une maison, des
étables?

DAPHNIS.

Je te prépare une chambre nuptiale et j'engraisse ces
troupeaux.

LA JEUNE FILLE.

Mais que dire à mon vieux père?

DAPHNIS.

Il approuvera notre union en apprenant mon nom.

LA JEUNE FILLE.

Dis-moi ton nom; souvent un nom est doux à entendre.

DAPHNIS.

Je me nomme Daphnis; mon père est Lykidas, et ma
mère Nomaia.

LA JEUNE FILLE.

Tu es bien né, mais je te vaux en cela.

DAPHNIS.

Je le sais; tu es d'une famille honorée : ton père est
Ménalkas.

LA JEUNE FILLE.

Montre-moi tes bois; dis où est située ton étable.

DAPHNIS.

Tiens! vois comme ils fleurissent, mes cyprès élancés!

LA JEUNE FILLE.

Paissez, mes chèvres, pendant que je visite le domaine du bouvier.

DAPHNIS.

Paissez, mes taureaux, pendant que je montre mes bois à la jeune fille.

LA JEUNE FILLE.

Que fais-tu, petit satyre? Pourquoi touches-tu mon sein?

DAPHNIS.

Je veux voir si tes jeunes pommes sont mûres.

LA JEUNE FILLE.

Je tremble, par Pan! encore une fois, retire ta main.

DAPHNIS.

Rassure-toi, chère jeune fille! Pourquoi as-tu peur de moi? Comme tu es craintive!

LA JEUNE FILLE.

Tu me jettes sur le sol; tu salis més beaux vêtements.

DAPHNIS.

Vois! J'étends sous tes vêtements une épaisse toison.

LA JEUNE FILLE.

Ah! tu m'as arraché ma ceinture! Pourquoi l'as-tu
dénouée?

DAPHNIS.

Je consacre ce premier don à Paphia.

LA JEUNE FILLE.

Arrête, malheureux! Quelqu'un vient; j'entends du
bruit.

DAPHNIS.

Ce sont les cyprès qui se racontent notre union.

LA JEUNE FILLE.

Tu as déchiré ma robe, et je suis nue.

DAPHNIS.

Je te donnerai une autre robe plus belle.

LA JEUNE FILLE.

Tu promets tout; mais, ensuite, peut-être ne me don-
nerais-tu pas même un grain de sel.

DAPHNIS.

Puissé-je te donner aussi mon âme elle-même!

LA JEUNE FILLE.

Artémis, ne t'irrite pas. La solitude où tu te plais n'est
plus sûre.

DAPHNIS.

Je sacrifierai une génisse à Erôs et une vache à Aphrodita.

LA JEUNE FILLE.

Vierge je suis venue, et je retournerai femme à la maison.

DAPHNIS.

Tu n'es plus vierge, mais tu es femme, et tu seras mère.

Ainsi ils s'aimaient et ils murmuraient entre eux. Ils quittèrent leur couche furtive. Elle se leva et alla veiller son troupeau, la honte sur le visage, mais le cœur plein de joie; et lui, heureux de sa victoire, retourna vers ses bœufs.

IDYLLE XXVIII

La Quenouille.

O quenouille laborieuse, don de la claire Athana aux femmes qui aiment les travaux domestiques, accompagne-nous avec confiance dans la belle ville de Neileus, où le temple verdoyant de Kypris est caché par des roseaux flexibles. C'est pour y arriver que nous demandons à Zeus une heureuse navigation, afin que j'aie la joie de revoir mon hôte Nikias, rejeton sacré des Kharites aux douces voix, et qu'il s'en réjouisse aussi. Je veux te donner, toi, née de l'ivoire artistement ciselé, à l'épouse de Nikias, grâce à laquelle tu achèveras de nombreux travaux, des péplos d'hommes et des robes ondulées pour les femmes. Donc, que les brebis soient dépouillées deux fois l'an de leurs moelleuses laines, pour Theugénis aux belles jambes, infatigable au travail, et qui n'aime que ce qui plaît aux femmes vertueuses! Je ne voudrais pas te faire quitter notre pays pour te faire entrer dans la maison d'une femme oisive et inutile, car ta patrie est la ville que fonda autrefois Arkhias d'Éphira, honneur de Trinakria et berceau d'hommes illustres. Maintenant, dans la demeure d'un homme qui possède un grand nombre de sages remèdes contre les tristes maladies, tu habiteras la riante Milatos, avec les Iônes, afin que Theugénis possède une belle quenouille entre toutes ses concitoyennes, et que tu lui rappelles son hôte, ami des Muses. Si quelqu'un te voit, il dira : — Voilà, certes, un petit présent pour une grande reconnaissance ; mais ce qui vient d'un ami est toujours précieux !

IDYLLE XXIX

L'Amitié.

O cher enfant, on dit que le vin et la vérité sont une même chose. Nous sommes ivres, soyons vrais. Pour moi, je dirai tout ce que j'ai dans le cœur. Tu ne veux pas m'aimer entièrement, je le sais, car ta présence est la moitié de ma vie, et le reste est perdu. Quand tu le veux, je passe un jour égal à ceux des Bienheureux; quand tu ne veux pas, je reste plongé dans la nuit. Cela est-il juste? Pourquoi livres-tu au chagrin celui qui t'aime? Si tu te laissais persuader par moi qui suis le plus âgé, tu me remercierais, car tu en serais plus heureux. Bâtis sur un seul arbre un seul nid où n'atteigne aucun ennemi. Mais non, aujourd'hui tu choisis une branche et demain une autre, puis une autre, et toujours ainsi. Lorsque quelqu'un loue ton beau visage, tu l'aimes comme s'il était ton ami depuis trois ans, et tu traites le plus vieux de tes amis comme s'il ne l'était que depuis trois jours. Tu recherches ceux qui flattent ton orgueil. N'aime plutôt que tes égaux, tant que tu vivras, car c'est ainsi que tu seras estimé par les habitants de la ville, et que tu te rendras Erôs propice, Erôs qui dompte aisément les cœurs des hommes et qui m'a amolli, moi qui étais de fer. Je te supplie, par ta belle bouche, de te souvenir qu'hier tu étais plus jeune qu'aujourd'hui, et que nous devenons vieux avant que tu aies eu le temps de cracher ou de froncer le sourcil, et que la jeunesse n'a pas de retour, car elle a des ailes aux épaules, et notre lenteur ne peut atteindre ce qui vole. Pense à ces choses, sois plus aimable, et aime-moi, moi qui t'aime sincèrement, afin qu'un jour, quand tu auras une barbe virile, nous soyons encore des amis Akhilléens. Mais si tu livres tout ceci au vent, et si tu dis dans ton cœur : — Insensé, pourquoi m'ennuies-tu? moi qui, pour l'amour de toi, irais maintenant vers les Pommes d'or ou vers Kerbéros, le gardien des Morts, alors, ne souffrant plus de cet amour, même si tu m'appelais, je ne viendrais même pas sur le seuil de la cour!

IDYLLE XXX

Sur la mort d'Adônis.

Kythèrè, quand elle vit Adônis mort, sa chevelure
éparse et sa joue pâlie, ordonna aux Erôs de lui amener
le sanglier. Ceux-ci, de leurs ailes, parcoururent rapidement toute la forêt; puis, ayant trouvé l'horrible sanglier, ils le lièrent et le garrottèrent. Et l'un, à l'aide d'une
corde, le traînait comme un captif, et l'autre le frappait
par derrière avec son arc. Or, la bête sauvage s'avançait
timidement, car elle redoutait Kythèrè. Et Aphrodita lui
dit : — O la plus cruelle des bêtes, est-ce toi qui as blessé
cette cuisse? Est-ce toi qui as frappé mon époux?

Et la bête parla ainsi :

— Je te jure, Kythèrè, par toi-même et par ton époux,
et par ces liens, et par ces jeunes chasseurs, que je ne
voulais pas frapper ton époux si beau. Mais, l'ayant vu,
tel qu'une statue, je ne pus résister au désir furieux et
enflammé de baiser sa cuisse nue, et mes défenses l'ont
blessé. Prends-les, ô Kypris, car elles me sont inutiles
désormais; coupe ces défenses amoureuses; et, si ce n'est
point assez, coupe aussi mes lèvres ! Pourquoi ont-elles
osé donner ce baiser?

Mais Kypris le prit en pitié et dit aux Erôs de détacher
ses liens. Et, depuis, il la suivait, ayant abandonné les

forêts, et il s'approchait du feu pour y brûler ses défenses amoureuses.

***

Fragment de la Béronika.

. . . .

Et si l'homme qui vit de la mer, et à qui ses filets servent de charrue, demande une pêche abondante et de la
prospérité, qu'il offre à cette Déesse, vers l'entrée de la
nuit, le poisson sacré qui est nommé le Blanc; car c'est
le plus luisant de tous. Qu'il pose ensuite ses filets, et,
de la mer, il les retirera pleins.

FIN DES IDYLLES.

EPIGRAMMES

I

Anathème aux Muses et à Apollôn.

Ces roses pleines de rosée et ce serpolet touffu sont offerts aux Hélikôniades. A toi, ces lauriers au noir feuillage, Paian Pythien, car c'est pour toi qu'ils ont poussé sur la Roche Delphienne. Quant à ce bouc cornu, au poil blanc, qui broute l'extrémité des rameaux du térébinthe, il ensanglantera l'autel.

II

Anathème à Pan, par Daphnis.

Daphnis à la peau blanche, qui chante des hymnes bucoliques sur une belle syrinx, a consacré à Pan ces roseaux troués, cette houlette, un javelot aigu, une peau de faon, et le sac de cuir dans lequel il portait des pommes autrefois.

III

Sur Daphnis le Chevrier.

Tu dors, Daphnis! Tu reposes sur un monceau de feuilles ton corps fatigué, et les pieux que tu as récemment plantés sont encore sur les hauteurs. Mais Pan est sur ta piste, ainsi que Priapos qui enroule le lierre aux fruits jaunes sur ta tête charmante. Ils vont entrer tous deux dans ton antre. Sors de l'assoupissement du sommeil, éveille-toi et fuis!

IV

Chevrier, va vers ce lieu où croissent les chênes, tu y trouveras une statue de figuier, avec son écorce, récemment sculptée, à trois jambes et sans oreilles. Une clôture sacrée l'entoure, et un ruisseau intarissable, qui s'échappe des rochers, fait verdir de tous côtés les lauriers et les myrtes, et les cyprès odorants. Une vigne, lourde de grappes, l'environne d'une guirlande; les merles printaniers y font entendre les sons variés de leurs voix sonores, et les fauves rossignols répondent par le doux gazouillement de leurs gosiers. Assieds-toi là, supplie le charmant Priapos que je cesse d'aimer Daphnis, et dis-

lui que je veux lui sacrifier un beau chevreau. S'il refuse, que j'obtienne Daphnis, et je lui sacrifierai trois
victimes : une génisse, un bouc velu et un agneau sevré.
Mais, plutôt, que le Dieu bienveillant m'exauce!

V

Symphonie.

Veux-tu, au nom des Muses, me jouer un air harmonieux sur une double flûte? Moi, je toucherai du pektis,
et Daphnis nous charmera en jouant de sa syrinx enduite
de cire; et, nous tenant auprès de cet antre dont le seuïl
est caché par de grandes herbes, nous empêcherons de
dormir Pan aux pieds de chèvre.

VI

Sur Thyrsis le chevrier pleurant une chèvre
qu'un loup a dévorée.

O malheureux Thyrsis, que te sert-il de rougir tes
yeux à force de larmes? Elle s'en est allée, la petite chèvre; elle s'en est allée dans le Hadès, la belle petite, car

un loup féroce l'a saisie avec ses griffes, tandis que les chiens aboyaient. Que te sert-il de pleurer, puisqu'il ne te reste d'elle ni un os, ni même un peu de cendre?

VII

Sur Nikias le médecin.

Il est parti pour Milètos, le fils de Paian, afin d'habiter avec un homme guérisseur de maladies, avec Nikias, qui, tous les jours, lui fait des offrandes et lui a élevé une statue de cèdre odorant, pour laquelle il avait offert un grand prix à l'habile Hèétiôn, et celui-ci a mis tout son art dans cet ouvrage.

VIII

Épitaphe d'Orthôn.

Le Syracusain Orthôn t'avertit de ceci, ô Étranger : Ne voyage jamais, étant ivre, par une nuit orageuse. C'est pour l'avoir fait que je repose sur une terre étrangère, et non dans ma patrie aux nombreux habitants.

IX

Sur Kléonikos, naufragé à Thasos.

O homme, ménage ta vie, et ne navigue pas hors de
saison, car la vie humaine est brève. Malheureux Kléonikos! tu te hâtais d'aborder à la riche Thasos, avec des
marchandises de Kélésyria, avec des marchandises, ô
Kléonikos! mais tu as passé la mer comme les Péléiades
se couchaient, et tu t'es englouti avec les Péléiades.

X

Sur Xénoklès,
qui avait dédié aux Muses un groupe en marbre.

Xénoklès vous a élevé ce beau monument marmoréen,
Déesses, à toutes les neuf! Il est musicien, personne ne
dira le contraire; et, loué pour son talent, il n'oublie pas
les Muses.

XI

Épitaphe d'Eusthénès le physiognômoniste.

Tombeau d'Eusthénès, l'habile physiognômoniste, qui
lisait la pensée dans les yeux. Il était étranger, et ses
amis l'ont enseveli sur une terre étrangère; mais il était
chanteur d'hymnes aussi, et ils l'aimaient beaucoup. A
sa mort, tout s'est passé décemment. Bien que pauvre,
il avait donc de vrais amis.

XII

Sur un trépied consacré à Dionysos par Damotélès.

Damotélès le Khorège, ô Dionysos, celui qui a dédié
ce trépied au plus aimable des Dieux heureux, n'a pas
réussi dans les chœurs d'enfants, mais il a vaincu avec
un chœur d'hommes. Il tend au Beau et au Bien.

XIII

Sur une statue d'Aphrodita Ouranienne.

Ce n'est pas Kypris populaire; implore cette Déesse
en la nommant Ouranienne. C'est un anathème de la
chaste Khrysogona, consacré par elle dans la maison
d'Amphiklès, dont elle partage la vie et dont elle a des
enfants. D'année en année, leur destinée a été plus heureuse, car ils ont toujours commencé par t'honorer, ô
Vénérable! Et les mortels prospèrent qui ne négligent
pas les Immortels.

––––––

XIV

Épitaphe d'Eurymédôn.

Tu as laissé un fils enfant, et, mort toi-même pendant
ta jeunesse, on t'a élevé ce tombeau. Maintenant, ta place
est parmi les hommes divins, et tes concitoyens honore-
ront ton fils, sachant qu'il est né d'un homme de bien.

––––––

XV

Sur le même.

Je saurai si tu honores les Bons, ô voyageur! ou si tu
les confonds avec les Mauvais. Dis donc : — Heureux ce
tombeau, puisqu'il repose, léger, sur la tête sacrée d'Eurymédôn! --

———

XVI

Sur une statue d'Anakréôn.

Regarde bien cette statue, ô Étranger, et dis, quand
tu seras de retour dans ta demeure : — J'ai vu, à Téôs,
une image d'Anakréôn, le plus grand des anciens poëtes.
— Et ajoute : — Il aimait les jeunes hommes. — Et tu
auras raconté exactement l'homme tout entier.

———

XVII

Sur Épikharmos.

Ceci est en langue Dôrique, et cet homme est Épi-
kharmos qui inventa la comédie. O Dionysos, les étran-

gers établis dans Syrakousa t'ont consacré sa statue, afin
d'honorer leur concitoyen. Il avait des paroles en abondance ; il a dit beaucoup de maximes utiles. Une grande
reconnaissance lui est due.

XVIII

Épitaphe de Kleita, nourrice de Mèdéios.

Le petit Mèdéios a élevé sur le bord de la route ce tombeau à sa nourrice Thrakienne, et il y a inscrit : — Tombeau de Kleita. — C'est ainsi que Kleita aura été récom-
pensée d'avoir nourri ce jeune homme. Pourquoi? Parce
qu'elle aura été utile jusqu'à la mort.

XIX

Sur Arkhilokhos.

Arrête et regarde Arkhilokhos, l'ancien poëte, l'Iam-
bique, dont la gloire immense a pénétré l'Orient et l'Occident. Certes, il était aimé des Muses et du Dèlien Apollôn, car il fut savant et harmonieux, soit qu'il fît des
vers, soit qu'il chantât sur la lyre.

X X

Sur une statue de Peisandros , auteur de la Hèrakléide.

Cet homme est le premier des anciens poëtes, Peisandros de Kameira, qui chanta le fils de Zeus, prompt à l'action, le vainqueur du lion, et il a aussi chanté ses autres
combats. Or, afin que tu le saches, le peuple l'a placé ici,
fait de bronze, bien des mois et bien des années après sa
mort.

X X I

Sur Hippônax.

Ici repose l'artiste Hippônax. Si tu es mauvais, n'approche pas de ce tombeau; si tu es honnête et né d'un
père irréprochable, tu peux t'y asseoir en sûreté , et
même y dormir.

X X I I

ll y a un Théokritos de Khios; mais moi, Théokritos,
qui ai fait ce livre, je suis un des nombreux habitants

de Syrakousa, fils de Praxagoras et de l'illustre Philinna.
Et ce livre ne contient rien que je n'aie conçu.

XXIII

Épitaphe de Péristéris.

Entre toutes les enfants de son âge, et toute jeune,
cette enfant s'en est allée vers Aidès, pleurant, la pauvre
petite, un frère âgé de vingt mois et mort au berceau.
Hélas ! Péristéris, que ta destinée a été déplorable ! Et
que les Dieux ont placé de grandes tristesses auprès des
hommes !

XXIV

Sur le changeur Kairos.

Cette table est aux citoyens et aux étrangers. Prends
ce que tu y as mis : le caillou a complété ton compte.
Qu'un autre use d'un prétexte ; quant à Kairos, il compte
l'argent d'autrui, pour qui veut, même pendant la nuit.

XXV

Épitaphe de Glauka.

L'inscription dira quel est ce tombeau et ce qu'il renferme : — Je suis le tombeau de Glauka qui fut illustre.

FIN DES ŒUVRES DE THÉOCRITE.

IDYLLES DE BION

IDYLLES DE BION

I

Épitaphe d'Adônis.

Je pleure Adônis. — Il est mort, le bel Adônis; il est mort, le bel Adônis! pleurent les Erôs.

Ne dors plus, ô Kypris, sur des lits de pourpre. Debout, malheureuse! Vêtue de noir, frappe ta poitrine et dis à tous: — Il est mort, le bel Adônis!

Je pleure Adônis, et les Erôs pleurent aussi.

Le bel Adônis gît sur les montagnes. Sa cuisse blanche a été frappée d'une dent blanche, et Kypris est accablée de douleur. Il respire à peine, et le sang noir coule sur sa chair neigeuse, et, sous ses sourcils, ses yeux s'éteignent; et la couleur rose de ses lèvres disparaît, et, avec elle, meurt le baiser auquel Kypris ne veut point renoncer

car le baiser de Celui qui ne vit plus est doux encore à
Kypris; mais Adônis ne sent point qu'elle l'embrasse
mourant.

Je pleure Adônis, et les Erôs pleurent aussi.

Une amère, amère blessure est dans la cuisse d'Adônis,
mais Kythéréia a dans le cœur une blessure plus large.
Autour du Jeune homme les chiens amis ont hurlé, et les
Nymphes Oréiades ont pleuré. Aphrodita elle-même erre
par les bois, désolée, les cheveux épars et les pieds nus;
et les ronces la blessent, tandis qu'elle marche, et font
jaillir le sang sacré. Elle hurle à pleine voix, errant par
les longues vallées, redemandant l'Époux Assyrien, appelant le Jeune homme. Mais le sang noir s'échappe avec
force de la cuisse d'Adônis, jusqu'à son nombril et jusque
sur sa poitrine, et ses flancs qui étaient de neige sont
maintenant rouges de sang.

— Hélas, hélas! Kythéréia! pleurent les Erôs.

Elle a perdu son bel Époux, et, en même temps, sa
beauté sacrée. Tant qu'Adônis vivait, la beauté de Kypris
était grande. La beauté de Kypris est morte avec Adônis.
Hélas! hélas! Toutes les montagnes et les chênes disent:
— Hélas! Adônis! — Les fleuves pleurent le deuil
d'Aphrodita; et les sources pleurent Adônis sur les montagnes, et les fleurs rougissent de douleur, et Kypris crie
lamentablement ses peines par les collines et la vallée.

Hélas! hélas! Kythéréia! Il est mort, le bel Adônis!
Ekhô a répété: — Il est mort, le bel Adônis! — Qui ne gémit pas sur l'amour malheureux de Kypris? Hélas! hélas!

Dès qu'elle vit, dès qu'elle connut l'inguérissable blessure d'Adônis, dès qu'elle vit le sang pourpré sur la cuisse
languissante, elle dit, se lamentant et tendant les bras:
— Reste, Adônis! Reste, malheureux Adônis! Que je te
retrouve une dernière fois, que je t'embrasse, que j'unisse

mes lèvres à tes lèvres! Soulève-toi un peu, Adônis!
Embrasse-moi, embrasse-moi encore, tandis que ton baiser est vivant; que ton souffle coule de ton âme dans ma
bouche et dans mon cœur! Que je boive ton amour, et je
conserverai ce baiser, comme si c'était toi, Adônis,
puisque tu me fuis, ô malheureux! Tu fuis au loin, ô
Adônis! Tu vas vers l'Akhérôn et vers le Roi lugubre et
inhumain, et moi, misérable, je vis, et je suis Déesse, et
je ne puis te suivre!

Perséphona! Reçois mon Époux, car tu es bien plus
puissante que moi, et tout ce qui est beau descend vers
toi! Je suis très-malheureuse et dévorée d'une douleur
implacable; je pleure Adônis qui n'est plus, et je te crains.
Tu meurs, ô très-regretté! et mon amour s'est envolé
comme un songe. Voici que Kythéréia est veuve, et les
Erôs restent inoccupés dans sa demeure. Ma ceinture
a péri avec toi. O imprudent! Pourquoi as-tu chassé?
Étant si beau, pourquoi as-tu osé attaquer les bêtes sauvages?

Ainsi se lamentait Kypris, et les Erôs se lamentaient:
— Hélas! hélas! Kythéréia! Il est mort, le bel Adônis!

Paphiè répand autant de larmes qu'Adônis a répandu
de sang; et, sur la terre, ces larmes se changent en fleurs.
Le sang enfante la rose et les larmes enfantent l'anémone.

Je pleure Adônis. Il est mort, le bel Adônis!

Dans les forêts, ne pleure pas plus longtemps l'Époux,
ô Kypris! Déjà le lit est dressé, le lit d'Adônis est préparé.
O Kypris, Adônis mort est couché sur ton lit, et, bien
que mort, il est beau cependant, il est beau, bien que
mort, et comme endormi.

Dépose-le, afin qu'il soit couché sur ces vêtements
moelleux, où, pendant la nuit sacrée, il dormait avec toi,
étendu, sur un lit doré. Recherche le malheureux Adônis,

et dépose-le entre des couronnes et des fleurs. Toutes choses sont mortes avec lui, comme il est mort lui-même, et les fleurs aussi se sont desséchées. Couvre-le de baumes odorants, couvre-le de baumes. Que tous les parfums périssent! Ton parfum, Adônis, est mort! Il est couché, le délicat Adônis, sur des vêtements pourprés, et autour de lui les Erôs pleurent avec des gémissements, ayant coupé leurs cheveux à cause d'Adônis. L'un foule aux pieds ses flèches, un autre son arc; un autre brise son carquois emplumé; cet autre dénoue les sandales d'Adônis, celui-ci apporte de l'eau dans des vases d'or; un autre lave sa cuisse, un autre par derrière réchauffe Adônis avec ses ailes.

Les Erôs pleurent aussi sur Kythéréia. Hyménaios éteint sa torche sur le seuil, et il arrache la couronne nuptiale. Hyménaios ne chante plus comme auparavant, mais il chante : — Hélas! hélas! Adônis! — et plus encore : — Hélas! hélas! Hyménaios! — Les Kharites pleurent le fils de Kinyras, se disant entre elles : — Il est mort, le bel Adônis! — Elles le disent d'une voix plus aiguë que la tienne, ô Diôna! Et les Moires pleurent Adônis, et elles l'évoquent par leur chant; mais il ne les entend pas, non qu'il s'y refuse, mais Perséphona ne le renvoie pas.

Mets fin à tes lamentations, ô Kythéréia! Cesse pour aujourd'hui tes plaintes, car de nouveau il te faudra gémir et pleurer une autre année.

II

Un jeune oiseleur, chassant aux oiseaux dans un bois d'arbres épais, vit le fugitif Erôs assis sur un rameau de buis. Il le vit donc, plein de joie, car Erôs lui semblait un très-grand oiseau. Il réunit tous ses joncs, et il épia Erôs qui sautait çà et là. Enfin, le jeune homme, irrité parce qu'il n'arrivait à rien, et jetant ses roseaux, alla trouver un vieillard laboureur qui lui avait enseigné son art; et il lui raconta la chose, et il lui montra Erôs assis. Et le vieillard, souriant, remua la tête et répondit au jeune homme :

— Abstiens-toi de la chasse, et ne poursuis point cet oiseau. Fuis loin d'ici, car cette bête est méchante. Tant que tu ne le prendras point, tu seras heureux; mais quand tu deviendras homme, cet oiseau, qui maintenant fuit et saute çà et là, approchera de lui-même, brusquement, et se posera sur ta tête.

III

La grande Kypris m'apparut tandis que je dormais encore, et elle menait de sa belle main l'enfant Erôs qui baissait la tête, et elle me dit ces paroles :

— Voici Erôs, cher bouvier, afin que tu lui enseignes à chanter.

Ayant ainsi parlé, elle disparut. Et moi, insensé! j'enseignais à Erôs mes chansons pastorales, comme s'il eût voulu les apprendre, et comment Pan inventa la flûte oblique, Athana la flûte droite, Hermès la lyre et le doux Apollôn la kithare. Et je lui enseignais ces choses, et il n'avait nul souci de mes chansons; mais il me chantait lui-même des choses amoureuses, et il m'enseignait les amours des mortels et des Immortels et les travaux de sa mère. Alors j'oubliai les choses que j'avais enseignées à Erôs, et j'appris toutes les chansons amoureuses que m'enseigna Erôs.

IV

Les Muses ne craignent point le cruel Erôs, mais elles l'aiment dans leur cœur, et elles suivent ses traces. Si quelqu'un, d'un génie peu aimable, veut chanter, elles le fuient et refusent de lui rien enseigner; mais si quelque autre, dont le cœur est saisi d'amour, chante harmonieusement, alors, toutes ensemble, elles se hâtent d'aller vers lui. Et ces paroles sont vraies, et j'en suis témoin, car si je célèbre par mes vers un autre homme ou un autre Immortel, ma langue devient inerte et ne chante plus comme elle avait coutume; mais si je célèbre de nouveau Erôs ou Lykidas, alors un chant joyeux coule de ma bouche.

V

Si mes vers sont beaux, ceux que la destinée m'a déjà accordés m'ont apporté assez de gloire ; s'ils ne sont pas dignes de louanges, pourquoi travaillerais-je davantage ? Si le Kronide, ou la destinée capricieuse, nous eût donné de vivre, d'une part, dans la joie et dans le plaisir, et, d'autre part, dans le travail, il nous serait permis, après nos labeurs, de jouir du repos ; mais puisque les Dieux n'ont accordé aux hommes qu'un temps de vivre, et encore bref et rapide, pourquoi, malheureux, nous épuiser plus longtemps de peines et de travaux ? Jusques à quand atta-cherons-nous notre esprit au gain et aux arts, dans le dé-sir sans fin de plus grandes richesses ? Certes, nous avons tous oublié que nous sommes nés mortels et que la des-tinée ne nous a donné que peu de temps.

VI

Kléodamos et Myrsôn.

KLÉODAMOS.

Le printemps, ô Myrsôn, ou l'hiver, ou l'automne, ou l'été, lequel te plaît le plus ? ou duquel d'entre eux pré-fères-tu le retour ? Est-ce l'été, qui mûrit toutes les choses dues au travail ? Est-ce le doux automne, qui épargne la

faim aux hommes ? Est-ce le rude hiver ? Car beaucoup,
pendant l'hiver, se réchauffent au foyer, se réjouissant de
la paresse et du repos. Le beau printemps te plaît-il davantage ? Dis-moi ce que ton cœur préfère, puisque le repos nous permet de causer.

MYRSÔN.

Il ne convient pas que les mortels jugent les œuvres
divines, car elles sont toutes sacrées et agréables. Pour
toi, cependant, Kléodamos, je dirai la saison qui me plaît
entre toutes les autres. Ce n'est pas l'été, car alors le soleil me brûle; ni l'automne, parce que les fruits engendrent les maladies; le funeste hiver amène les neiges
et je hais le froid; mais que le printemps, lui que je sou-
haite par-dessus tout, dure toute l'année ! Alors, ni le
froid, ni le soleil ne nous accablent. Toutes les choses
sont fécondées par le printemps, toutes les douces choses
germent au printemps, et la nuit et le jour sont égaux
pour les hommes.

VII

Sur Hyakinthos.

L'incertitude tourmentait Phoibos accablé d'une si
grande douleur. Il cherchait tous les remèdes et interro-
geait son art le plus habile. Il versait l'ambroisie et le
nektar, et il en baignait toute la blessure; mais tous les
remèdes sont vains contre les Moires.

VIII

Heureux ceux qui aiment, quand ils sont aimés en retour! Thaseus était heureux en présence de Peirithoos,
même quand il descendait chez l'implacable Aidès.
Orestès était heureux parmi les Axeiniens farouches,
parce que Pyladas l'accompagnait dans toutes ses courses.
L'Aiakide Akhilleus était heureux quand son compagnon
vivait encore, et il était heureux en mourant, parce qu'il
avait vengé sa mort lamentable.

IX

Ami, il n'est pas beau de chercher l'ouvrier à propos
de tout, et d'avoir toujours recours à un autre. Fais ta
flûte toi-même, ce te sera un travail facile.

X

Qu'Erôs appelle les Muses et que les Muses amènent
Erôs! Que les Muses me donnent toujours, selon mon
désir, un chant harmonieux, ce qui est le plus doux des
remèdes!

XI

Comme il est dit, la pierre elle-même est creusée par une goutte d'eau qui tombe toujours.

XII

Je suivrai mon chemin sur la pente de ce lieu; je soupirerai sur le sable et sur le rivage, suppliant la cruelle Galatéia, et je ne renoncèrai à la douce espérance que dans ma dernière vieillesse.

XIII

Ne permets pas que je reste sans récompense, car Phoibos a donné une récompense pour le chant, et l'honneur rend les œuvres meilleures.

XIV

La beauté est la gloire des femmes, et la force sied aux hommes.

XV

Hespéros ! Lumière d'or de l'aimable Aphrodita, cher Hespéros, gloire sacrée de la nuit bleue, qui l'emportes autant sur les autres astres que Sélana sur toi , salut, ô cher! Tandis que je me rends auprès d'un berger, prête-moi ta lueur à défaut de Sélana, car, reparaissant aujourd'hui, elle s'est éteinte plus tôt. Je ne vais point pour voler, ni pour attaquer ceux qui font un chemin nocturne, mais j'aime, et il est juste qu'on vienne en aide à ceux qui aiment.

FIN , DES IDYLLES DE BIÔN.

IDYLLES DE MOSKHOS

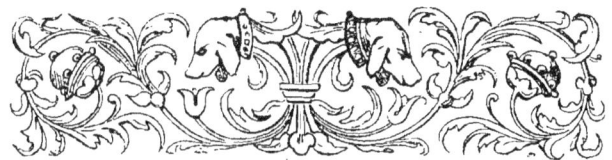

IDYLLES DE MOSKHOS

I

Erôs fugitif.

Kypris appelait à haute voix son fils Érôs : — Si
quelqu'un a vu Érôs errant par les chemins, c'est mon
fugitif; il aura une récompense, celui qui me l'indiquera.
Ta récompense sera un baiser de Kypris. Tu n'auras pas
un baiser seulement, si tu me le ramènes, mais tu recevras plus encore, ô Étranger !

Cet enfant est marqué de signes nombreux, et tu le re-
connaîtras entre vingt autres. Il n'est pas blanc de corps,
mais semblable au feu; ses yeux sont aigus et flamboyants;
son esprit est rusé, mais ses paroles sont douces.
Il ne pense pas ce qu'il dit; sa voix est comme du miel,
mais, quand il s'irrite, son esprit est cruel et plein de
fraudes. Il ne dit rien de vrai, l'enfant rusé, et il joue
cruellement. Sa tête est couverte de beaux cheveux, mais
il a le visage impudent ; ses mains sont petites, mais elles

lancent des flèches très-loin, jusqu'à l'Akhérôn et au roi Aidès. Il est tout nu, mais son esprit est caché. Il vole comme un oiseau vers les uns et vers les autres, vers les hommes et les femmes, et il s'assied dans leur cœur. Il a un arc très-petit, et sur l'arc une flèche ; cette flèche est petite, mais elle pénètre jusque dans l'Ouranos. Il a sur les épaules un carquois d'or où sont des flèches amères avec lesquelles, souvent, il me blesse aussi. Tout ce qu'il a est terrible, mais, plus que tout le reste, sa petite torche, qui brûle Halios lui-même.

Si tu le saisis, amène-le, l'ayant lié, et n'aie aucune pitié ; si tu le vois pleurant, prends garde qu'il ne te trompe ; s'il rit, lie-le bien, et, s'il voulait t'embrasser, fuis. Son baiser est mauvais et ses lèvres sont du poison. S'il dit : — Prends ceci, je te donne toutes mes armes ! — n'y touche pas ; ce sont des dons perfides, et tout cela est trempé dans le feu.

—————

II

Eurôpè.

Une fois, Kypris envoya un songe agréable à Eurôpè, vers la troisième partie de la nuit, à l'heure où l'aube est proche, quand un sommeil plus doux que le miel descend sur les paupières, dénoue les membres, clôt les yeux d'un lien léger, et quand la foule des songes véridiques nous repaît. Elle dormait en ce moment au plus haut des demeures, Eurôpéia, la fille encore vierge de Phoinix.

Il lui semblait voir deux continents se quereller pour elle. L'un était l'Asia et l'autre la terre située en face. Elles étaient comme deux femmes. La première semblait une étrangère et l'autre une indigène, et celle-ci réclamait Eurôpéia pour sa fille, disant qu'elle l'avait conçue et nourrie; mais la première, saisissant la vierge avec ses fortes mains, l'entraînait, non contre son gré, et disait que la Moire et Zeus tempêtueux lui avaient accordé Eurôpéia.

Et celle-ci sauta hors de son lit, frappée de crainte et le cœur palpitant, car ce songe lui semblait une réalité. Et longtemps elle resta assise et muette. En effet, elle avait ces deux femmes dans ses yeux ouverts. Et la vierge, après un long silence, éleva la voix :

— Qui d'entre les Ouraniens m'a montré ces spectres? Quels songes m'ont effrayée, tandis que je dormais doucement sur mon lit dans les demeures? Quelle est cette Étrangère que j'ai vue en dormant? Combien son amour m'a troublé le cœur! Qu'elle m'a accueillie tendrement! Elle me regardait comme si j'étais sa fille! Puissent les Bienheureux me renvoyer ce doux songe!

Ayant ainsi parlé, elle se leva et appela ses chères compagnes, du même âge qu'elle, nobles et bien-aimées, avec qui elle jouait toujours, soit qu'elle formât des chœurs dansants, ou qu'elle baignât son corps aux embouchures de l'Anauros, ou qu'elle cueillît des lis odorants dans la prairie. Et, aussitôt, elles arrivèrent; et chacune tenait à la main une corbeille à mettre des fleurs. Et elles allèrent dans la prairie, au bord de la mer, là où elles avaient coutume de se réunir, se réjouissant de la vue des roses et du bruit des flots. Mais Eurôpéia portait une corbeille d'or, admirable, ouvrage grand et merveilleux de Hèphaistos, qui l'avait donnée à Libyè quand celle-ci monta

dans le lit de Celui qui ébranle la terre. Et Libyè l'avait
donnée à la belle Tèléphaéssè, qui était de son sang ; et
Tèléphaéssè avait fait ce beau présent à sa fille, la vierge
Eurôpéia.

De nombreuses images resplendissantes étaient sculptées sur cette corbeille. La fille d'Inakhos, Iô, y était re-
présentée en or, sous la forme d'une génisse, et n'ayant
plus rien de la femme. Elle allait rapidement sur la mer,
comme si elle nageait, et la mer était de couleur bleue.
Deux hommes étaient debout sur l'escarpement du rivage, regardant la génisse traverser la mer. Zeus aussi
était là, caressant doucement de sa main divine la génisse
marine ; et, auprès du Neilos aux sept bouches, de cette
génisse aux belles cornes il faisait une femme. Et les
eaux du Neilos étaient d'argent, la génisse était d'airain,
et Zeus était d'or. Tout autour, sous le bord de la corbeille ronde, était Herméias. Auprès de lui était étendu
Argos aux yeux toujours vigilants ; et du sang pourpre
d'Argos naissait un oiseau, fier de ses mille couleurs.
Et il déployait les plumes de sa queue comme la voile
d'une nef rapide, et il en couvrait l'orbe de la corbeille
d'or. Telle était la corbeille de la très-belle Eurôpéia.

Dès qu'elles furent arrivées dans les prés en fleur, elles
se réjouirent chacune de la fleur qui lui plaisait le plus.
L'une cueillait le narcisse odorant, l'autre l'hyacinthe,
l'autre la violette, l'autre le serpolet ; et la parure des
prairies printanières couvrait la terre. D'autres luttaient
à qui couperait la chevelure parfumée du jaune souci ; et
leur reine était au milieu d'elles, cueillant de ses mains
la splendeur de la rose pourprée, et telle qu'Aphrodita au
milieu des Kharites. Mais elle ne devait ni se réjouir
longtemps des fleurs dans son âme, ni garder longtemps
sa ceinture virginale ; car, certes, dès que le Kronide l'eut

vue, il fut frappé brusquement au cœur et percé des
flèches imprévues de Kypris, qui, seule, peut dompter
Zeus. Cependant, afin d'éviter la colère de la jalouse Hèrè,
et voulant abuser le jeune esprit de la vierge, il cacha sa
divinité, se transforma et devint taureau, non semblable
à celui qui est nourri dans les étables, ni à celui qui
creuse le sillon en traînant le soc recourbé, ni à celui qui
paît parmi les troupeaux, ou qui, dompté, traîne la lourde
charrue; mais ayant le corps de couleur fauve, un cercle
d'argent étincelant au milieu du front, des yeux d'un
bleu clair et flamboyants de désir, et deux cornes égales
se recourbant sur sa tête comme une moitié de l'orbe de
Sélana.

Et il vint dans la prairie, et sa vue n'effraya point les
vierges, et il leur fut permis à toutes d'approcher et de
toucher ce beau taureau, dont l'odeur divine s'exhalait au
loin et l'emportait sur la douce haleine de la prairie. Et,
s'arrêtant aux pieds de l'irréprochable Eurôpéia, il lui
lécha le cou et caressa doucement la jeune vierge; et elle
le caressait aussi, essuyait de ses mains l'abondante
écume de sa bouche, et le baisait. Et il mugissait doucement, et on eût dit entendre le son charmant d'une flûte
mygdonienne. Puis, il courba les genoux en regardant
Eurôpéia, et il lui offrit son large dos. Alors, elle dit aux
vierges chevelues :

— Venez, chères compagnes. Réjouissons-nous en
nous asseyant sur ce taureau, car, certes, il nous recevra
toutes sur son dos, comme une nef. Il a l'aspect doux et
caressant; il n'est point semblable aux autres taureaux;
il semble être doué de l'esprit d'un homme, et la parole
seule lui manque.

Elle parla ainsi et s'assit en riant sur son dos. Et ses
compagnes s'apprêtaient aussi à monter; mais, brusque-

ment, le taureau se leva, et il emporta Eurôpéia comme
s'il volait, et il parvint rapidement à la mer. Et, se retour-
nant, elle appelait ses chères compagnes en étendant les
bras, mais elles ne pouvaient la suivre. Alors, du rivage
étant entré dans la mer, il s'éloigna comme un dauphin.
Les Néréides, émergeant des flots, l'accompagnaient, assises sur le dos dès baleines, et le retentissant Poseidaôn
lui-même, apaisant les flots de la mer, guidait son frère ;
et tout autour s'assemblaient les Tritônes, habitants de
la profonde mer, en soufflant le chant nuptial avec leurs
longues conques.

La vierge, assise sur le dos du taureau Zeus, d'une
main tenait une des longues cornes, et de l'autre conte-
nait les plis flottants de sa robe pourprée ; et l'onde abondante de la blanche mer en mouillait l'extrémité. Le large
péplos d'Eurôpéia flottait sur ses épaules, tel que la voile
d'une nef, et soulevait la vierge. Mais elle, déjà loin de la
terre de la patrie, elle ne voyait plus ni le rivage, ni les
hautes montagnes, mais seulement l'Ouranos au-dessus
d'elle, et, en bas, l'immense mer. Alors, regardant tout
autour, elle parla ainsi :

— Où me portes-tu, divin Taureau ? Qui es-tu ? Comment peux-tu faire cette route avec tes pieds pesants, et
comment ne crains-tu pas la mer ? La mer est le chemin
des nefs rapides, mais les taureaux redoutent le chemin
des flots. Quel doux breuvage, quelle nourriture trouve-
ras-tu dans la mer ? Peut-être es-tu quelque dieu ? mais
pourquoi fais-tu ce qui ne convient pas aux Dieux ? Les
dauphins ne marchent pas sur la terre, ni les taureaux
sur la mer ; mais toi, tu t'élances sur terre et sur mer,
et tes pieds sont tes avirons. Si tu t'élevais dans la hauteur de l'air, peut-être même volerais-tu, semblable aux
oiseaux légers ! Hélas, ô très-malheureuse ! J'ai aban-

donné les demeures de mon père, et j'ai suivi ce taureau, et, dans cette navigation étrange, je suis errante et solitaire! O toi qui ébranles la terre et qui commandes sur la blanche mer, viens à mon aide! Je désire voir celui qui dirige ma course et qui m'emporte. En effet, ce n'est point sans l'aide d'un Dieu que je traverse les routes humides.

Elle parla ainsi, et le Taureau aux grandes cornes lui répondit :

— Rassure-toi, Vierge, et ne crains pas les flots marins. Je suis Zeus lui-même, bien que je semble un taureau, car je puis prendre la forme qui me plaît. L'amour que j'ai pour toi m'a poussé à traverser une si longue mer sous la forme d'un taureau, et bientôt la Krètè va te recevoir. C'est elle qui m'a nourri, et tes noces se feront là. Tu concevras de moi d'illustres fils qui seront, parmi les hommes, des Rois porte-sceptres.

Il parla ainsi, et ce qu'il dit fut fait. Et la Krètè apparut, et Zeus, reprenant sa forme, dénoua la ceinture d'Eurôpéia, et les Heures dressèrent son lit. Et celle qui était vierge devint bientôt l'épouse du Kronide, et elle lui conçut des fils, et elle devint mère.

***

III

Épitaphe de Biôn.

Gémissez avec moi d'une plainte lamentable, ô Vallons, Onde Dôrienne! Fleuves, pleurez l'aimable Biôn! Gé-

missez avec moi, Plantes et Forêts! Fleurs, exhalez les
parfums de vos tiges penchées! Rougissez tristement,
Roses et Anémones! Hyacinthe, fais parler tes lettres, et
inscris plus que jamais sur tes feuilles : — Hélas! hélas!
un illustre chanteur est mort!

Commencez, Muses Sikéliennes, commencez le chant
funèbre.

Rossignols, qui pleurez sous les feuilles épaisses, an-
noncez aux ondes de la sikélienne Aréthousè que le bouvier Biôn est mort, et que les chants sont morts avec
lui, et que la Muse Dôrienne a péri.

Commencez, Muses Sikéliennes, commencez le chant
funèbre.

O Cygnes du Strymôn, gémissez misérablement sur les
eaux, et, en gémissant, chantez une plainte lugubre
d'une voix semblable à celle de Biôn, quand il luttait avec
vous. Dites aux Vierges Oiagriennes, dites à toutes les
Nymphes Bistoniennes : — Il est mort, l'Orpheus dôrique!

Commencez, Muses Sikéliennes, commencez le chant
funèbre.

Celui qui était cher aux troupeaux ne chantera plus
désormais, assis sous les chênes solitaires ; mais il chante
des vers lugubres chez Aidôneus! Les montagnes sont
muettes, les vaches errent auprès des taureaux, pleurent
et ne veulent plus paître.

Commencez, Muses Sikéliennes, commencez le chant
funèbre.

Apollôn lui-même, ô Biôn, a pleuré ta mort soudaine.
Les Satyres ont gémi, les Priapes se sont couverts de vêtements noirs, et les Aigipans ont regretté tes chants
avec des larmes. Les Nymphes des sources pleurent dans
les bois, et leurs eaux deviennent des larmes. Ékhô gémit dans les rochers, car elle se taira désormais et ne

répétera plus les sons de tes lèvres. A cause de ta mort
les arbres ont laissé choir leurs fruits, et toutes les fleurs
se sont flétries. Le beau lait ne coule plus des mamelles,
ni le miel des ruches, car il a péri dans la cire, étant accablé de douleur. Mais puisque ton miel est épuisé, qu'est-
il besoin d'en recueillir un autre?

Commencez, Muses Sikéliennes, commencez le chant
funèbre.

Le dauphin n'a jamais tant pleuré sur le rivage de la
mer, le rossignol n'a jamais tant soupiré sur les rochers,
jamais l'hirondelle n'a tant gémi sur les hautes montagnes; jamais Kèyx ne fut accablée d'autant de chagrins
à cause de Halkyôn.

Commencez, Muses Sikéliennes, commencez le chant
funèbre.

Jamais Kèrylos n'a tant chanté avec tristesse sur la mer
bleue; jamais l'oiseau de Memnôn, volant autour du sé-
pulcre, n'a tant pleuré le fils d'Aôs, dans les vallées de
l'Orient, qu'on a pleuré la mort de Biôn.

Commencez, Muses Sikéliennes, commencez le chant
funèbre.

Les rossignols et toutes les hirondelles qu'il charmait
autrefois, et à qui il enseignait à chanter, tandis qu'ils se
posaient sur les rameaux des arbres, mêlent leurs lamentations, et les autres oiseaux y répondent. O Colombes,
prouvez aussi votre douleur.

Commencez, Muses Sikéliennes, commencez le chant
funèbre.

O très-regretté! Qui chantera désormais sur ta flûte?
Qui approchera sa bouche de tes roseaux? Qui aurait cette
audace? Ils respirent encore tes lèvres et ton souffle.
Ékhô elle-même recueille en eux tes chansons. J'offrirai
ta flûte à Pan, et peut-être craindra-t-il d'en approcher

sa bouche, de peur de n'emporter que le second prix après toi.

Commencez, Muses Sikéliennes, commencez le chant funèbre.

Galatéia pleure tes vers dont elle avait coutume d'être charmée, assise auprès de toi sur le rivage de la mer, car tu ne chantais pas comme le Kyklôps, et la belle Galatéia fuyait loin de lui; mais elle te regardait avec plaisir du fond de la mer; et, maintenant, oublieuse des flots, elle s'assied sur le sable désert et fait paître les bœufs.

Commencez, Muses Sikéliennes, commencez le chant funèbre.

Tous les dons des Muses sont morts avec toi, ô bouvier, et les baisers suaves des vierges et les lèvres des jeunes hommes. Les Érôs pleurent lamentablement autour de ta tombe. Kypris t'aime bien plus que le baiser dont elle embrassait naguère Adônis mourant. O le plus harmonieux des fleuves, ceci est un nouveau chagrin pour toi, ceci est une nouvelle douleur, ô Mélès! D'abord, Homèros t'a été ravi, cette bouche sonore de Kalliôpè! On dit que tu pleuras de tes ondes gémissantes ce fils illustre, et que tu remplis toute la mer de ta plainte; et, maintenant, tu pleures de nouveau un autre fils, et tu te consumes en un deuil lamentable. Tous deux étaient aimés des sources; l'un buvait à la source Pagaside et l'autre à la source Aréthousa. L'un chanta la fille si belle de Tyndaros, et le grand fils de Thétis, et l'Atréide Ménélaos. L'autre ne chanta ni les batailles, ni les larmes; mais il chantait Pan, et il célébrait les bergers, et il paissait les troupeaux en chantant; il faisait des flûtes et il trayait les douces génisses; il enseignait les baisers aux jeunes hommes, réchauffait Érôs dans son sein et plaisait à Aphrodita.

Commencez, Muses Sikéliennes, commencez le chant funèbre.

O Biôn! toutes les cités illustres, toutes les villes te pleurent; Askra te pleure bien plus qu'elle n'a pleuré Hèsiodos; les forêts Boiôtides te regrettent plus qu'elles n'ont regretté Pindaros; Lesbos bien fortifiée a moins regretté Alkaios; la ville de Kèios a moins pleuré son aoide; Paros te regrette plus qu'Arkhilokhos; Mitylana répète tes vers plus que ceux de Sapphô. Tous ceux que les Muses ont doués du doux génie bucolique te pleurent; Sikélidas, qui illustre Samos, est plein de tristesse, et Théokritos parmi les Syracusains; et moi, je chante la douleur ausonienne, moi à qui les choses bucoliques ne sont point étrangères, que tu enseignas à tes disciples, héritiers de la Muse Dôrienne, nous réservant cet honneur, à d'autres tes richesses et à moi le chant.

Commencez, Muses Sikéliennes, commencez le chant funèbre.

Hélas! hélas! Les mauves ont péri dans le jardin, et l'ache verdoyante et l'anet fleuri et crépu; mais ils renaîtront et revivront une autre année, tandis que nous, grands, forts et sages que nous puissions être, une fois morts, nous dormons, obscurs dans la terre creuse, un long sommeil sans fin et sans réveil! Et toi aussi tu seras enfermé dans le silence de la terre. Certes, il plaît aux Muses que la grenouille chante toujours, mais je ne l'envie pas, car son chant n'est pas agréable.

Commencez, Muses Sikéliennes, commencez le chant funèbre.

Le poison est venu, ô Biôn, jusqu'à ta bouche; tu as goûté le poison! Comment est-il arrivé jusqu'à tes lèvres sans s'adoucir? Quel homme cruel a pu le mêler et te l'offrir sans écouter tes chants?

Commencez, Muses Sikéliennes, commencez le chant funèbre.

Mais un juste châtiment a frappé tous les coupables ; et moi, dans ce deuil, je répands des larmes et je gémis sur ta destinée. Si je pouvais, comme Orpheus qui descendit dans le Hadès, ou comme Odysseus, ou comme Alkeidas avant lui, j'irais jusqu'à la demeure d'Aidès, et je verrais si tu chantes chez Aidôneus, et j'entendrais ce que tu chantes. Fais résonner pour Perséphona quelque doux chant sikélien. Elle a joué elle-même, en Sikélè, sur le rivage Aitnéen, et elle a su le chant Dôrique. Tes vers ne resteront point non honorés, et de même qu'elle a rendu autrefois Eurydikéia à Orpheus chantant harmonieusement sur la kithare, de même, ô Biôn, elle te rendra à nos montagnes. Ah ! si je savais jouer de la flûte, certes, j'irais pour toi chanter chez Aidès !

IV

Mégara, femme de Hèraklès.

Ma mère, pourquoi es-tu affligée ainsi dans ta chère âme et gémis-tu lamentablement ? La couleur rose qui était autrefois sur tes joues s'est effacée ; pourquoi es-tu consumée de douleur ? Est-ce parce que ton fils illustre endure des misères infinies sous un lâche, comme un lion sous un faon ? Hélas ! pourquoi les Dieux immortels m'ont-ils ainsi accablée d'opprobre ? Pourquoi mes parents m'ont-ils engendrée pour une destinée mauvaise ?

O malheureuse ! j'ai partagé le lit d'un homme irréprochable, et je l'aimais comme mes yeux, et je le révère et
le vénère encore dans mon âme. Nul d'entre les vivants
n'a été plus malheureux que lui et n'a subi autant de
douleurs et de misères. L'insensé ! avec l'arc que lui
donna Apollôn, et avec les traits inhumains des Kères
ou d'Érinnys, il a tué ses enfants et arraché leur chère
âme, furieux dans sa demeure et tout souillé de carnage !
Et moi, misérable, je les ai vus, de mes yeux, percés par
leur père, chose non vue encore, même en songe ; et leur
mère n'a pu leur venir en aide, malgré leurs cris répétés,
car la mort inévitable les domptait. De même un oiseau
se lamente à cause de ses petits qui périssent, car un serpent féroce dévore les nouveau-nés dans un arbuste
épais ; et la tendre mère vole autour d'eux en criant, mais
elle ne peut venir en aide à ses petits, car elle redoute
l'horrible bête. Ainsi, mère malheureuse, pleurant ma
chère famille, je courais çà et là, à pas furieux, dans la
demeure. Plût aux Dieux que je fusse morte avec mes
fils, étendue contre terre, une flèche empoisonnée
dans le cœur, ô Artémis, qui règnes puissamment sur les
femmes débiles ! Alors, nos parents, nous ayant pleurés,
nous eussent déposés, avec de nombreux dons funéraires,
dans un même tombeau, et, ayant recueilli nos cendres
dans une même urne d'or, nous eussent ensevelis au lieu
où nous sommes nés. Mais ils habitent maintenant
Thèbè, nourrice de chevaux, et labourent la terre grasse
des champs Aoniens ; et moi, dans l'âpre ville de Hèra,
misérable et le cœur consumé de douleur, je ne cesse de
verser des larmes. Je ne vois de mes yeux mon époux
dans cette demeure que pendant un temps très-court, car
d'innombrables travaux l'occupent, errant sur la terre et
sur la mer ; et il les endure avec le cœur de fer ou de ro-

cher qu'il a dans sa poitrine. Et toi, comme si tu répan-
dais de l'eau, tu pleures pendant toutes les nuits et tous
les jours de Zeus. Aucun de mes proches n'est ici pour
me réjouir, car ils habitent tous au loin, par delà l'Isthme
couvert de pins, et il n'en est aucun vers qui je puisse,
femme malheureuse, me retourner pour consoler mon
cher cœur, si ce n'est ma sœur Pyrrha; mais elle aussi
est accablée de douleur à cause de son époux Iphiklès,
ton fils; car tous les enfants que tu as conçus, soit d'un
Dieu, soit d'un homme, sont les plus malheureux, je
pense.

Elle parla ainsi, et de chaudes larmes coulaient de ses
paupières sur ses joues et jusque dans son beau sein, tandis qu'elle se souvenait de ses enfants et de ses parents.
Et Alkmèna, arrosant aussi de larmes ses pâles joues,
gémissait dans son cœur. Et elle dit ces sages paroles à
sa chère belle-fille :

— O malheureuse dans tes enfants ! Pourquoi ton esprit se souvient-il si tristement? Pourquoi veux-tu nous
désoler toutes deux en rappelant ces douleurs intolérables? Ce n'est pas pour la première fois que nous les
pleurons. Ce que nous souffrons de jour en jour ne suffit-il pas? Il serait plein du désir de pleurer, celui qui
voudrait compter tous nos maux. Mais reprends courage; c'est d'un Dieu que nous vient une telle destinée;
car je te vois, chère fille, accablée aussi d'une grande
douleur, et je te pardonne de gémir, puisqu'on se rassasie
même de joie. Je te plains et j'ai profondément pitié de
toi, parce que tu partages la triste destinée qui pèse sur
nos têtes. Mais que Perséphona et Dèmètèr au beau péplos le sachent! Et puissent-elles châtier cruellement
ceux qui se parjurent! Tu es aussi chère à mon cœur que
si tu étais sortie de mon sein et que si tu étais dans

cette demeure ma fille unique, et je pense que tu ne
l'ignores pas. C'est pourquoi, ne dis pas, ô mon sang,
que je ne prends point souci de toi parce que je pleure
plus que Niobè aux beaux cheveux. En effet, on ne peut
reprocher à une mère de gémir sur son fils malheureux.
J'ai souffert pendant dix mois, en le portant dans mon
sein, avant de le voir, et il m'a conduite presque aux
portes terribles d'Aidôneus, tant j'ai enduré d'affreuses
douleurs pour l'enfanter ! Et, maintenant, il accomplit
au loin un nouveau travail, et je ne sais, malheureuse, si
je le recevrai encore ici victorieux ou vaincu. Et voici
qu'un mauvais songe m'a épouvantée pendant le doux
sommeil, et je crains avec véhémence, grâce à cette funeste vision, qu'un malheur ne menace mes enfants. En
effet, mon fils Hèraklès a été vu par moi tenant une bêche
entre ses mains, avec laquelle il creusait, comme on fe-
rait pour un salaire, une grande fosse à l'extrémité d'un
champ fertile; et il était nu, sans manteau et sans
tunique. Ayant achevé ce travail qui servait d'enclos à
une vigne, il planta alors la bêche sur le haut du talus et
se couvrit de ses vêtements. Et voici que, brusquement,
un feu inextinguible jaillit de la fosse profonde, et la
flamme immense roulait autour de lui. Il reculait à pas
rapides, et, désirant fuir la force terrible de Hèphaistos,
il agitait la bêche devant lui comme un bouclier, et de
ses yeux il regardait çà et là, afin que le feu cruel ne le
brûlât point. Et il me sembla que le magnanime Iphiklès,
désirant le secourir, était tombé avant d'arriver jusqu'à
lui, et qu'il ne pouvait se relever, mais qu'il restait immo-
bile par terre, comme un vieillard débile que la cruelle
décrépitude a fait tomber et qui reste forcément étendu
sur le sol jusqu'à ce que, plein de respect pour sa barbe
blanche, quelque passant le relève de la main. Ainsi le

brave Iphiklès gisait contre terre ; et je pleurais, voyant
mes fils sans secours ; et enfin le doux sommeil quitta
mes yeux, et l'illustre Éôs se leva. Voilà les songes qui ont
troublé mon esprit pendant la nuit. Que ces malheurs se
détournent de notre demeure et tombent sur Eurystheus ! Que mon esprit soit ainsi divinateur, et qu'une
autre destinée ne s'accomplisse pas !

———

V

Quand le vent souffle doucement sur la mer glauque,
mon esprit timide me tente ; la terre ne me plaît plus et la
tranquillité des eaux m'attire ; mais quand la blanche
mer retentit, quand l'onde marine se recourbe en écu-
mant, quand les flots sans nombre sont agités , je tourne
mes yeux vers la terre et les arbres, et je fuis la mer ; la
terre me semble plus sûre, et l'épaisse forêt me plaît où
le souffle du vent fait chanter les pins. Certes, le pêcheur
mène une dure vie ; une nef est sa maison, son travail
est sur la mer, et les poissons sont une proie trompeuse.
Moi, j'ai le doux sommeil sous le platane touffu, et j'aime
à écouter le murmure prochain de la source qui, sans
effrayer mon oreille, la réjouit de son bruit.

———

VI

Pan aimait Ekhô, sa voisine; Ekhô brûlait pour un satyre bondissant, et le satyre dépérissait pour Lyda. Autant Ekhô aimait le satyre, autant le satyre aimait Lyda, autant Lyda aimait Pan. Ainsi Erôs les enflammait. Autant chacun d'eux aimait celui qui le haïssait, autant chacun haïssait celui qui l'aimait. Et j'enseignerai ceci à ceux qui sont étrangers à Erôs : — Aimez ceux qui aiment, afin d'être aimés par eux.

VII

L'Alphéios, au delà de Pisa, ayant pénétré dans la mer, roule vers Aréthousa, poussant son onde couverte de rameaux d'olivier; et, lui portant pour dons de belles feuilles, des fleurs et de la poussière sacrée, il fend profondément les ondes et court sous la mer sans y mêler ses eaux; et la mer ne le sent point passer. C'est ainsi que l'Enfant terrible, plein de mauvaises ruses, savant en cruautés, Erôs, a pu enseigner, par la force de l'amour, la natation à un fleuve lui-même.

FIN DES IDYLLES DE MOSKHOS.

TYRTÉE

TYRTÉE

I

Il est beau que l'homme brave, en combattant pour sa patrie, tombe au premier rang; mais celui qui déserte sa ville et ses champs fertiles et va mendier, errant avec sa chère mère et son vieux père et ses petits enfants, celui-là est le plus misérable des hommes.

Odieux à tous ceux qu'il rencontre, vaincu par l'indigence et par la pauvreté détestée, sa race est infâme et sa face est honteuse; l'anxiété et le malheur le suivent, car il n'y a plus d'honneur pour un tel vagabond, et nul respect ne lui est réservé dans l'avenir.

Mais nous, courageusement, combattons pour cette terre, mourons pour nos enfants, n'épargnons pas notre vie. O jeunes hommes, combattez, pressés l'un contre

l'autre. Ne craignez que la honte de la fuite, excitez dans
votre cœur un vaillant et solide courage, et ne vous in-
quiétez point de la vie en luttant contre l'ennemi.

N'abandonnez point les vieux guerriers dont les genoux
ne sont plus agiles. Il est honteux qu'un vieil homme,
tombé au premier rang, gise devant les jeunes hommes,
avec sa tête blanche, sa barbe blanche, et rende son âme
courageuse dans la poussière, le corps dépouillé, et, chose
indigne et lamentable à voir, cache de ses mains sa viri-
lité sanglante !

Mais celui qui garde la belle fleur de la jeunesse, vivant,
est admiré des hommes et des femmes, et, aussi, quand il
tombe bravement au premier rang. Que chacun marche
donc au combat d'un pied ferme, en mordant ses lèvres
de ses dents.

II

Puisque vous êtes la race invincible de Hèraklès, soyez
pleins de courage. La face de Zeus ne s'est point encore
détournée de vous. Ne craignez ni ne redoutez la multitude des hommes. Que chacun dresse son bouclier en face
de l'ennemi, prêt à perdre l'âme et à subir la Kère, et qu'il
aime la noire mort autant que la splendeur de Hèlios !

Si vous avez souffert des travaux lamentables d'Arès,
savourez aussi l'ivresse terrible de la guerre ! Si vous
avez fui quelquefois, ô jeunes hommes, vous connaissez
aussi la victoire.

De ceux qui osent soutenir d'un courage unanime le choc de l'ennemi, peu meurent, et ils sauvent leur peuple; mais les lâches perdent toute leur force, et nul ne peut dire combien les lâches sont accablés de maux.

C'est une ignominie d'être frappé dans le dos en fuyant le combat, et c'est une chose misérable qu'un cadavre gisant dans la poussière et que la pointe d'une lance a percé dans le dos. Mais il est beau celui qui marche d'un pied ferme, mordant ses lèvres de ses dents, couvrant de l'orbe de son large bouclier ses cuisses, sa poitrine et ses épaules, brandissant de sa droite la lance solide, et agitant sa crinière terrible sur sa tête.

Que chacun de vous apprenne à faire des actions héroïques et ne tienne pas son bouclier à l'abri des traits. Que chacun, au contraire, armé d'une longue lance et prêt à frapper de l'épée, attaque un ennemi, pied contre pied, bouclier contre bouclier, crinière contre crinière, casque contre casque, poitrine contre poitrine, et combatte en saisissant la poignée de son épée ou sa longue lance.

Mais vous, qui êtes légèrement armés, abritez-vous les uns les autres de vos boucliers, lancez les pierres pesantes, et attaquez de vos lances légères les lourds panoplites.

III

Pour moi, un homme n'est point digne de renommée, qu'il ait remporté le prix de la course ou de la lutte, ou

qu'il possède la grandeur et la force des Kyklôpes, ou
qu'il puisse vaincre en rapidité le Thrèkien Boréas, ou
qu'il soit plus beau que Tithôn, plus riche que Midéas et
Kinyras, plus puissant que le Tantalide Pélôps, plus éloquent qu'Adrastès, ou doué de toute autre gloire, s'il n'a
en partage la vertu guerrière.

Ce ne sera pas un homme brave au combat, s'il ne
soutient point la vue du carnage ensanglanté et s'il n'a-
borde point l'ennemi face à face. Cette vertu est la meilleure de toutes, et c'est elle qui illustre le plus les jeunes
hommes.

C'est un grand bien pour une ville et pour un peuple
qu'un homme combatte fermement au premier rang, oublieux de la fuite ignominieuse, opposant sa vie et son
âme au danger, et encourageant son compagnon à affron-
ter la mort. Celui-là est un homme brave au combat. Il
met promptement en fuite les terribles phalanges enne-
mies, et, par son courage, il règle la destinée de la
bataille.

Si, tombé au premier rang, il perd la vie, il glorifie sa
ville et son peuple et son père; sa cuirasse, son bouclier
et sa poitrine sont percés d'innombrables coups; et tous
le pleurent, jeunes hommes et vieillards; les regrets de
sa ville le suivent, et sa tombe, et ses enfants, et ses petits enfants, et ses descendants sont illustres parmi les
hommes. Jamais sa gloire fameuse ne périt, ni son nom,
et, bien qu'il soit sous terre, il reste immortel, celui qui a
bravement combattu pour sa patrie et pour ses enfants,
et que le violent Arès a tué.

Et s'il échappe au long sommeil de la mort, s'il rem-
porte la gloire éclatante du combat, tous l'honorent,
jeunes et vieux, et il descend chez Aidès, couvert d'honneurs. En vieillissant, il est le premier parmi les citoyens,

et nul n'oserait l'offenser injustement. Les jeunes hommes, et ses égaux en âge, et ceux qui sont plus âgés, lui cèdent leur place. Que chacun de vous atteigne donc à la hauteur de cette vertu ; qu'il s'excite le cœur, et qu'il marche au combat !

FIN DE TYRTÉE.

ODES ANACRÉONTIQUES

ODES ANACRÉONTIQUES

Ode I

Sur sa lyre.

Je dirais volontiers les Atréides, volontiers je chante-
rais Kadmos ; mais les cordes de ma lyre ne sonnent
qu'Erôs.

Récemment, ayant changé l'écaille de tortue et toutes
ses fibres, je chantais les travaux de Hèraklès ; mais elle
ne sonna qu'Erôs.

Adieu donc, ô héros, pour jamais, car les cordes de ma
lyre ne sonnent qu'Erôs.

ODE II

Sur les femmes.

La nature a donné les cornes au taureau, les sabots au cheval, au lion les dents d'une large gueule, au lièvre de courir vite, aux poissons de nager, aux oiseaux de voler; elle a donné le courage aux hommes.

Rien ne restait aux femmes. Que leur a-t-elle donné ? La beauté, pour lances et boucliers.

Le feu et le fer cèdent à la femme, si elle est belle.

ODE III

Sur Erôs.

Récemment, vers les heures du milieu de la nuit, lorsque l'Ourse tourne déjà sous la main du Bouvier, et que tout le corps lassé par le travail goûte le sommeil, Erôs survint et heurta à ma porte.

Je dis : — Qui frappe à mon seuil et me trouble dans mon sommeil ?

Il cria : — Ouvre la porte et ne crains rien, car je suis un petit enfant, et je suis errant par la nuit noire, tout mouillé par la pluie.

Je l'entendis, et, plein de pitié, j'allumai la lampe et j'ouvris ma porte.

Alors, je vis un petit enfant qui avait un arc, des ailes et un carquois.

Je l'approchai du feu, je réchauffai ses mains dans les miennes, et, de ses cheveux, j'exprimai la pluie. Pour lui, dès que la chaleur l'eut ranimé, il dit :

— Voyons si le nerf de mon arc n'a pas été détendu par la pluie.

Et, aussitôt, il tendit l'arc et m'envoya une flèche en plein foie. Alors, il sauta, riant aux éclats, et il me dit :

— O mon hôte, réjouis-toi ! Voici que mon arc n'a point de mal, mais ton cœur en gémira.

Ode IV

Sur lui-même.

Couché sur des myrtes frais et du vert lotos, je boirai à l'aise.

Ayant noué d'un papyros sa tunique à son cou, Erôs me servira.

Le temps ailé fuit comme la roue d'un char ; et, nos os dissous, nous ne sommes plus qu'un peu de cendre.

A quoi bon parfumer le tombeau et verser sur la terre ce qu'on peut boire ?

Couronne plutôt ma tête de roses, pendant ma vie ; apporte-moi des essences et appelle la Hétaire.

Je veux oublier les soucis, avant de me mêler aux danses des Morts !

Ode V

Sur la Rose.

Mêlons à Dionysos la rose d'Erôs, et, la tête ceinte de belles feuilles de roses, buvons en riant doucement.

La rose est l'honneur et le charme des fleurs ; la rose est le désir et le soin du printemps ; la rose est la volupté des Dieux !

L'enfant de Kythèrè se couronne de corolles de roses, quand il se mêle aux chœurs des Kharites.

Couronne-m'en donc, ô Dionysos, afin que, la chevelure ceinte de roses, je chante dans tes temples, et que je mène les danses, accompagné d'une belle jeune fille !

Ode VI

Sur la même.

Tous, la chevelure ceinte de roses, nous allons rire et boire.

Une belle jeune fille aux pieds délicats, au son des Kithares, conduit les chœurs et porte un thyrse où s'enroule le lierre bruyant.

Un jeune homme, dont les beaux cheveux sont parfumés, chante d'une voix claire, et fait sonner les fibres du pèktis.

Le bel Erôs, à la chevelure dorée, vient avec le beau Lyaios et Kythèrè, et se mêle à la danse si douce aux vieillards.

Ode VII

Sur Erôs.

Erôs, avec une branche d'hyacinthe, me commandait durement de le suivre dans sa course ; et, comme je courais avec lui par les bois, les cours d'eau et les vallées, un serpent caché me piqua.

Et le cœur m'en vint aux lèvres, et je rendais déjà l'âme ; mais Erôs, me battant le front de ses jeunes ailes, me dit : — Tu ne peux donc pas aimer ?

Ode VIII

Sur un Songe.

Doucement endormi, pendant la nuit, sur de la pourpre, après m'être réjoui en buvant, il me sembla que je courais rapidement, et que je jouais avec une foule de jeunes filles.

Et des jeunes hommes, plus beaux que le bon Lyaios, me disaient de dures paroles à propos de ces vierges.

Et je voulus les embrasser, et aussitôt ils disparurent tous.

Ainsi délaissé, je repris tristement mon sommeil.

Ode IX

Sur une colombe.

Aimable colombe, d'où viens-tu ? D'où viennent ces douces odeurs que tu répands dans ton vol ? Dis, quel dessein as-tu ?

LA COLOMBE.

— Anakréôn m'envoie vers l'enfant Bathyllos, ce Bathyllos qui règne maintenant et qui commande.

Kythèrè m'a donnée à lui en échange d'un petit hymne. Je sers donc maintenant Anakréôn, et, comme tu le vois, je porte ses tablettes.

Il m'a promis de me rendre bientôt la liberté ; mais il peut me la rendre : j'aime mieux rester et le servir.

A quoi bon voler sur les montagnes et sur les plaines, percher sur les rameaux et manger les baies sauvages ?

Voici que je mange dans la main d'Anakréôn et que je bois son propre vin.

Et, après avoir bu, je danse ; et je l'abrite de l'ombre de mes ailes, et je repose sur sa lyre.

Voilà tout. Mais adieu, homme ! Tu m'as rendue plus babillarde qu'une corneille !

Ode X

Sur un Erôs de cire.

Un homme vendait un Erôs de cire. Je lui demandai combien il voulait le vendre. Et il me dit en Dôrien :

— Prends-le pour ce que tu voudras. Afin que tu le saches, je n'ai point modelé cette cire ; mais je ne veux point garder à la maison un Erôs qui désire prendre tout ce qu'il voit.

Je lui dis : — Donne ! Donne-le-moi donc pour une drakhme. Ce bel enfant couchera avec moi. — Mais toi, Erôs, enflamme-moi au plus tôt, ou je te ferai fondre au feu !

Ode XI

Sur lui-même.

Les femmes disent : — Anakréôn, tu es vieux. Prends un miroir, regarde : tous tes cheveux s'en sont allés, et ton front est chauve !

— Si mes cheveux s'en sont allés ou non, je ne sais; mais ce que je sais bien, c'est qu'il sied d'autant plus à un vieillard de se livrer aux désirs et aux jeux, que la mort est plus proche.

———

Ode XII

Sur une hirondelle.

Comment te punirai-je, hirondelle babillarde? Faut-il couper tes ailes légères, ou même ta langue, comme on dit que fit Tèreus autrefois?

Pourquoi es-tu venue, avant l'aube, crier à mes oreilles et me ravir Bathyllos, en troublant mes songes heureux?

———

Ode XIII

Sur lui-même.

Atys, l'efféminé, furieux d'amour pour la belle Kybèlè, poussait de longs mugissements sur les montagnes.

Ceux qui boivent l'eau de Klaros, consacrée à Phoibos ceint de lauriers, furieux aussi, poussent des cris.

Pour moi, plein de Lyaios, tout parfumé de nard et

tout entier à ma Hétaire, je veux me livrer à une fureur
voluptueuse.

––––––

ODE XIV

Sur Erôs.

Il faut, il faut aimer. Erôs me le conseillait ; et moi,
oublieux, j'ai négligé son conseil.

Alors, prenant son arc et son carquois doré, il m'a
appelé au combat. Et, comme autrefois Akhilleus, avec
un bouclier, une cuirasse, et une lance, je combattais
Erôs.

Il lança une flèche, et je pris la fuite ; et, quand il eut
épuisé ses traits, il se lança lui-même, tel qu'une flèche,
pénétra jusqu'au fond de mon cœur et brisa mes forces.

Désormais, à quoi me sert mon bouclier ? On ne peut
se défendre au dehors quand le combat est au dedans.

––––––

ODE XV.

Sur lui-même.

Je n'ai nul souci de Gygès, roi des Sardiens ; je n'ai
point le désir de l'or ; je n'envie point les tyrans ; mais

je veux que ma barbe soit baignée d'essences, et que mes cheveux soient couronnés de roses.

Je me soucie du présent ; qui peut connaître le lendemain ? Donc, pendant que la destinée te favorise, joue aux dés et bois, de peur qu'un mal inattendu t'accable et te dise : — C'est assez boire !

———

Ode XVI

Sur lui-même.

Tu chantes les guerres Thèbaines ; un autre, les guerres Phrygiennes ; moi, je ne chante que mes défaites.

Je n'ai été vaincu ni par des cavaliers, ni par des fantassins, ni par des nefs ; mais par une nouvelle armée qui lance des flèches par les yeux.

———

Ode XVII.

Sur une coupe d'argent.

Hèphaistos, en ciselant cet argent, ne me fais pas une panoplie ; car, que m'importe la guerre ? Mais une coupe aussi profonde que tu le pourras.

N'y grave ni les astres, ni le Chariot, ni le triste Oriôn ; que me font les Pèléiades et le brillant Bouvier ? Mais une vigne et ses rameaux, et des grappes que foulent, avec le beau Lyaios, Erôs et Bathyllos.

Ode XVIII

Sur la même.

Excellent artiste, cisèle-moi une douce coupe de printemps.

Graves-y la jeune année, et l'heure printanière ceinte de roses, et les festins qui sont ma volupté.

N'y grave point les rites des sacrifices étrangers, ni aucune image douloureuse.

Fais plutôt Bakkhos, fils de Zeus, enseignant ses mystères, ou Kypris menant le chœur des jeunes Hyménées.

Grave Erôs désarmé, et les Kharites joyeuses, à l'ombre d'une vigne sacrée aux rameaux inclinés et lourds de pampres ; et, si ce n'est Phoibos lui-même s'y jouant, ajoutes-y de beaux jeunes hommes.

Ode XIX

Qu'il faut boire.

La noire terre boit la pluie , et les arbres boivent la terre, et Hèlios boit la mer, et Sélènè boit Hèlios.

Pourquoi donc, mes amis, me défendez-vous de boire ?

Ode XX

Sur une jeune fille.

La fille de Tantalos fut, dit-on, changée en rocher sur les montagnes des Phrygiens, et la fille de Pandiôn fut faite hirondelle et s'envola.

Mais moi, que je devienne miroir, afin que tu me regardes !

Que je sois ta tunique, ô jeune fille, afin que tu me portes !

Que je sois une eau pure, afin de laver ton corps ; une essence, pour te parfumer ; une écharpe, pour ton sein ; un collier de perles, pour ton cou ; une sandale, pour que tu me foules de ton pied !

ODE XXI

Sur lui-même.

Donnez-moi, donnez, ô femmes, une pleine coupe de vin, pour que je boive.

Voici que la chaleur me dévore et que je rends l'âme.

Donnez-moi des fleurs aussi, car mon front a brûlé celles qu'il portait.

Et pourtant, je renferme au fond de mon cœur toutes les flammes d'Erôs.

ODE XXII

Sur Bathyllos.

Viens, Bathyllos, assieds-toi à l'ombre de ce bel arbre. Il agite ses douces feuilles qui sonnent et murmurent ; et une source vive coule auprès, qui, du bruit de son eau, invite et persuade.

Quel voyageur, voyant ce lieu, ne voudrait s'y arrêter ?

ODE XXIII

Sur l'or.

Si l'abondance de l'or pouvait prolonger la vie, j'en amasserais de plus en plus, afin que, la mort survenant, elle en prît et s'en allât.

Mais s'il n'est point permis aux hommes d'acheter la vie, à quoi bon l'or et les vains soucis ?

S'il est inévitable de mourir, à quoi me servirait mon or ? J'aime mieux boire un bon vin avec mes amis.

J'aime mieux caresser une jeune Aphrodita au beau sein !

ODE XXIV

Sur lui-même.

Je suis né mortel, pour passer une vie brève. Autant je sais le peu que j'ai vécu, autant j'ignore ce que je vivrai.

Va donc, ô souci ! Qu'il n'y ait rien de commun entre nous. Je me réjouirai avant la mort, et je jouerai, et je danserai avec le beau Lyaios !

ODE XXV

Sur lui-même.

Quand je bois du vin, toutes mes peines s'endorment. A quoi bon travailler, m'inquiéter ou gémir? Je mourrai, que je le veuille ou non. Pourquoi m'égarer dans la vie? Buvons du vin, le vin du beau Lyaios. Quand on boit du vin, toutes les peines s'endorment.

ODE XXVI

Sur lui-même.

Dès que Bakkhos me tient, toutes mes peines s'endorment.

Je possède les richesses de Kroisos, et voici que je chante à pleine voix!

Couché, et les cheveux ceints de lierre, je méprise tout dans mon cœur.

Qu'un autre coure aux armes; moi, je cours à ma coupe!

Enfant, donne-la-moi : il vaut mieux être ivre que mort!

Ode XXVII

Sur Dionysos.

Quand Bakkhos, le fils de Zeus, le joyeux Lyaios, est entré jusqu'au fond de mon cœur, ce donneur de vin me pousse à danser, et ma volupté est grande de me sentir ivre !

La belle Aphrodita aime les chansons et les rires, et je danse de nouveau !

Ode XXVIII

Sur sa Hétaire.

O peintre excellent, roi de l'art Rhodien ! Peins ma Hétaire absente, telle que je vais la décrire.

D'abord, peins ses cheveux souples et noirs, et, si la cire le permet, fais-les parfumés d'essences.

Sous sa noire chevelure fais son front d'ivoire ; et, ses sourcils bruns, ne les sépare, ni ne les confonds, mais qu'il n'y ait entre eux qu'un étroit espace.

Que ses yeux soient pareils à du feu, clairs comme ceux d'Athènè et humides comme ceux de Kythèrè. Peins son nez et ses joues avec du lait mêlé à des roses. Que sa lèvre soit persuasive et appelle le baiser. Que les kharites jouent au-dessous de son menton délicat et sur ses blanches épaules.

Enfin, qu'elle soit vêtue de pourpre, et qu'un peu de sa belle peau paraisse et fasse juger du reste de son corps.

Pourquoi t'en dirais-je plus long ? O peinture, je crois que tu vas parler !

Ode XXIX

Sur Bathyllos.

Peins mon Bathyllos bien-aimé, tel que je vais le décrire.

Fais lui des cheveux brillants, noirs par le haut, dorés par le bas. Noue-les négligemment, et qu'ils flottent en liberté. Couronne un beau front de sourcils d'ébène. Que son œil soit noir et fier, mêlé de douceur, comme celui d'Arès et celui de Kythèrè, et qu'il tienne en suspens entre la crainte et l'espérance. Que sa joue rosée ait le duvet léger des pommes. Autant que tu le pourras, donne-lui le rouge de la pudeur. Pour ses lèvres, je ne sais comment tu feras. Qu'elles soient belles et persuasives. Enfin, il faut que cette peinture soit éloquente, quoique muette. Que son visage soit grand. J'oubliais qu'il devra porter le cou d'ivoire d'Adônis.

Qu'il ait la poitrine et les mains de Hermès, la cuisse de Polydeukès et le ventre de Dionysos. Au-dessus de sa cuisse, là où brulent des feux, je veux que tu peignes une puberté naissante qui invite Erôs. Mais ton art est impuissant à faire voir ce qui est caché ; ses épaules non moins belles. A quoi bon te décrire ses pieds ? Quel prix te faut-il ? — Peins donc cet Apollôn que voilà en Bathyllos, et, si tu vas à Samos, de ce Bathyllos tu feras un Apollôn.

Ode XXX

Sur Erôs.

Les Muses ayant lié Erôs de chaînes de fleurs, le livrèrent ainsi à la Beauté.

Maintenant, Kythéréia cherche Erôs et apporte des présents pour qu'on le délivre ; mais, bien que racheté, il restera, aimant mieux sa servitude.

Ode XXXI

Sur lui-même.

Laissez-moi boire, au nom des Dieux ! Je veux devenir furieux en buvant.

Orestès aux pieds blancs et Alkmaiôn devinrent furieux après avoir tué leurs mères ; mais moi qui n'ai tué personne, je veux devenir furieux après avoir bu du bon vin.

Autrefois, Hèraklès entra en fureur et fit tout trembler, avec l'arc et le carquois guerrier d'Iphitéios. Aias, furieux aussi, faisait rage avec son bouclier à sept peaux et avec l'épée de Hektôr.

Et moi, le front ceint de fleurs, sans bouclier ni épée, mais la coupe en main, je veux, je veux devenir furieux !

Ode XXXII

Sur ses amours.

Si tu peux compter les feuilles des arbres et deviner le nombre des grains de sable de la mer, toi seul sauras le nombre de mes amours.

D'abord, tu en trouveras vingt à Athèna, et quinze encore. A Korinthos, toute une armée ; car Korinthos est, de toute l'Akhaiè, la ville des belles jeunes filles. Tu en compteras deux mille à Lesbos, en Ioniè, en Kariè et à Rhodos. Et tu diras : —As-tu donc tant aimé ? —Tu n'as point compté ceux de Syriè, ceux de Kanôbos, ceux de la Krètè, dont l'ardent Erôs possède les villes, et tous ceux de Gadès, de la Baktrianè et des Indes !

Ode XXXIII

Sur une hirondelle.

Chère hirondelle, tu reviens chaque année bâtir ton nid, et tu as coutume, aux jours brumeux, de regagner le Neilos ou Memphis. Mais Erôs fait toujours son nid de mon cœur, et les petits s'y multiplient. L'un est encore dans l'œuf, l'autre commence à s'emplumer.

On entend gazouiller ceux qui éclosent ; et les plus grands nourrissent les plus petits ; et ceux-ci grandissent et en font d'autres. Que vais-je devenir ? Il y en a une telle foule, que je ne puis les dire tous.

Ode XXXIV

Sur une jeune fille.

Ne me fuis pas, ô jeune fille, par dédain pour mes cheveux blancs ; ne méprise point mon amour, parce que tu as les couleurs de la rose.

Vois combien les lis blancs sont beaux, mêlés aux roses!

ODE XXXV

Sur Eurôpè.

Ce taureau, enfant, me semble être Zeus, car il porte sur son dos une vierge Sidônienne, à travers la vaste mer qu'il fend du pied. Jamais aucun taureau, séparé du troupeau, n'a ainsi traversé la mer, si ce n'est Zeus.

ODE XXXVI

Sur la bonne vie.

Pourquoi m'enseigner les règles et les arguments des rhéteurs? à quoi bon ces discours inutiles? Enseigne-moi à boire le vin du doux Lyaios ; enseigne-moi à rire avec Aphroditè d'or, puisque les cheveux blancs couronnent ma tête.

Donne-moi de l'eau, verse du vin, ô mon enfant, assoupis mon âme. Tu m'enseveliras dans peu de temps. Un mort ne désire plus rien.

ODE XXXVII

Sur le printemps.

Voyez comme, au retour du printemps, les Kharites abondent de roses ; voyez comme l'eau de la mer s'est apaisée. Voyez comme le plongeon nage, comme la grue vole, comme Hèlios resplendit et comme les noires nuées s'enfuient !

Les travaux des hommes brillent, les oliviers poussent, la liqueur de Lyaios circule, et les fruits se montrent sous les feuilles et les branches.

ODE XXXVIII

Sur lui-même.

Je suis vieux sans doute, mais je bois mieux que les eunes, et, quand je mène les danses, j'ai pour sceptre une outre.

Qu'ai-je besoin d'une férule ? Veux-tu te battre ? va te battre !

Enfant, apporte du vin plus doux que le miel ! Je suis vieux sans doute, mais, comme Seilénos, je danserai au milieu de tous.

Ode XXXIX

Sur lui-même.

Dès que je bois d'un bon vin, d'un esprit joyeux je chante les neuf Muses. Dès que je bois d'un bon vin, aussitôt les soucis, les tristes pensées et les craintes se dissipent.

Dès que je bois d'un bon vin, Bakkhos m'enlève, criant et ivre, dans les airs parfumés. Dès que je bois d'un bon vin, je mets une couronne faite de mes mains et tressée de fleurs variées, et je chante la vie heureuse.

Dès que je bois d'un bon vin, que je suis parfumé d'une essence liquide et que je tiens dans mes bras une jeune fille, je chante la riante Kypris. Dès que je bois d'un bon vin, et que j'ai retrempé mon esprit dans une coupe, je me réjouis avec un chœur de jeunes hommes.

Dès que je bois d'un bon vin, je fais un vrai gain, le seul que j'emporterai, s'il nous faut tous mourir.

Ode XL

Sur Erôs.

Erôs ne vit pas une abeille cachée dans les roses, et il en fut piqué. Il fut piqué à la main et se mit à pleurer. Et, courant, volant jusqu'à la blanche Kythèrè, il dit :

— Hélas! je suis mort, je suis mort, ma mère! Je vais mourir! Voici qu'un petit serpent ailé m'a blessé, de ceux que les laboureurs nomment abeilles.

Et elle lui dit : — Si une abeille t'a fait un si grand mal, combien, Erôs, penses-tu que souffrent ceux que tu blesses?

Ode XLI

Sur un repas.

Joyeux et buvant du vin, chantons Bakkhos qui inventa la danse, à qui plaisent les chansons et les rires, qui est l'égal d'Erôs, qui enflamme Kythèrè, et de qui est née la belle Kharis!

C'est par lui que la douleur s'endort et que la tristesse est adoucie. Sitôt que de beaux enfants m'ont apporté une pleine coupe, tous mes ennuis se dissipent. A quoi bon se plaindre et gémir? Qui connaît l'avenir? Que sait-on de la vie?

Je veux, ivre de Lyaios, et parfumé, me mêler aux danses avec une belle jeune fille. Que ceux qui le veulent s'embarrassent de soucis; joyeux et buvant du vin, chantons Bakkhos!

Ode XLII

Sur lui-même.

Je veux, mêlé aux danses du joyeux Dionysos, et couronné d'hyacinthe, chanter avec les Ephèbes, et, mieux encore, jouer avec de belles jeunes filles.

Je n'envie personne, et je fuis avec crainte les paroles légères d'une langue blessante. Je fuis et je hais les querelles excitées par le vin, pendant les joyeux repas.

Je me plais là où l'on danse avec une belle jeune fille, aux sons de la kithare. Le loisir et le repos me sont doux.

Ode XLIII

Sur la cigale.

Tu es heureuse, ô cigale! Sur les rameaux élevés, ayant bu un peu de rosée, tu chantes comme un roi! Tout ce que tu vois, tout ce qui pousse dans les champs et dans la forêt est à toi. Le laboureur t'aime, car tu ne lui fais point de mal. Les hommes t'honorent, ô cigale, parce que tu leur annonces l'été. Les Muses t'aiment. Phoibos lui-même t'aime, et il t'a donné ta voix sonore. Tu ne subis point la vieillesse, sage enfant de la terre, toi qui aimes les chansons!

Tu ignores les maux et la douleur, tu n'as ni chair, ni sang, et tu es presque semblable aux Dieux!

ODE XLIV

Sur un songe.

Il me semblait, durant mon sommeil, courir çà et là, avec des ailes aux épaules ; mais Erôs, bien qu'il eût du plomb à ses petits pieds, m'a poursuivi et atteint.

Que veut dire ce songe ? — Ceci peut-être : Je me suis échappé des mains de plusieurs Erôs, mais celui-ci m'a pris et me retiendra.

ODE XLV

Sur les flèches d'Erôs.

L'Épouse de Kythèrè, aux forges Lemniennes, faisait des flèches à Erôs avec de l'acier, et tandis que Kythèrè les trempait dans le miel, Erôs y mettait du fiel.

Un jour, Arès, revenant du combat, et tenant une lance terrible, méprisa les flèches d'Erôs. Erôs lui dit : — Prends celle-ci, elle est pesante. — Arès la prit, et Kythèrè en rit ; mais, aussitôt, il gémit et dit : — Elle est trop lourde !

Erôs lui dit : — Tu l'as, garde-la !

Ode XLVI

Sur ceux qui aiment.

Il est dur de ne pas aimer, il est dur d'aimer ; mais le plus cruel est d'aimer en vain. Ni les ancêtres, ni les qualités, ni le génie, ne servent en amour. On ne songe qu'à l'or. Que l'inventeur de l'or soit maudit !

C'est de lui que naissent la haine des frères, le mépris des parents et les guerres sanglantes. Et, ce qu'il y a de plus amer, c'est par lui que nous souffrons, nous tous qui aimons.

———

Ode XLVII

Sur les vieillards.

J'aime à voir les danses joyeuses des jeunes et des vieux. Un vieillard qui danse est vieux par les cheveux, mais il est jeune par l'esprit.

———

Ode XLVIII

Sur lui-même.

Donnez-moi la lyre de Homèros, mais sans la corde guerrière. Donnez-moi la coupe des lois sacrées, afin que, dans l'ivresse, je frappe la terre d'un pied léger, et que, jouant de la kithare, dans un emportement modéré, j'abonde en joyeuses paroles !

Ode XLIX

Sur une peinture.

Allons, excellent peintre, écoute les modes de la Muse lyrique.

Peins les riantes Bakkhantes jouant de leurs doubles flûtes. Peins les villes joyeuses ; et, si la cire le permet, peins aussi les lois de ceux qui aiment.

Ode L

Sur Dionysos.

Il revient, le Dieu qui rend le jeune homme vaillant au milieu des coupes et des danses !

Il rapporte le vin, délices de l'homme, le vin joyeux né de la vigne, et qui est encore retenu dans ses grains.

Mais quand la grappe sera coupée, il donnera la vigueur à nos membres sains et à notre esprit, jusqu'à l'année nouvelle où il nous reviendra.

Ode LI

Sur un disque où était gravée Aphroditè.

Quel artiste excellent a versé l'onde de la mer sur ce disque ? Il a pénétré jusqu'aux Dieux, l'esprit de celui qui a gravé sur cette mer la blanche et belle Kypris, mère des dieux.

Il l'a faite nue à nos yeux ; mais l'onde couvre ce qu'il ne faut pas voir.

La Déesse nue se promène çà et là sur la mer sereine, et pousse l'eau devant elle en nageant.

Elle fend le large flot, de ses seins roses et de son cou

délicat, et, comme un lis au milieu des violettes, elle brille sur la mer tranquille.

Et les Dauphins joyeux portent sur leurs épaules Erôs et le Désir, qui se rient tous deux des ruses des jeunes hommes.

Et toute la foule des poissons saute sur les eaux bleues, autour de Paphiè qui se plaît à les voir nager.

Ode LII

Sur la vendange.

Les jeunes hommes vigoureux et les belles jeunes filles portent, à pleines hottes, les noirs raisins aux pressoirs.

Mais les jeunes filles ne les pressent point de leurs pieds ; ce sont les hommes qui foulent les grappes en chantant, et font jaillir le vin.

Et ils se réjouissent de voir ce bon vin nouveau bouillonner dans les vaisseaux.

A peine les vieillards en ont-ils bu, qu'ils dansent d'un pied incertain et agitent leurs cheveux blancs.

Le jeune homme cherche la jeune fille couchée à l'ombre sur son beau flanc, et Erôs la veut persuader de devancer l'heure des noces. Et, comme elle résiste, l'autre ne l'écoute pas et la contraint de céder.

Car il arrive que Bakkhos, avec la jeunesse joyeuse,
joue parfois insolemment.

Ode LIII

Sur la rose.

ANAKRÉÔN.

Il faut louer la rose et le printemps qui est ceint de
fleurs. Ami, aide-moi à chanter.

— La rose est la fleur et le parfum des Dieux ; la rose
est la volupté des hommes ; elle est l'ornement des Kharites, à l'heure fleurie d'Erôs ; elle fait les délices d'A-
phroditè !

L'AMI.

La rose est le soin des poëtes et l'amie des Muses ; elle
est douce à cueillir, même si l'on se pique à ses épines.

ANAKRÉÔN.

Il est doux de réchauffer la rose dans sa main, et de
juger, en frappant ses feuilles, du succès de nos amours.

L'AMI.

Elle sied dans les festins et dans les fêtes de Dionysos.

ANAKRÉÔN.

Que faire sans les roses ? Eôs n'a-t-elle pas les mains
roses ? Les Nymphes n'ont-elles pas les bras roses ? Et
Aphrodita elle-même n'est-elle pas nommée par les
Sages, la Rose ?

L'AMI.

Ne sert-elle pas dans les maladies ? Elle embaume les
morts ; elle résiste au temps. Vieille, elle garde l'odeur de
sa jeunesse !

ANAKRÉÔN.

Quand l'écume salée fit sortir l'humide Kythèrè du
sein des ondes bleues ; et quand Athènè, qui aime le
tumulte de la guerre, s'élança de la tête de Zeus, alors,
de son sein heureux, Gaia fit naître la divine rose, la
plante aux belles couleurs !

L'AMI.

La foule des grands Dieux l'arrosa de nektar, pour
qu'elle fût la fille vermeille du divin Lyaios, et qu'elle
s'élevât du milieu des épines !

Ode LIV

Sur lui-même.

Dès que je vois la foule des jeunes hommes, je rajeunis ! et, bien que vieux, je cours légèrement aux danses.

Ainsi, rajeunis avec moi, et apporte ici des roses ; je veux m'en couronner.

Loin de moi la vieillesse ! Je veux être jeune, au milieu des jeunes hommes, dans les danses joyeuses ! Qu'on me donne la liqueur de Dionysos, et qu'on puisse voir un vieillard vigoureux parler, boire et s'emporter avec charme !

Ode LV

Sur ceux qui aiment.

Les chevaux sont marqués aux cuisses avec le feu, et les Parthes se reconnaissent à leurs tiares ; moi, dès que je vois ceux qui aiment, je les reconnais aussitôt à la marque brûlante qu'ils portent au cœur !

Ode LVI

Sur Myrilla.

Kypris, reine des Déesses ! Désir, roi des hommes !
Hyménée, source de la vie ! Je vous chante dans mes
hymnes, je vous chante dans mes vers, Désir, Hyménée,
Paphiè !

Jeune homme, regarde la jeune fille ! Lève-toi, que la
perdrix ne t'échappe pas ! Stratoklès, cher à Kypris,
Stratoklès, époux de Myrilla, regarde l'épouse bien-
aimée. Comme elle est belle, comme elle est jeune,
comme elle resplendit !

La rose commande aux autres fleurs, et Myrilla est la
rose des vierges ! Le soleil brillera dans ton lit ; un cyprès croîtra dans ton jardin !

Ode LVII

Sur lui-même.

Mes tempes blanchissent déjà, ma tête est blanche ; je
ne suis plus jeune.

Mes dents même sont vieilles ; il ne me reste guère d'heureux jours à vivre.

C'est pour cela que je gémis souvent, car je crains le Tartaros, et l'abîme d'Aidès est horrible. La descente en est affreuse; mais, une fois descendu, nul n'en revient !

FIN DES ODES ANACRÉONTIQUES.

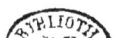

TABLE

Achevé d'imprimer

LE 15 JUIN MDCCCLXIX

PAR D. JOUAUST

POUR A. LEMERRE, LIBRAIRE

A PARIS

OEUVRES COMPLÈTES

DE

LECONTE DE LISLE

HOMÈRE : Iliade, Odyssée, Hymnes. Traduction
nouvelle en prose, 2 vol. in-8º. . . . . . . 15 fr.

HÉSIODE, Hymnes orphiques, Théocrite, Biôn,
Moskhos, Tyrtée, Odes anacréontiques. Traduction
nouvelle en prose, 1 vol. in-8º. . . . . . 7 fr. 50

Sous presse

DU MÊME AUTEUR

POÈMES ANTIQUES. Édition définitive, revue et
augmentée. 1 vol. in-8º. . . . . 7 fr. 50

POÈMES BARBARES. Édition définitive, revue et
augmentée. 1 vol. in-8º. . . . . 7 fr. 50

En préparation

DU MÊME AUTEUR

LES ÉTATS DU DIABLE. Poème. 1 volume
in-8º. . . . . 7 fr. 50

POÈMES BARBARES. Deuxième série, 1 volume
in-8º. . . . . 7 fr. 50

ESCHYLE. Traduction nouvelle en prose. 1 volume
in-8º. . . . . 7 fr. 50

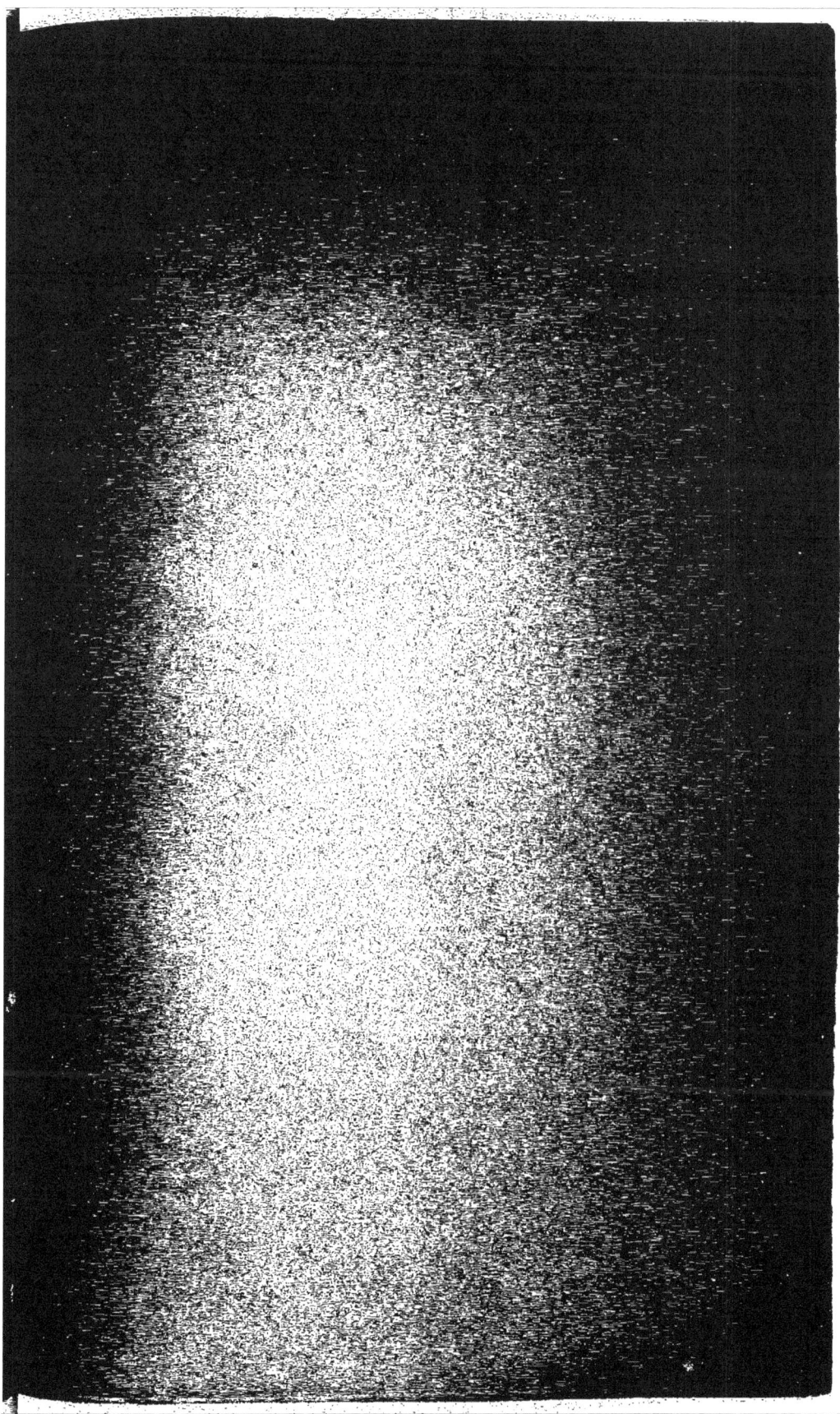

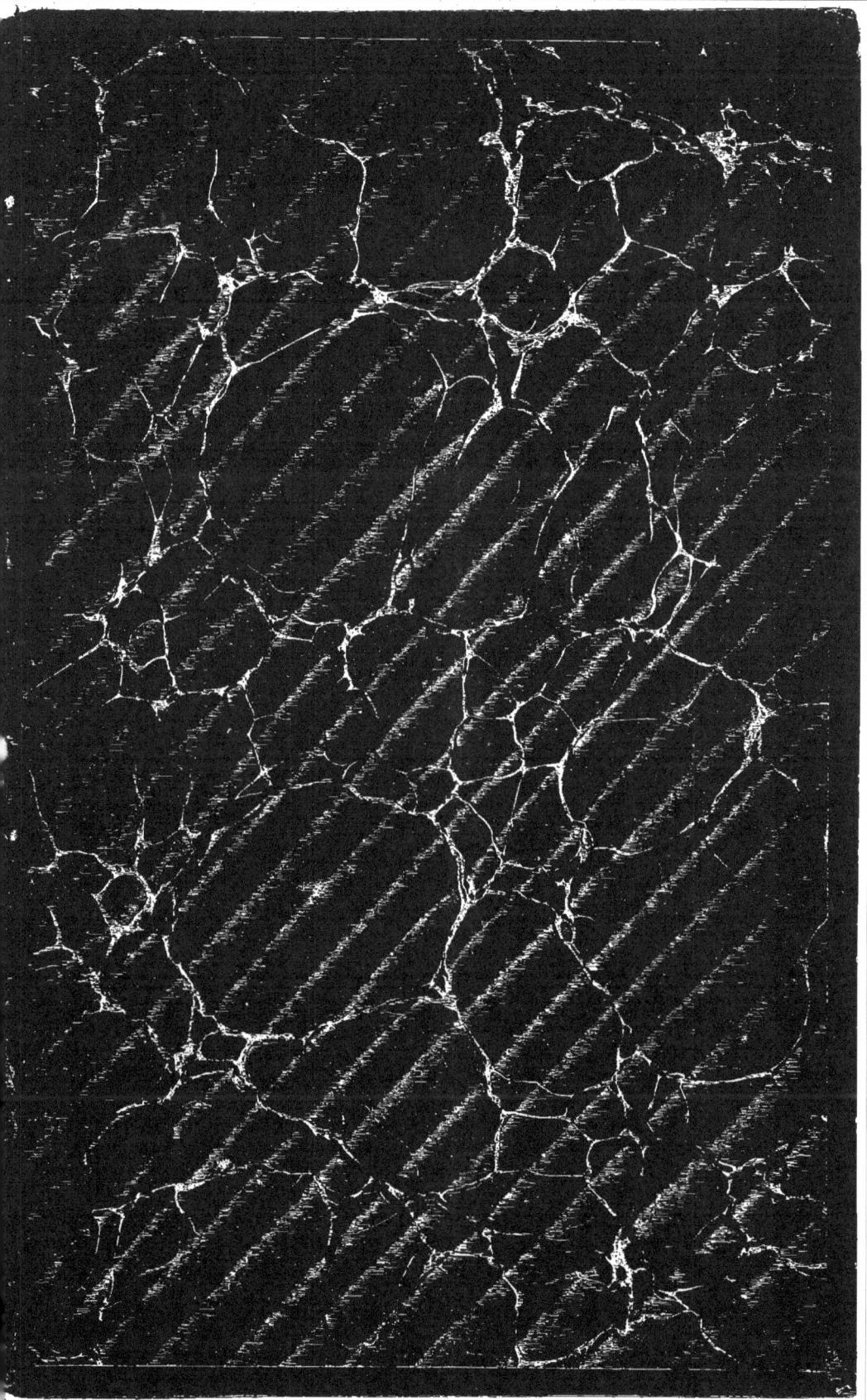

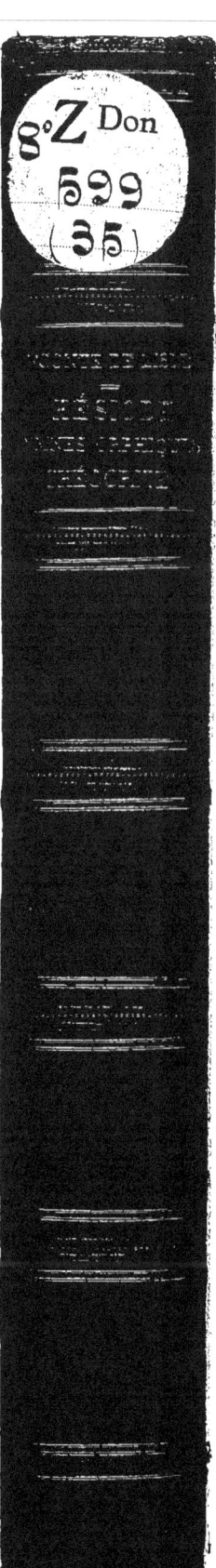